娑萨朗

VI 复活的巫师

雪漠 ——

著

作家出版社

娑萨朗，娑萨朗，我生命的娑萨朗。

——作者题记

目 录

第五十六乐章

第 145 曲　小胜 / 003

第 146 曲　感染 / 017

第 147 曲　承受 / 038

第五十七乐章

第 148 曲　大宝 / 053

第 149 曲　牛阵 / 062

第 150 曲　斗法 / 070

第五十八乐章

第 151 曲　黑经 / 097

第 152 曲　厮杀 / 111

第五十九乐章

第 153 曲　杀度 / 129

第 154 曲　治心 / 147

第 155 曲　厉鬼 / 167

第六十乐章

第 156 曲　中邪 / 193
第 157 曲　行刺 / 211

第六十一乐章

第 158 曲　点化 / 233
第 159 曲　出山 / 245

第六十二乐章

第 160 曲　红尘中的"净土" / 265
第 161 曲　异化 / 280

第六十三乐章

第 162 曲　拯救 / 293
第 163 曲　怪物 / 307

第六十四乐章

第 164 曲　山雨 / 323
第 165 曲　谍计 / 344
第 166 曲　要塞 / 358

第六十五乐章

第 167 曲　心机 / 375

第 168 曲　抢夺 / 385

第 169 曲　死亡的磨盘 / 398

第六十六乐章

第 170 曲　圣光 / 409

第 171 曲　洗刷 / 420

第六十七乐章

第 172 曲　幻化系统 / 437

第 173 曲　远程攻击 / 453

第六十八乐章

第 174 曲　采气 / 469

第 175 曲　群狼 / 483

第 176 曲　干尸 / 491

第五十六乐章

流浪汉与他的好兄弟喜又相逢，可他还不知道，他的好兄弟在那石头的蛊惑下，心中已爬上了功利的藤蔓。脱俗者入了俗，清净者失了清净幻身，真心人打起了兄弟的主意。

第 145 曲　小胜

从精灵国返回的路上，
密集郎和幻化郎一直在斗嘴。
但他们都知道自己不够光明，
所以只能拐弯抹角声东击西。
他们阴阳怪气各不相让，
一个嫌对方抢了自己的功劳，
一个嫌对方阻碍自己的好事，
最后彼此厌恶彼此腻烦。
于是大家都不想再结伴而行，
还没到威德国就不欢而散。

密集郎没有修证徒步返回，
幻化郎却打起了别的主意——
寂天和流浪汉正在净土专修，
何不找他们去清除瘟疫？
若是他们能帮自己立功，
自己说不定还可以当上国师。
于是，他心念一动前往净土，
去找那两个好久不见的老友。

只见净土里好个光明，
到处都是参禅打坐的行者。
他们喜悦无比慈祥至极，

一张脸就是一朵宁静的睡莲。

幻化郎一朵一朵地察看，
仔细搜寻最有劲道的那一朵。
并且不断呼唤着他的名字：
"寂天仙翁！寂天仙翁！"
但幻化郎找遍了整个净土，
也没有看见那张沧桑的脸。

于是他走向那些静坐中的行者，
双手合十无比恭敬地问询寂天的所在。
可他们却像什么都听不到似的，
只管闭目微笑咒声不断。
幻化郎无可奈何地举目四望，
发现这里的人们都像木石，
也像活在画里的诸佛菩萨。
他们没有鲜活的七情六欲，
面对人间疾苦也麻木不仁无动于衷。
幻化郎很想告诉他们，
修行一定要生起慈悲之心，
如果没有慈悲不能警觉，
纵使打坐万年也不会成佛。
可他张了几次口都发不出声音，
仿佛有无形的障碍干扰了信息的传递。
原来，在净土世界里，
不符合主流程序的声音都会被删除，
即使有话想说也发不出声音。

突然，他产生了一种奇异的觉受——
他的内心如水晶般剔透，
而且绝思绝虑口不能言。
一切音声形相在他心中，
都成了不断生灭的幻化泡影，
空有其声形而无实质。
他这才理解了那些行者的置之不理——
既然理与不理一切都会变化，
为何还要起心动念，
做些没有意义的事情？

于是他也不再去追问寻找，
只管安住在明空之中，
观想出寂天并诵他的心咒。
只见一晕晕光波传向了法界，
如同那未来的无线电波。
没过多久，寂天果然现身。
老朋友相见不亦乐乎，
但表面上两人只是相视一笑。
没有寒暄，更没有客套，
那乐，其实是一种感觉。
幻化郎问寂天，
为何在净土找不到他和流浪汉？
寂天说自己在甚深禅定之中，
没有思虑就没有脑波，
这净土中自然没有他的身影。
只有在别人祈请他的时候，
那祈请的电波进入他的世界，

他才会出现在祈请者的面前。
幻化郎点点头表示明白，
然后告诉寂天自己有事相求，
还请寂天带他去找流浪汉，
三人一起商议。
寂天点了点头，也没追问是什么事，
便带他来到了流浪汉的所在。

虽说是流浪汉的所在，
幻化郎却看不到流浪汉本人，
他只看到一团大火在熊熊燃烧。
寂天说那大火便是流浪汉，
还说他的修行就是把自己观想为火，
在火中烧尽自己所有的业障，
让那些愚痴麻木和妄想分别，
统统变成灰烬飞入虚空。
幻化郎这才恍然大悟，
原来这净土中的显现亦是心之幻化，
怪不得自己刚才能看到大火，
却看不到老朋友流浪汉。
那些行者对自己视而不见，
想来也是这个原因。

只见那团大火慢慢缩小再缩小，
最后变成流浪汉，
走到幻化郎的面前。
他抖抖身子甩掉灰烬，
面上带着灿烂的笑容，

看得出见到幻化郎他非常高兴。

流浪汉居然进步得这么快，
这让幻化郎感到非常惊讶。
自己用了很长的时间来消除疑心，
最后才证得幻身成就。
此后，他的修行似乎就没什么长进——
实际上他不但没有长进，
反而还一天天退步了，
失去了观照内心的习惯，
一天天放纵自己的欲望。

流浪汉之所以进步得很快，
是因为他内心纯净又充满信心。
这时，他就能得到法界大力的加持，
像一条顺着激流而下的小船，
不用花费多少力气去划船，
也会很快地到达目的地——
当然，小船不能中途靠岸或翻船。

幻化郎心中涌起一股酸意，
差点忘掉了自己此行的目的。
这就是五毒中的"妒"，
浸淫其中时往往会被欺骗，
对很多简单的事实都看不清楚。
比如，幻化郎一直把流浪汉当成兄弟，
兄弟成功本是值得开心的事情，
但因有了"妒"的影响，

幻化郎就陷入了另一种情绪。

他知道流浪汉是大材，
天性单纯最容易修成。
但过去的流浪汉是个失败者，
他肮脏可怜无家可归，
想吃饱肚子就要偷窃。
那时幻化郎可以同情他，
也可以收留他照顾他，
将他当成亲兄弟那样对待，
甚至可以把命都给他。
可一旦他看到流浪汉真的成就了，
这个昔日的小弟已经超越了自己，
他心中的阴暗就被唤醒了。
但这一切他都没有表现出来，
完全藏在了心里。

寂天看穿了幻化郎的心，
但他没有言明，
他知道有些问题只能自己调整。
三人走到一个地方坐下，
幻化郎开始解释来意。
他说威德国正被瘟疫缠绕，
众生都深受其苦苦不堪言。
还说那瘟疫不是一般的疾病，
而是恶魔之气引起的邪病，
寻常的药石不起作用，
必须从清除邪气入手才能除根。

但自己一人的功力不够，
只好求助于寂天和流浪汉。

他故意隐去了患病者的身份，
他怕一旦说出那患病者多是士兵，
寂天和流浪汉可能不愿相救。
因为士兵是杀戮的工具，
这恶病也是杀戮招来的恶果，
一切其实都是自作自受。

流浪汉闻言立刻就想启程，
他对幻化郎没有一点怀疑。
他天天发愿利益众生，
当然不会在这个时候袖手旁观。
但寂天仙翁却犹豫了一下，
他看到幻化郎的心光忽明忽暗，
知道幻化郎的动机必然不纯。
但那众生受苦恐怕是实情，
他最后还是决定伸出援手。

一路上幻化郎心里很是愧疚——
那两人既是患难之交又是出世道友，
对待自己一片赤诚全无保留，
自己却遮遮掩掩玩弄机心，
他觉得自己好个渺小，
然而他没有坦白的勇气，
只好一边愧疚一边忏悔。
有时他也会安慰自己，

说那士兵本来就是众生，
只是名相上不同而已，
自己并没有隐瞒圣者，
这时他就会好受一点。
于是他就在两种态度之间徘徊，
心始终上上下下不能安定，
却不知道，不坦诚的机心
成了他修行的巨大障碍。

再看那威德郎——
他已经不起漫长的等待，
密集郎始终没有喜讯传来，
军队又被不安定的氛围所笼罩，
他必须做点什么来振奋军心。
于是他拼凑起全部健康的士兵，
攻占了一个小国的都城。
虽然这胜利微不足道，
甚至有点不太厚道，
但他需要胜利。
只要威德军仍能取得胜利，
就证明命运之神并没有抛弃他们，
动摇的军心就能暂时稳定，
恐慌的士兵就能暂时安心，
邪气的阴影就能暂时被扫除。
那么，哪怕胜之不武也不要紧。
因此威德郎才会聚集全部力量，
在确保万无一失的情况下，
动用那牛刀杀了一只小鸡。

他将此胜利大肆宣传，
对所有子民传递着一种积极的信息：
"看，我们的祖国依然强大！
我们的疆域多么辽阔！
我们的军队多么强壮！
我们英勇而智慧的威德国王
雄风不减当年！
眼下的危机只是冬天的季风！
坚持吧，我们威猛的士兵；
坚持吧，我们厚德的百姓！
报效祖国的时候到了，
要同仇敌忾万众一心！"

此次战斗后，威德军收获极多，
所有的将士都喜笑颜开，
将战利品装了一车又一车。
他们兴师动众敲锣打鼓，
一路高歌耀武扬威。
既是在炫耀着自己的胜利，
也是在威慑着沿途国家的臣民。
不承想这反而泄露了他们的心虚，
让人觉得威德国真是今非昔比。

威德郎外表轻松却内心忧虑。
他知道这场战争微不足道，
他大张旗鼓，是想鼓舞士气。
他也知道那邪气仍在四处蔓延，

它侵蚀着每一个被污染的生灵。
威德国的灾难已经迫在眉睫，
只等那密集郎求得治病的灵药。
然而密集郎们却音信全无。
最初时，四侍卫还会放回飞鸽，
汇报他们的行踪和信息，
而现在他们也像从人间蒸发，
威德郎自然忧心忡忡。
身为一国之君，他多么忧心啊，
但他还得强作镇定——
即使大浪滔天，掌舵的他
也要气定神闲从容不迫。
他明处安慰臣子们，
说密集郎向来福大命大，
多少次都被他死里逃生，
定然能取得良药解救黎民，
私底下却请术士找巫婆打卦抽签。
对于那些显示异象的卦签，
术士巫婆们都张口结舌说不出因果，
在以暴戾闻名天下的国王面前，
他们怕言多必失祸从口出，
不约而同地选择了莫测高深。
这晦暗不明的态度，
让威德郎更是焦虑恐慌。
眼下的战役虽然胜利，
却因为那死伤又造下无穷杀业。
威德郎担忧会加重邪气，
而且以往大战之后必有大疫，

加上欢喜郎势力一直在扩张，
说不准哪天就会杀入威德国境内，
内忧外患如利剑悬于头顶上空，
骇人的寒气让威德郎寝食难安。

他也产生了被绑架的感觉——
在面对江山和臣民时，
他总是感到身不由己，
明知道很多事情不对，
却迫于形势不得不做。
他甚至常会有忏悔的欲望，
却因为贵为国王才不便进行。

恍惚间，
他感觉自己也老了，
鬓角已长出了许多白发，
光洁的额头也生出了沟壑。
人看起来还是那个威德郎，
却少了当年的顽强勇猛。
他时常会想起当初的战绩，
觉得那年轻的状态真是极好。
此一刻他仿佛已到风烛残年，
浓浓的暮气似吹入他的生命。

他突然想起了不远处的皇家陵园——
那是他早先为自己亲选的归宿之地。
那时的征战，激烈而频繁，
他生怕无常会突然造访，

便早早选定了这个阴寝之殿。
在很长一段时间里，
他已经遗忘了这个所在，
现在却突然想起，
也突然很想知道，
那里如今是什么样子？

他在一种浓浓的情绪下，
孤身一人来到这座陵园。
不知道为什么，
虽然他贵为九五之尊，
拥有无数的臣子嫔妃，
却总是觉得自己孤身一人。
很多时候，他也宁愿自己一个人——
一个人散散步，一个人吹吹风，
一个人听听水声，一个人瞭望山河大地。
似乎一个人时，他的生命反而更加饱满，
寂寞也会消失。

眼前的陵园也一直是独自待着，
威德郎不知道它是否孤独。
他望了望周围的景象，
然后随便找了块石头坐下，
静静地看着这块土地。

这里的原野非常空旷，
这里的荒草无边无际。
静静地待在这里时，

他仿佛看到了百年后的景象：
那时的这里，
将比现在的空旷更空旷，
比现在的荒凉更荒凉。
即使刹那的热闹与繁华，
也会被历史的杂草所淹没。
就像那部众人皆知的小说中所写的：
"古今将相在何方，
荒冢一堆草没了。"

想到此，威德郎禁不住仰天长叹：
这短暂而辛劳的一生啊，
能否实现他雄霸天下的愿望？
可实现了又能如何？
最后也不过是一具骷髅。
望着暮色四起的大好河山，
他再次想起智慧的奶格玛师尊，
她曾教导他要勤修威德瑜伽，
可自己却耽于尘务疏于观修。
要是此一刻无常袭来，
自己没有往生的证量，
就只能眼睁睁地堕入轮回。

想到轮回，他当然不惧。
他是天不怕地不怕的威猛汉子。
可他惧一生的庸碌无为。
若是再有下一辈子，
他还要当那帝王横扫天下，

建立影响世界的丰功伟业，
在历史上留下自己的名字。
于是他忽然生起了万丈豪情，
从那荒草一堆的陵园离开。
他在心中立下志愿：
要活，就轰轰烈烈地活；
要死，就无怨无悔地死。
他要趁自己一息尚存，
立一番功业不白活一回。

第 146 曲　感染

这天盟军赤乌国派人求援，
说欢喜郎大军已包围了都城，
赤乌国国君恳请威德国助一臂之力，
否则他们寡不敌众只能投降敌国。

这一番说辞软硬兼施，
让威德郎大为皱眉。
他想不到蕞尔小国也敢对自己放肆，
却明白这是因为自己连续违约。

如今正值非常时期，
各个盟国都饱受战乱和动荡之苦，
他身为盟友却不派一兵一卒，
这确实不合情理让人诟病。
盟国内部怨声载道在意料之内，
哪怕他们倒戈相向也可以理解。
若是这一次，不出兵援助盟国，
势必会寒了所有盟友的心。

因此他咬了咬牙做出决定——
就算国中仍蔓延着疫病，
这次他也只能全力相助，
再也不能坐视不理。

哪怕战役失败，
他耗损了大量的健康兵士，
也要向世界发出一个信号：
只要他威德郎还有一口气，
就不会让欢喜郎肆意逞凶。
他还要让盟国都睁开眼看看，
他威德郎到底能不能信守承诺。

于是他将决定公布于朝堂，
告知众大臣这次他要亲自带兵，
挥师北上支援赤乌国。
不想却遭到大臣的一致反对。
他们认为军中邪气正盛，
威德国军力远不如从前，
此时必须让将士们休整。

大臣们如此激烈地对抗，
让威德郎感到万分诧异。
过去他无论下达什么样的命令，
在朝野中都能一呼百应。
况且威德国有尚武传统，
人们都以战死沙场为荣。
每次打完仗后的丰厚赏赐，
也让将士们争先恐后奋勇杀敌。
这次大臣们的退缩，
让威德郎产生了不祥的预感，
他相信这变化不是邪气所致。
因此退朝后他立刻叫来心腹，

叮嘱他们对朝中动态多加留意。
发现任何异象都要及时汇报，
哪怕只是一个小小的细节。

安排完毕众人离去之后，
威德郎走出宫外，爬上了一座小山。
此刻已是傍晚时分，天色有些暗了，
远处已有几户人家亮起了灯火。
他坐在一块大石头上陷入了思索，
细细回想最近发生的一切，
梳理每件事之间的因果关系，
那种不祥的预感竟越来越浓。
似乎有一种看不见的程序正在运作，
威德国上空正在风起云涌。
而他，就像命运之河中的一片叶子，
看起来是那么强大，可到头来，
一切都由不得他自己。
他不由得叹了口气。

最令他担心的是百官的退缩，
在尚武的国度，一旦军民开始退缩，
就说明人心开始变化。
所以退缩是最可怕的信号。
然而，如今他并没有什么好的对策，
也只能尽人事听天命。

第二天，唯我独尊的威德郎，
并没有理会群臣的意见，

也没有理会部下的反对，
他强行下令集结军队前往赤乌国。
他说："虽然我也怕邪气蔓延，
但我们已是四面楚歌，
要是再坐视盟友的沦陷，
就必然会很快亡国。
而且我不能再容忍欢喜郎逞凶，
我宁可在战场上与他同归于尽，
也不愿躲在这里做缩头乌龟。"

众官员脸上青白相间，
纷纷退回去准备行装。
他们用眼神彼此交流，
传递一种结盟的信号。

威德郎捕捉到了这一细节，
更加确信有人在捣鬼。
他知道威德国已不再是铁板一块，
定然有人想要分裂国家。
于是他表面上不动声色，
暗地里却派人加紧调查。

而威德军的状态也令人担忧——
一个个士兵瘦弱不堪，
干戈寥落地前往救援。
一路上士气低落拖拖拉拉。
那一柄柄长矛都垂在了地上，
那一张张弓弦也松弛不堪。

那一副副铠甲都稀里哗啦，
那一个个面孔也疲惫萎靡。

威德郎想振奋士气，
便派人进行热血动员。
可那点火星就像落入了冰海，
丝毫没有任何的反应。
他完全理解士兵的处境——
军中的邪气还在蔓延，
他们实在无心拿起刀枪。
他们怕杀人会造下更多恶业，
遭到邪气反扑一命归阴。
于是他们都愁眉苦脸，
仿佛一群等宰的鸭鹅。
其实威德郎心中又何尝不怕？
他也仍然在做各种噩梦。
索命的厉鬼越来越真实，
他每次醒来都一身冷汗。
若不是那空行石的保护，
他定然已经一命呜呼，
然而此时却要继续造业，
他也有一种被裹挟的郁闷。

没走多远又传来更坏的消息——
队伍中已经有人开始发病。
威德军闻讯成了受惊的羊群，
很多人惊慌失措只想自保，
更有不少人临阵脱逃，

想摆脱造业和受报的命运。
所有人都已经无心行军，
甚至就连此行的目的都已忘记。
他们心里没有了盟友和敌人，
甚至没有了国家和国王，
只有邪气瘟疫和活路，
他们不怕死在战场上，
却不想这么不明不白地死去。

见到那么多人都做了逃兵，
威德郎勃然大怒——
威德国军纪何在！
威德王威严何在！
但他的怒吼没传出多远，
就被汹涌的声浪所吞没。
威德军已不再是军队了，
此刻的他们，只是一群
恐惧到极致的老百姓。

威德郎抓回几个逃兵斩首，
将首级挂在大帐前威慑众人，
但形势所迫他已无法强硬，
只好让士兵们在原地休息。
他派人向赤乌国军队传讯，
说自己这边出现意外状况，
不得不暂停救援行动，
首先解决当下面临的危机。
同时派人将空行石甘露送给病人，

希望能尽量减轻士兵们的病情。

就在这危急无比的时刻，
偏又下起了倾盆大雨，
还有闪电雷鸣接踵而来，
并且伴以疯狂呼啸的寒风。
风声中夹杂着一阵阵恐怖的哭喊，
似乎越来越近；
一个个头颅也在半空中摇晃，
似乎越来越多。
士兵们哭喊着挤成一团，
就像一群受惊的绵羊。
他们已经害怕到极致，
竟有人一声声叫道：
"冤有头债有主，
不要为难我们这些普通士兵！"
言下之意显然是，威德郎才是祸首，
请冤魂放过他们，只对付威德郎一人——
危在旦夕时最能看出忠奸，
好些平日里高喊国王万岁者，
对国王都已没有了丝毫敬畏，
纷纷露出了自己最真实的嘴脸。

威德郎见状也失去了信念，
他忍不住悲观地喃喃道：
"莫非天真要亡我？
莫非天真要亡我……"
他突然发现自己还不想死，

他觉得自己的命格本应长寿，
不可能这么快就去见阎罗王。
于是他四处寻找术士，
想让他们作法为自己增寿。
那些术士却纷纷逃避，
不敢再见那威德国王。

因为国王总提过分要求，
一旦他们面露难意，
国王就会对他们威逼利诱，
要么飞黄腾达任享金银财宝，
要么株连九族大家一起见鬼。
他们已经不想再玩心跳，
他们只想当个普通百姓，
安安稳稳地多活几年，
安安稳稳地享受天伦之乐。

威德郎只好拿出空行石，
左摸摸右看看对天祈福。
又祈请自己的师尊奶格玛，
恳请她保佑自己脱此大难。
他还发下了诸种回向的大愿，
说自己定会把教导广传众生。

此时他才真正地感到恐慌，
因为他终于发现死亡就在眼前。
过去他虽然选墓地念无常，
却只是一种情绪和念头而已。

实际上，死亡在他心中，
一直是对岸的那只恶犬，
叫声虽也恐怖，却不会造成实质威胁。
只有到了这一刻，
他才意识到死亡随时会降临，
死神的剑已搭在自己的肩上，
眨眼间它就会划过自己的喉咙，
放出一条恐怖的血龙。
他的生命就不再属于他了——
想到这里，他止不住地颤抖。
对死的恐怖，原来是这样的觉受。
不知道他刀下的所有冤魂，
是否都有过这样的时刻？

然而，无论他怎么祈请，
奶格玛师尊都没有现身。
威德郎这下彻底慌了。
他感到一种彻骨的凉意
从灵魂深处渗出——
"莫非师尊也放弃我了？
莫非我真的气数已尽？"

身边又传来了很多的哭喊，
越来越多士兵受到了感染。
质疑威德郎的声音此起彼伏，
很多人都想立刻返回威德国。
他们宁愿死在故土的荒原上，
也不愿横尸异乡做野鬼孤魂。

威德郎闻言也十分纠结，
他当然理解那些战士的心情，
他们从来不是贪生怕死之辈，
他们只怕死不足惜没有价值。
于是他亲自出面劝慰，
说一切都会很快好转，
希望士兵们驱除恐惧打起精神，
但一个个士兵都半信半疑。
被感染者更是万念俱灰，
仿佛已踏入阎罗大门。
众人的疏远隔离更让他们伤心无助，
他们只能失魂落魄地等待病发。
威德军中一片昏惨惨如大厦将倾，
威德郎知道前进救援已不可能。
可一旦放弃救援掉头回国，
就会失信盟国导致天下寡助。
他顿时身陷两难之中一筹莫展，
不由得连连叹气苍老了十年。

忽然一日，有消息传来——
经高人救治，那些感染者略有好转。
威德郎闻言顿时一振，
犹如那久旱遇到了甘霖。
他想看看治病的神医是谁，
就大步流星前往隔离区。
国王的镇定已遁消无影，
他急迫得就像

快溺水时见到了稻草,
于是拼尽全力地向它游去。

威德郎本以为是密集郎到了,
到近前才意外地发现是幻化郎一行。
幻化郎一向和他保持距离,
此一刻竟然来出手相救。
不知师兄到底是回心转意,
还是单纯地生起了慈悲之心。
但不论幻化郎的动机如何,
都确实解了他的燃眉之急。
于是他真诚地感谢幻化郎,
说大难之时还是要靠同门兄弟。

幻化郎微微一笑说道:
"威德师兄不用过于客气,
这本就是修行人的义务。
我们修行人最讲究慈悲,
不能眼看众生受苦坐视不理。
如果我早些来帮忙,
也许就不会发展到今天的局面,
但此事非常麻烦我力量不够,
所以花了些时间,
特意从净境请来两位朋友相助。"

威德郎已见过寂天仙翁和流浪汉,
他还记得流浪汉人石合一时的威猛。
于是他心中不由得一动,

又想将流浪汉吸纳到自己的阵营。
但他突然想起眼前的局面，
知道当务之急不是吸纳贤良，
而是救治士兵稳定军心。
若是没有忠诚的军队作为基础，
就算流浪汉肯为自己所用，
也很难成就大事。
因此他眼中的火焰只是稍微一闪，
便自行熄灭。

顾不上细说，幻化郎继续
他的菩萨行。他添柴火熬良药，
大颗的汗珠顺势而下，他顾不上擦。
炽热的火焰烤红了脸，他顾不上休息。
一口口大锅腾着白气，
浓浓的药味四散开来。
愁苦的眉眼瞬间舒展，
一切有了救赎的希望。
威德郎那颗悬空多日的心，
渐渐地着地。他想，
师尊定然听到他的祈祷，
派下了救星前来解救危难。
于是他心中暗暗感恩师尊，
发愿定然把她的教导广传国内。

威德郎问起药方的来源，
能否将这恶疾彻底根除。
幻化郎抹了一下额头汗珠，

仿佛那独当一面的大师。
他说，他们正在努力，
采了许多药清热解毒，
能否根治还不能确定，
但确实已缓解了病情。
说罢习惯性地观察威德郎的反应。

威德郎松了口气开始叙旧，
他询问师尊的近况，
问幻化郎是否见到了师尊，
她对他们有没有什么指示。
幻化郎一脸的高深莫测，
他说相会在光明境里，
只是她有些神秘莫测，
对人间的战争不置一词。
他还告诉威德郎，
师尊说过手心手背都是肉，
她只期待和平的光明。

其实幻化郎根本没有见到师尊，
自从他的心中有了功利，
他的言行就多了些表演，
他不愿威德郎小瞧了自己，
于是编造了模棱两可的话，
说给那威德郎由他自己揣摩。

随着危机的逐渐缓解，
威德郎也恢复了气定神闲。

他从幻化郎的言行中，
明显地捕捉到了另一种机心。
但他仍是不动声色，
他不知道发生什么，
让幻化郎产生了这种转变。

幻化郎的草药见了大效，
威德军的邪气得到抑制，
士兵们也都恢复了精神，
纷纷拿起刀枪继续向前。

威德郎重谢幻化郎，
希望他能留下来辅佐自己。
他说，国中缺一位真正的高人，
他很爱惜幻化郎的才能，
那清净幻身更是响当当的硬货。
即便是他什么都不做，
自己也愿意供养他，
让他专心地安住于修行，
他日成就后自己也荣幸。

以往每次威德郎挽留，
幻化郎总说不参与政治，
这一次他却接受了邀请。
他说士兵的疾病还没有根治，
自己也希望能继续随行。
古人说救人救到底送佛送到西，
他也不能眼睁睁看众生受难。

这一番高调唱得十分动听，
将那功利之心完美地包裹。
连幻化郎自己也有些感动，
为了那志向他愿付出一切。

威德郎见幻化郎同意随行，
一时间感觉难以置信。
以往的挽留总是艰难徒劳，
他已经习惯了被拒的高冷。

现在幻化郎的态度大变，
威德郎且欣喜且失落，
得不到时觉得他最好，
一旦得到立刻便产生轻视。

他又在想念胜乐郎的清高，
经过岁月和人事的检验，
他发现那才是真修行人的气节。
自己若能得到胜乐郎辅佐，
远比那幻化密集要好太多。

寂天仙翁看到这一幕，
顿时明白了幻化郎的真实心意。
他冷笑一声起身离开。临行前
他摇着头拍拍幻化郎的肩膀，
希望自己的暗示能够有效，
让幻化郎能够省察自己。

寂天也想带流浪汉离开，
他觉得流浪汉过于单纯，
在政治漩涡里难以自保，
却不料流浪汉不愿离开。
他深深地信任幻化郎，
他们出生入死同甘共苦，
早已超越了普通情谊。
更何况那些士兵还未痊愈，
他还要好好治疗他们。
经书上常讲要慈悲慈悲，
有发心还要有行为，
他是个认死理的老实人，
必然会按教诲信受奉行。
为了把师尊的教诲落到实处，
他不怕自己粉身碎骨。

于是寂天仙翁独自离开，
威德郎也下令继续行军。
一路上幻化郎很是卖力，
又是救人又是参与军机，
跟在威德郎左右形影不离。
他想让威德郎对自己产生依赖，
却不明白这是在降低自己。
好好一个幻身成就者，
竟为这么一点小小的利益失去高贵，
真是让人不能不遗憾叹息。
可见，即便修出了清净幻身，

即便有天大的能为和神通，
也不代表一个人就有智慧，
就能窥破一切虚幻不受诱惑。
这也是胜乐郎可以证得幻身，
却不去修证幻身的原因。

赤乌国都城离威德国不远，
威德军很快就到达了目的地。
只见城外到处都是欢喜军营帐，
它们密密麻麻汇成一条长龙，
阵仗之大令人咋舌。
怪的是这样的大部队进攻一座小城，
理应很快就可以将城池拿下，
但欢喜军只是围困并不攻击，
不知背后有什么阴谋诡计。

威德军看到欢喜军准备战斗，
欢喜军却呼啦啦让开一条大道，
仿佛在请威德军进入赤乌国都城，
并没有丝毫交战的意图。

威德郎见状疑窦丛生，
他知道敌人不是菩萨。
在你存我亡的游戏里，
岂会将胜利拱手相让？
于是他派出探子打探消息，
原来是赤乌国瘟疫盛行，
自己若是进入了赤乌国，

欢喜郎便可以不战而胜。

经过反复思量，
威德郎决定将计就计。
有了幻化郎相助，
疫情就可得到控制，
平原作战非威德军擅长，
他想让军队先好好休整。
然后依靠城防工事居高临下，
用最小的代价取得胜利。

于是威德郎挥兵入城，
幻化郎却觉得有些诡秘，
问他们究竟打什么算盘，
为何会让道于敌国的援兵。
他毕竟不是军事谋略家，
对这些阴谋一窍不通。
但他又想着表现自己，
只好做一些无用的提醒。
看起来也是在操心费神，
好向威德郎显示他的态度。

威德郎说他们只想围城，
多一支军队就多费粮草。
只是这时候敌情不明，
先将计就计进入城里。
依仗那工事居高临下，
两军会合后再想主意。

除此之外他并没有过多解释，
他已经开始轻视幻化郎。
但凡有人对他产生了欲望，
他就会将其当成工具。
身为同门师兄的幻化郎也不例外。
甚至，当初有多看得起他，
威德郎现在就有多轻视他，
因为他打碎了威德郎的期待。

因为这种轻视，
威德郎不再对他推心置腹，
就连回应他的建议，
威德郎都简之又简，
懒得多说。
他只说欢喜军想要围城，
城里多一支军队就多费粮草，
欢喜军自然热烈欢迎。
只是现在敌情不明，
他们也只能先入城与赤乌军会合，
共同商讨接下来的对策。
虽说被大军围困城中非常危险，
但若是在城外直接开战，
他们就连一丝一毫的胜算都没有。
而且，赤乌国都城的城防工事做得不错，
入城后依仗那工事居高临下，
说不定可以找到破敌之法。
至于城内疫情和欢喜郎的如意算盘，

威德郎并没有多说。

于是威德军浩浩荡荡入了城。
众士兵本来准备要打一场大仗，
此时却感觉扑了个空。
但不用打仗总是好事，
自己又能多活些时日。
他们只是一个个士兵，
从来不操心将军的事情。
那些战略战役都是大事，
自有那大人物替他们定夺。
他们只需要等那一声令下，
猛吼一声送上自己的性命。

威德郎率军进入城内，
果然城里也流行邪气。
到处躺着呻吟的士兵，
威德军入城后邪气更盛。
于是他让幻化郎赶紧救治，
务必让这些士兵恢复战力。
那言辞间已经没有了敬意，
而是一副国王的颐指气使。

幻化郎第一次感到了压力，
他的自尊心也受到了重击。
他下意识就想反抗——
大不了老子不给他干了，
甩甩袖子做自己的神仙，

哪里还用看他的臭脸。

可是那欲望之心犹如毒蛇，
紧紧地缠住了幻化郎的灵魂。
他挣了几下也没有挣脱，
话到嘴边只好咽下肚去。
他的脸上青白了一阵，
一言不发地转身去熬药。

他狠狠地搅拌着锅中的汤药，
仿佛在发泄心中的怨气。
那怨气一面是对着威德郎，
另一面是对着自己的懦弱。
他越来越看不起自己，
他把那药渣当成了替身，
他狠狠地捣烂它，不解气；
他使足了劲再捣，仍不解气。

正在这时威德郎前来视察，
他也察觉了刚才的强硬语气，
可能会让幻化郎自尊受伤，
他本想说句圆场的话，
可看到幻化郎的举动，
他选择了沉默。
他只能沉默——
身为臣子，不明白国王的威严，
就不懂得敬畏权力的神圣。

第 147 曲 承受

欢喜军围定了赤乌国都城，
一拨拨人马不断挑衅，
他们启用所有的语言智慧，
冷嘲热讽，侮辱谩骂，
惹得威德军众兵士直想出城决战。
威德郎却格外冷静，
告诫众将士不要蛮干。
他说战士们的体力已严重受损，
而野战又是对方的长项，
正面抗衡犹如短板对长板，
只有坚守，耗其兵力才能制胜。

幻化郎这时又来插嘴，
说他有一个缓兵之计，
甚至有可能让欢喜郎放弃进攻。
威德郎闻言眼睛发亮，
他让幻化郎快快说来。
却不料那计谋幼稚至极，
甚至异想天开，
让威德郎大倒胃口。

幻化郎根本就是个军事草包，
他从来没有领兵作战的经验，

也没有读过多少兵书。
虽然他的修炼能为十分强大，
但却不如密集郎博学。

于是威德郎更坚信自己的判断——
幻化郎已不是当初的那个修行人。
他定然有参与政治的欲望，
想借助自己实现功利之心。
虽然这也没什么不好，
但威德郎还是对他低看了一眼。
更因为他知道他的长项，
他在乎他的修证而不是谋略。
此时他来对自己出谋划策，
犹如那孩童对大人指手画脚。

于是他婉拒了幻化郎，
继续坚守着自己的坚守。
一日日过去，欢喜郎也按兵不动，
他是想用围困之术，
让威德军束手就擒。
两个国王真是棋逢对手，
他们知己知彼毫无神秘，
因此两人都不想做那无用之功，
一门心思只管守住战斗的先机。
这样的游戏最是无趣，
就看谁最先沉不住气。
好在城里的粮草还很多，
还能支撑个几月有余。

当前的重点是消除邪气，
让患病的士兵恢复体力。

因此威德郎时时催促，
让幻化郎务必将战士治好。
本来他还想定下时限，
完不成任务便就地处决，
这是他一贯的治军习气，
成功重赏不成则严惩，
但他想了一想还是硬生生忍住。
幻化郎毕竟还不是他的臣子，
如果此时贸然施压，
怕激起他逆反而离开自己。
虽然他露出一些功利的苗头，
但也不能过于心急。
要等他牢牢被自己掌控，
到时再将他的能为好好利用。

那幻化郎被威德郎催促，
好一阵抓耳挠腮六神无主。
储藏的药材已然无多，
更有那赤乌国的士兵哄抢。
他们都将它当成救命之物，
于是引发许多混乱的现象。
有人将它私藏有人高价收购，
有人将它偷盗有人对它争抢。
一时间药材迅速减少，
幻化郎眼睁睁看着毫无办法。

眼看威德郎对自己期望颇高，
他实在不想让其失望，
于是他想到一个阴损的办法，
就是叫流浪汉行自他转化之法，
流浪汉修行有成又是空行人，
定然能化解病气的侵袭。
然而幻化郎心中仍有一些愧疚，
他知道这是在坑害自己的兄弟。
虽然那欲望宝石时时在吼叫，
但幻化郎的心中还存有良知。
他知道哪些是对的哪些不对，
他的定力远远高于那密集郎。
然而九天玄石总在催动欲望，
欲望的声音总在给他寻找借口。
那定力便成了暴风中的残烛，
似乎随时都可能熄灭。

于是，在第一天里，
他熄灭了这个念头；
第二天，这个念头再次生起；
第三天，它仍在他心里忽闪；
第四天，他已觉得没什么不好，
自己修行的时候也常修自他交换。
他发愿将自己的福报布施给众生，
再把众生的业障吸入到自己身体。
这也是修慈悲心的一种方法，
似乎并没有哪里不妥。

于是千般勇气鼓动了他的脚步，
万种措辞说服了他的良知，
每一个理由都冠冕堂皇，
符合着师尊的慈悲教导。
于是他去找流浪汉说明心意，
可口还未张，脸已通红，
一阵阵虚弱的柔软缠绕心中，
让他时时想就此转身回去。

他明明知道自己在坑害兄弟，
那些理由无非是自欺欺人的遮羞布，
他更知道自己表演的动机——
只要进入政治领域，
就能成为光照千古的大师。

于是他走两步退一步犹豫不决，
但更大的一股力量驱使着他，
他像个第一次做坏事的强盗，
心中的鼓声如同那春雷。
他想只要流浪汉露出哪怕一丝不悦，
他就会落荒而逃放弃此招。

没想到流浪汉听说了想法，
竟一脸欢喜诚恳甘愿奉行。
他说修行人本应有这种觉悟，
感谢幻化郎来提醒他的不足。

他丝毫没有怀疑他的朋友，
他的世界里没有任何机心。
所有的一切都干净明朗，
毫无那世间冗余的污垢。

幻化郎看到流浪汉的态度，
不由得感到羞愧难当，
在流浪汉水晶之心的映照下，
自己简直卑鄙无耻，
他感到有些无地自容。

只是花开了又落了，
冬去了春来了，
万物都在凋零，
一切都在泄洪般变迁。
流浪汉的行法效果明显，
威德军的疫情得到了控制，
幻化郎也度过了自责时期。
当他走向流浪汉，当他开口，
他就开始走向了堕落，
很快，他便适应了那下滑程序，
渐渐地形成一种生活习惯，
他将良知的程序从内心卸载。

只见他欢天喜地走向威德郎，
带他去军营里视察，
向他展示着自己的功绩。
那些战士个个生龙活虎，

浑然看不出生病的样子。
威德郎果然十分满意，
他诚恳地邀请幻化郎参政，
承诺给他首席军师的政治职位，
从此正式将他拉入编制。
幻化郎一口应允满脸得意，
他只是觉得有些愧对流浪汉。
于是他建议威德郎再给些封赏，
把流浪汉也能留在身边。

威德郎丝毫没有怀疑，
他也十分欣赏流浪汉的能力。
上次在阴阳城的惊天一战中，
空行石和空行人合一所向披靡。
威德郎早就想把他拉入阵营，
无奈当初被幻化郎拒绝。
这次幻化郎竟然主动提出这建议，
威德郎当然高兴万分，
想赶紧把事情板上钉钉。
他当场任命流浪汉做了将军，
跟在幻化郎身边听候差遣。
并且打仗时若有需要，
也要让他上战场奋勇杀敌。

幻化郎拿着封赏去探望流浪汉，
潜意识里也希望能弥补愧疚，
却看到流浪汉已经卧床不起。
他采用自他转换法，

把自己的健康和精力献给士兵，
将他们体内的邪气吸入自身，
因此才抑制了邪气的势头，
但他已严重超负精力透支。

流浪汉实心眼绝不偷懒，
每日里勤修法术坚持不懈。
哪怕身上有再多的不适，
也要拼尽全力去完成心愿。
只见那病气向他奔涌而来，
仿佛一只只啸叫的魔鬼。
它们把他的健康撕得粉碎，
流浪汉终于支撑不住晕厥。

幻化郎见到这一幕微感心酸，
他知道流浪汉自他转换的时候，
自己正在谋取着名利财富。
在自己功名利禄的背后，
他是他可利用的工具，
也是他向上的垫脚石。

此时看到流浪汉卧床，
他的心中翻江倒海，
他忽然不想告诉他封赏，
他觉得相比他的付出，
那封赏简直是一种侮辱。
更何况流浪汉不在乎那些，
他的世界里只有信仰和情义。

于是幻化郎拍拍他的肩膀，
让他好好养病。

因为流浪汉的卧床不起，
邪气失去压制又开始反扑。
一批批士兵咳嗽发热，
都一脸赤红眼睛充血。
幻化郎也是疲于应付，
他想尽各种办法都无济于事，
终日里忧心疲于奔命。
他也想学流浪汉自他转换，
可刚一进入观修就忍不住惨叫。
因为心中有了欲望和执着，
他无法将那些病气融入空性，
更不敢让自己承受病气折磨，
他还要留着身体去升官发财。

这还不是最可怕的事情，
更可怕的是他发现他水晶般的清净幻身，
也因为那执着而失去效力。
无论他如何勤奋地观修，
都生不起那幻身的证境。
发现这一点他惶恐不已，
试了几次都无功而返。
于是他陷入了深深沉思，
第一念头不是放下执着，
而是想着如何保守秘密。
千万不能让威德郎知道，

否则他离国师就越来越远。

威德郎见疫情死灰复燃，
立刻责令幻化郎加紧施治。
因为自己给了他封赏职务，
使用起来便没有了顾忌。
那国王的气势如泰山压顶，
让幻化郎感觉好个狼狈。
刚刚立了一功得到封赏，
转眼便像是进了囚笼。
并且自己还坑害了兄弟，
想一想实在是得不偿失。
他多想大笑着拂袖而去，
天想黑就随它黑，
地想黄就随它黄，
自己再也不想多管闲事自讨没趣。
然而那欲望的惯性一旦产生，
就如马车失控冲向了悬崖。
他眼睁睁看着却无能为力，
只能在那深渊里越陷越深。

此时欢喜军已经开始挑衅，
因为他们收到密报，
知道了城中的情况，
还知道威德军无法应战。
便用尽了各种侮辱之能，
直接在城下辱骂威德国王，
希望那威德郎能冲冠一怒，

发动那弱兵来自取灭亡。
为此他们还派出了劝降使者，
其狂傲的语气不可一世。
许多将军已受不了污辱，
他们请求威德郎拼死一战。
他们宁愿在战场上粉碎成灰，
也不能让欢喜小儿如此猖狂。

威德郎虽也是怒发冲冠，
但他并没有失去理智。
他原想将使者斩首示众，
话到嘴边却化为满面春风。
只见他对使者礼遇有加，
更关心着欢喜郎的近况，
说这塞外风寒让他多加衣物，
不要因为军务而累坏了身体。

那使者本来狂傲至极，
他甚至准备要以身殉国，
却不料威德郎如此礼遇，
让他出乎意料受宠若惊。
于是他稀里糊涂地返回军营，
汇报了欢喜郎自己的所见所闻。

欢喜郎叹口气，
说："不愧是威德郎，
那胸襟与智谋果然当世罕见。
有如此人物做我的对手，

我这一生定然不会寂寞。"

再说那威德郎送走欢喜使者，
反身回到了军营怒气冲冲，
将手中的犀牛角杯摔了个粉碎，
骂一声欢喜小儿实在欺人太甚！
他又传唤幻化郎问治疗实情，
"为什么那疫情总是反复，
你可曾真正尽了全力？"
其声色冷冽如三九天的寒风。
幻化郎闻言汗流浃背，
一时间竟不知该如何回答。
他本能地想要顶撞甚至拂袖而去，
话到嘴边却不由得生生吞下。

第五十七乐章

无论是那精灵王，还是那神异的空行石粉末，都是治标不治本。焦虑的国王需要一次胜利，更需要找出恶疾的源头。幻化郎冒死刺探，没想到那源头出乎所有人的意料！

第 148 曲　大宝

就在幻化郎焦头烂额的时候，
密集郎终于赶到了。
在赤乌都城外，他看到
欢喜军星罗棋布密密麻麻。
大摇大摆进城已是不能，
他只好潜行下水道中，
以水道为路，以污臭粪味为空气。

在极度的污浊恶臭中，
密集郎已没了人样。
他是蛆虫，是泥鳅，
但他仍有人的梦想，
那打碎旧世界建立新世界的宏伟蓝图，
是他此生的愿景。此刻，
他正沿着那狭长的管道奋勇前进。
前方是赤乌国的都城，
也是他人生蓝图的其中一块。
他的心中响着嘹亮的英雄进行曲，
"向前，向前，向前！"
他甚至听到了身边有无数的生物
也在为他摇旗呐喊，助威加油。
他知道，穿过这黎明前的黑暗，
蹚过这浓雾般极致的恶臭，

他就能看到新生的太阳。
他的人生将随着这一刻而改变，
为此，他愿意付出他的一切。

钻出下水道的那一刻，
他俨然一只惨不忍睹的乌龟。
他浑身湿透，以屎尿为衣，
来不及更换也来不及梳洗。
此刻个人形象已不足一提，
面见威德国王才是头等大事。

士兵通传后，把密集郎引向国王的营帐，
迎接密集郎的，
是一张写满了笑意的脸庞——
"哦，我忠心耿耿忘我舍身的臣子，
你终于不辱使命，站在了我的面前！"
威德国王久违的夸奖，
让密集郎心中一阵狂喜。
但他仍是不露声色，
摆出一副不卑不亢的表情。
他说精灵王已经答应帮忙，
并且传给了他驱邪的咒语，
念动咒语精灵王就会现身。
但需要一种誓约和仪式，
来建立一种信息通道，
这是法界约定俗成的规矩，
一旦破坏人类就会失去敬畏。

威德郎闻言大喜过望，
说："你快快为我解忧！"
情急之下竟然忘记礼节，
拍着密集郎的肩膀给予安抚。
这一拍，他才发现密集郎的窘态：
昔日玉树临风的翩翩才子，
此刻正携一身恶臭，
肮脏无比地站在自己面前。
经过问讯，他才知道原委。
于是他忘掉了过去对密集郎的戒备，
心中充满了无尽的赞赏。

那密集郎闻言连称感恩，
说属下的心中只有国家大事，
岂可为区区个人形象而延误。
他马上沐浴更衣，设好了祭坛，
摆上了丰盛的八种供品。
他向着天空呼唤一声，
精灵王光身显现在空中。
他见到密集郎并没有说话，
而是发出一串串咒声响彻云霄。
大地随之升起无量的光点，
升到半空中又轻轻洒下，
如天女散花般落入威德军的营帐。
一团团光明驱散了黑暗，
那邪气和疫情顿时缓解，
营帐内传来声声欢呼，
一个个士兵都恢复了健康。

他们纷纷跪下对精灵王顶礼膜拜，
感恩天神为自己带来平安。

威德郎也被这景象惊呆，
毕竟天神现形凡间少见。
他看着正在呼风唤雨的天神精灵王，
下意识地也想要把他拉入联盟。

为了表达他九五之尊的诚意，
威德郎对着精灵王拱了拱手，
不是恳请更不是央求，
而是两个国王平等地商量。
他问精灵王是否愿意跟他结盟，
他说他们一个在天，一个在地，
乾坤联合，天下无敌。

那精灵王摇了摇头说没有兴趣，
凡间的事情在他看来如同污泥。
若不是奶格玛的弟子出面，
他也不会来蹚这一摊浑水。

威德郎听他说出了师尊名号，
心想这莫非是一个契机？
他要锲而不舍地说服精灵王，
让他与自己结成盟友。
他最善于谈判，他不能
让对方小瞧了自己，
他要欲擒故纵欲迎还拒，

他要调用全部智慧，
勾起精灵王与自己结盟的欲望。

于是他说："我也是奶格玛弟子，
但我尊重你精灵王的意愿。
什么时候你对凡间动心，
我都会敞开大门与你精诚合作。
另外这场瘟疫十分蹊跷，
阁下可知其中的缘由？"

精灵王闻言答道：
"姑且不说那缘由，
而是你们一个个身怀大宝，
却到处乞讨好个可怜。
那空行石便是驱邪圣物，
可以研末煮成圣水。
虽然那圣物会因此改变形态，
但丝毫不损伤加持之能。
我的咒子只能缓解症状，
还需要那圣水巩固疗效。"

威德郎一听皱紧了眉头，
那精灵王果然神通广大，
竟然知道他有空行宝物。
他把那空行石视若重宝，
研成粉末实在不舍，
万一流失岂不可惜？
他知道流浪汉那里还有一块，

但朋友的东西他不打主意。
他不是幻化郎，他是威德郎，
有所为有所不为是他的一贯原则。

于是他问精灵王，除了圣水，
还有没有其他的办法？
精灵王点点头说有，
还说依靠圣水本身就不究竟。
不管医治什么样的疾病，
都要找到患病最初的原因。
至于眼下的情况，
看样子是有人下咒，
释放出邪气好似瘟疫。
只有捣毁那患病之源，
这才是最究竟的救赎。
他的咒子只缓解症状，
从根源治理才能成功。
说罢他的光身渐渐隐去，
留下了无尽的感恩之声。

威德郎再度陷入纠结，
他掏出了随身的石头把弄，
为了得到它，他费了九牛二虎之力，
如今要为一些普通的兵蛋子服用，
真是暴殄天物！可若不如此，
眼下这困境又该如何解决？
他来回踱步，左右权衡，
最终，还是将这石头交给了密集郎前去熬药。

他千叮咛万嘱咐不要浪费，
要把那粉末用细布包好，
煮成空行圣水后立刻收回。
他还告诉密集郎，
好钢要用在刀刃上，
好马要用在战场上。
有希望之人可救治，
无希望的人当放弃。
然后他又传唤了幻化郎，
命幻化郎去调查毒咒的根源，
看哪个龟孙子如此大胆，
敢在威德王背后作祟，
调查清楚必严惩不贷！

威德郎以为幻化郎还有清净幻身，
潜入敌营侦察定当轻而易举，
却不知道幻化郎已失去神通，
幻化郎自己当然也不敢言明。
他只好战战兢兢领命后退下，
心慌意乱地思索该如何是好。
刚抬起头忽然看到密集郎在身边，
那厮正眯了眼得意地瞅他。

幻化郎心中顿时无名火起，
更有嫉妒的情绪在心中升腾。
他就连兄弟都坑害了一遭，
却还是输给了这个小子。
当初精灵王给了他俩一样的召唤权，

只要是善行精灵王就会现身，
若是为了非善目的，就再无机会。
只因自己心中发虚，不敢轻易召唤，
不承想却被密集郎占得先机。
他恨恨地望着对方，
对方也同样视他为眼中之钉。
他们都想胜过对方，
都在暗暗地嫉妒对方。
而若是密集郎知道幻化郎已没了神通，
此时不知会如何行动？
他会不会禀报威德郎，
说幻化郎犯了欺君之罪？
抑或是念及同门恩情，
好心替幻化师兄隐瞒？
但如今看来，他们完全是水火不容，
彼此之间只有敌视和戒备，
只把对方当作自己的绊脚之石，
没有半点同门兄弟的情谊。

随后密集郎煮了空行圣水，
分给需要的威德兵每人一口。
只见那空行圣水色泽金黄，
一股股硫黄味弥漫开来，
虽然味道不太好闻，
但士兵们还是如饮甘露。

这金黄的圣水呀是黄金般的水，
它是救命的水也是救国的水，

它硫黄的味道是上天的恩德，
它即使刺鼻也是沁脾的甘露。
这一口汤药作用非凡，
秘咒的疗效顿时得到巩固。
多余的圣水被密集郎收好，
防患于未然是密集的智慧。
他还偷偷地藏起一点粉末，
并未将所有粉末都交还国王。
是宝物就千金难求，
是宝物就人见人爱，
他要聚敛一切可用的资源，
为将来的建国大业做好铺垫。

第 149 曲 牛阵

在空行甘露的加持下，
威德兵陆续恢复了体力，
他们一改往日的萎靡，
又复原成为虎狼之师。
威德郎想组织一场反攻，
来清洗被欢喜军久困的耻辱。
他早就受够了这份窝囊气，
需要一场淋漓的战斗重振雄风。

他要让欢喜郎知道自己不是绵羊，
他要突破敌人的重重包围，
建立一桩盖世奇功。
他还要在人类军事史上
留下浓墨重彩的一笔。

于是他开始积极谋划全面部署，
从敌我双方的主观优劣，
到天地人和的客观互补，
他都进行了深思熟虑。
他知道欢喜军兵强马壮，
而一目千里的平原，
又是骑兵纵横无碍的天然战场，
自己的军队疫病初愈，

还没有恢复充沛的体力，
以硬对硬很难取胜，
必须用奇谋来出其不意。

因此他想起了密集将军，
那读书郎的品行有待商榷，
但他饱读兵书足智多谋，
更有丰富的奇思妙想。
他在第一战便显现出天分，
水火并用让欢喜军哭爹喊娘。
目前军中还没有能够替代之人，
自己确实需要他的辅佐。
日后对他如何安置是个难题，
威德郎决定先解除眼下的危机再说。

其实密集郎的情感也渐趋复杂，
他既想尽一个臣子的本分，
又抵挡不住内心的欲望——
那君临天下独掌权柄的国王身份让他痴迷。
如果梦想成真，就不用战战兢兢，
也不必再看别人的脸色，
而是一呼百应一言九鼎。
可眼下，他羽翼未丰前路渺茫，
他必须开动脑筋想出良策，
以博取威德国王的信赖。

国王一大早就下达命令，
必须尽快想到奇谋突破敌军围困。

因此整整一个上午，密集郎都在思考。

他的心很是宁静，屏除了一切杂念，

在自己密集的智慧宝库中

他仔细地打捞。终于，

他打捞到最令他满意的一个。

这独有的"一个"，

引出了威德国王豪迈的笑声。

君臣二人一个像猛虎，

另一个像诡计多端的豺狼，

两人合力定能给欢喜郎致命一击。

密集郎退出营帐后，

威德郎开始按计划部署。

只见他笑容满面召来侍卫，

命侍卫想方设法找来数百头耕牛。

只要在牛角上绑好尖刀，

再把爆竹和稻草在牛尾上拴牢，

临战前将耕牛引到城门口就位，

开战时引燃稻草让爆竹炸响，

耕牛受惊定会冲向欢喜军阵营，

威德军就多了数百个神勇的牛兵。

这就是密集郎的智慧，

在他的世界里无物不可化作武器，

就连天性憨厚的耕牛都能取人性命。

威德郎暗暗抹一把冷汗，

感叹此人幸好在自己阵营。

若他在欢喜郎身边助战，

自己未必能熬到士兵病愈。

但奇谋带来的兴奋很快让他忘了后怕，
他迫不及待地想要君臣同乐人畜共舞，
更想玩一个空前刺激的游戏。

威德军很快准备好牛兵，
只等欢喜军前来挑衅。
可一天过去了，两天过去了，
胜券在握的威德军
从日出等到日暮，
又从黄昏等到清晨，
却始终没有等来要等的人。
那等待的日子好个心焦，
威德军士兵就像痴情女子等待情郎，
在城墙上久久地张望不安地踱步，
每分每秒都盼着那欢喜军快快出现。

威德郎终于坐不住了，
他开始怀疑计谋被泄露，
而且越想越觉得真有其事，
越想心中的怒火越是爆燃。
身为国王，他可以允许
他的威德之师打一场败仗，
但绝不允许将士们临阵脱逃，
更不允许将士们卖主求荣。
他决定用尽一切手段找出叛徒，
然后将此人千刀万剐凌迟示众。

正在他向心腹传达命令时，

忽然传来了一阵爆竹之声。
原来欢喜军一直埋伏在附近，
想要诱使威德军乘机出城。
谁知威德军没有一丝动静，
他们无可奈何只好现身。
一见欢喜军士兵出现在军营，
威德军将士眼中就射出了红光。
经过瘟疫和辱骂的洗礼，
他们已经变成了一群疯子。
他们迅速点燃牛尾的稻草，
牛兵就成了一辆辆战车。
它们面露凶光口流涎液，
仿佛一个个吃人的魔王。
它们用犄角狠狠撞击城门，
发泄着疼痛和惊吓带来的难受。
城门一开它们又成了火箭，
一路狂奔冲入欢喜军大营。
威德军挥舞着钢刀紧跟其后，
就像饥不可耐的饿汉奔向美食。
那噼里啪啦的鞭炮声，
是夏日的滚雷也是杀敌的号角，
是冲锋的加油站也是迎接胜利的歌声，
它们接连不断响彻云霄。

欢喜军见状顿时乱了阵脚，
众兵士丢盔弃甲好不狼狈。
威德郎站在城墙上观望，
发出一阵阵雷霆般的笑声，

连日里他压抑了太多怒火，
这一下终于得到了释放。
他的笑声却迅速被惨叫声淹没，
不多久敌营里已是一片狼藉。

那群牛兵真是天生的勇士，
它们一边狂奔一边怒吼，
它们一边踩踏一边飞挑。
它们的庞大身躯，
是压过孙行者的五行山；
它们犄角上的寒光，
是黑白无常的致命武器。
有了它们的掩护和冲锋，
萎靡多日的威德军将士
都成了英勇无敌的混世魔王。
这是新一轮的生死游戏，
他们发誓要做胜出的一方。

其实那欢喜军也不是孬种，
他们之所以会溃败，
是因为从没见过这样的景象，
一时间乱了阵脚不知如何应对。
那群疯牛横冲直撞威猛无比，
牛角上还插着两把尖刀。
若是不能及时远离牛群范围，
几乎不可能躲过疯牛的攻击。
牛角刺穿了他们的胸膛，
牛蹄蹂躏着他们的躯体，

钢刀砍去了他们的四肢，
牛头撞得他们腾空飞起。
整个场面血肉模糊惨不忍睹，
震天的惨叫声和哭喊声刺入云端。

但那欢喜郎毕竟是不世之才，
混乱局面并没有扰乱他心智。
他多方面多角度地仔细观察，
最后调整战术定下新的方略。
只见他将身边令旗一阵阵挥动，
刹那间军号齐鸣战鼓擂动。
无数的巨响扑向了疯牛，
牛群一阵骚动向彼此靠近。
他又指挥着士兵闪到两旁，
为狂奔的牛群让出通道。
疯牛通过时士兵们迅速合拢，
用长矛大斧狠狠地发起进攻。
眼看就要突破牛阵开始反攻，
威德郎却鸣金收兵退回城中。
这个结果让欢喜郎好生意外，
却也承认威德郎的决策都很英明。

原来牛阵虽凶猛却只是头菜，
威德郎并不指望靠这一战制胜。
因此他一见战局开始逆转，
就立刻转攻为守见好就收。
他才不跟欢喜军正面对抗，
他知道威德军没有这个资本。

更何况这一战成果显著，
已经让欢喜军损兵折将狼狈万分。
更重要的是出了一口恶气，
多日来的烦闷一扫而空。
很多士兵回到城内之后，
又上了城墙放肆嘲笑大声辱骂，
气得欢喜军将士频频放箭，
而飞箭也一一被威德军将士拨落。
此战，当算威德军胜。

第 150 曲　斗法

胜乐郎本在阴阳城一心教化，
某日观因缘却发现威德国邪气大盛。
那邪气不像是来自威德国内部，
而且已经四处蔓延殃及众生。
他觉得这事十分蹊跷，
不像是自然而然的法则。
于是他静观邪气的来源，
却发现那邪气来自欢喜郎军中，
他想可能是巫师在下咒。

那厮上次已被金刚杵钉死，
却不料并未真正失灭元神。
不多久便重新吸聚了精气，
恢复了人形继续作恶。
要想彻底地除掉邪气，
只有斩草除根灭了巫师。
他已多行不义作恶无数，
往后还会生出更多祸患。
胜乐郎决定不再袖手旁观，
要用霹雳手段践行菩萨心肠。

于是他四处搜索巫师讯息，
只等那良机出现重拳出击。

这次他要抢占先机主动宣战，
不再被动地等待所谓因缘。

同时他还在拯救欢喜郎，
时时用百字明为欢喜郎净障。
他希望能消除欢喜郎身上的戾气，
让其远离那巫师的邪魔咒力。

自从幻化郎接受了任务，
也开始调查邪气的来源，
他揣测是敌对势力作祟。
为了证实自己的猜想，
他联合了密集郎寂天一同探寻。

只是这兄弟俩看彼此很不顺眼，
两人在一起总是针尖对麦芒：
这个嫌那个只空谈不修证，
那个嫌这个心气高爱争功。
威德郎却偏把他们安排一处，
让他们磨合包容调伏心性。

威德郎说话极具煽动性，
他总以他春风化雨般的口才，
融化人性中沉睡的欲望之冰。
此刻，面对手足般的同门师兄，
他更将此特长发挥得淋漓尽致。

他说，两位师兄是他的左膀右臂，

又是共奉一师的同门兄弟，
最重要的事情只有交给他们，
自己才能安枕无忧。
希望能三人联手立下盖世奇功，
将来得到的富贵也能三人共享。
世间法有所成就之后再修出世间法，
就能世出世间均得圆满。

威德郎这番激励至真至诚，
听得两兄弟热血沸腾。
他们都感到美好的明天正在招手，
仿佛只要轻轻一跃就能到达。
努力吧，幻化郎！
努力吧，密集郎！

殊不知这其实是威德郎的强项，
他总是在悄悄地观察人心，
然后发现弱点加以利用。
他之所以有那么多忠心的部下，
靠的就是这个伎俩。
当然他也是一个重情重义之人，
只是这情义的条件便是利益。
若是利益有冲突他也会翻脸，
跟那欢喜郎并没有太大的差别。
多年来他靠此举建立了铁军，
全军上下都想依仗他拥有光辉前景。
如今他也用此招来笼络师兄，
想把师兄也变成傀儡为他卖命。

幻化和密集已变成欲望的奴隶，
因此才会看不清明显的真相。
他们不知道无论谁更受重用，
本质上都只是傀儡没有两样。
他们却为那利益而兄弟反目，
出了营帐便将鄙视眼光投向对方。
他们都忘了两兄弟曾经同生共死，
也忘了离别时流过的那些眼泪。
真心的情谊总是被欲望吞噬，
人在贪念中总会分外无情。
如今他们都把彼此当成对手，
全心全意想要胜对方一筹。
在国王面前时他们更是这样，
总是明合暗斗偷偷较劲，
都想有更好的表现更大的功劳，
都想得到更大的赏识更多的利益。
幸好他们还没忘掉事情轻重，
无论心中如何纠结不服，
该做的事情他们也还是会做好。

寂天虽也参与这次行动，
但他的初衷跟幻化密集截然不同。
他对人间成败得失毫无兴趣，
根本不愿蹚这摊浑水，
奈何幻化郎言辞恳切软磨硬泡，
让好脾气的忘年交无法拒绝。
但他反复声明下不为例，
再也不要用世间法烦扰于他。

当然，幻化郎最初也是这样，
他不断拒绝威德郎就是这个原因。
也是源于这种智慧和出离，
他才能有清净幻身的修证。
可惜他并未将世间荣辱真正看破，
才会被宝石改变了初衷。
寂天却已达到真正的清高境界，
他的心早已超越了成败荣辱，
他眼中泰山与鸿毛同轻，
黄金与粪土同值，
他已不需要意义和价值。

而密集郎从来就没有这种觉受，
他一直都是红尘和虚名的奴隶。
哪怕在他舍生取义的时候，
心里还是潜藏着一丝一缕的作秀。
正是这粒危险的种子，
让九天玄石的魔力有了可乘之机。

寂天仙翁对两人心性看得明明白白，
也正是这种透彻，让他忽略了外力的存在。
如果他启用智慧观照两人因缘，
就定然会发现那不祥的外缘，
并且及时地进行干预，可惜没有。
他始终没有察觉两人的影子里
有个捂着嘴奸笑的恶魔。
或许，这也是两人必经的磨难。

有时，命运最大的爱好就是捉弄人。

五力士当初为拯救家园投生为人，
可一旦他们进入母胎，
就有了另一种命运。
如今娑萨朗已在物质层面开始毁坏，
除胜乐郎之外的他们，
却还在追名逐利的路上狂奔。
他们早就忘了自己的使命，
对永恒的追问也成了忽生忽灭的情绪。
即使奶格玛一直在顾念他们，
他们也总是不能捅破
沉沦和解脱之间的那张薄纸。
他们前方的路，
还很漫长。

在此刻的密集郎心中，
寂天的加入造成了巨大的挤压。
他觉得对方现在以二敌一，
在威德郎心中的重量必然会增加。
他担心自己从此不再重要，
也想找一个伙伴为他助力，
但是他没有合适人选只能放弃，
于是顾影自怜甚至觉得自己被孤立。

其实他完全不需要如此忧虑，
因为寂天不愿玩这种游戏。
众生的苦厄一旦解除他就会退出，

回净土过他的清净日子。
红尘诸物在他眼中都是孩子的玩具，
看起来诱人其实无实质意义。
只有那凡俗之人才会看不穿真相，
以染污之心揣测圣者的清净善意。

但世间法上密集郎确实优秀，
他很快想到了潜入敌营的妙计。
他找来三套欢喜军士兵的衣服，
三人易容后才开启那行动。
然而进入敌营后仍是无从下手，
因为欢喜军的戒备异常森严，
每个营帐都紧紧关闭密不透风，
根本看不到其中的风景。
巡逻的哨兵也是表情严肃，
完全没有闲聊套话的可能。
密集郎不由得发出感叹——
欢喜军真是名副其实的王者之师，
军纪如此严明怪不得所向披靡，
王者之所以是王者，总有他的道理。

既然计划已流产三人只能撤退，
躲到暗处后密集郎重新规划行动。
突然他灵光一闪觉得自己好不愚蠢，
身边有两个神仙，
为何还要用肉身去涉险？
但他转念一想，这理所当然的方法，
为何寂天和幻化郎会想不到？

若是早就想到，
为何两人至今仍不提出？
密集郎满腹狐疑地打量他们，
觉得幻化郎的神色有些奇怪。
于是他抛出问题同时观察，
幻化郎果然面露尴尬目光闪烁。
他断定幻化郎定然有事相瞒，
正要开口发问，寂天却开始自白。
他说现在他发动不了空行神力，
因为这次出手他不是利众也非自愿，
而是间接被威德郎利用，介入人间事端。
此时的他只是一个普通老头，
唯一优势就是经验丰富。
他还提议先回威德军营地，
等时机成熟再做打算。

幻化郎赞叹寂天仙翁的坦然，
圣人果然已放下了荣辱得失。
可他仍然不想开口承认，
何况提问者是他的竞争对手。
但密集郎却不肯善罢甘休，
他不理寂天仙翁的建议，
目光炯炯地盯着幻化郎说：
"你的神通是否也已经丧失？"
幻化郎闻言滚烫了脸颊，
支支吾吾找借口为自己开脱。
他说之前的战斗命能过度损耗，
如今神通虽在却不能滥用，

只有在生死存亡之际才能开启。

其实他并没有完全说谎，
只是修饰和隐藏了一部分事实——
他的神通失效无关命能，
完全是欲望正浓执着正重的原因。
只要他破除执着超越欲望，
神通自然会像那丽日破云而出。
上次在灵界遇险，
他就是在生死相交时放下了一切，
所有执着瞬间消融，
他才能重入明空生起清净幻身。

想到那经历他突然灵机一动，
转身问寂天能不能将他勒死？
寂天闻言先是一惊，
随即才明白幻化郎的用意。
他顿时连连摇头外加叹气，
觉得幻化郎真是荒唐无比。
于是他示现出愤怒之相，
大声吼道："你难道疯了？
这么干的风险显而易见，
稍有不慎你就会命丧黄泉。
为了那功名利禄豁出性命，
你可真的认为值得？"

幻化郎闻言脸上一热，
他沉默不语好像在思索。

他也知道为名利丧生很不值得，
但心中却有欲望的大潮在汹涌。
他不甘心那仕途到此为止，
他还想向威德郎证明自己。
他忘不了那个当国师的梦想，
此刻甚至愿意为之付出生命。
连他自己也觉得有些吃惊，
不知从什么时候开始，
他竟变成了这样。
他甚至想起了自己的童年——
战争夺去了父母的生命，
把他变成了孤儿，
他太了解那些在战火中瑟缩的小生命，
那绝望而胆怯的眼神总会让他心碎。
他到底为何开始热衷于战争？

诸多念头在他的心里盘旋，
他成了一只孤独的水母。
一伸一缩，一伸一缩，
独自在幽暗的海水中游泳，
却连自己想游到哪里都不知道……

这个过程中密集郎一直在旁观，
聪明如他，已猜到了事情原委。
他知道幻化郎又在找借口，
也知道自己的预感没错。
他更看出幻化郎眼中的犹豫和纠结，
他担心幻化郎这样纠结下去，

也许真的会被寂天劝服，
打消那拼死生起幻身的念头。
要真是这样，此次任务就一定会失败。
如果真的失败了，回去后如何向威德郎交代？
当然，他可以把责任推到那两人身上，
但他们三人毕竟是一个团队。
威德郎不会只骂那两人无能，
而会把他们三个人都看成饭桶。
既然三人已成了一条线上的蚂蚱，
一荣俱荣一损俱损，
他就必须想尽办法成功。
于是，他做了一个决定——
为了自己的野心和面子，他要亲手
把同门师兄送到鬼门关去走一趟。

只见他眼球骨碌碌一转，
然后冷哼着说了一句：
"想不到你的神通使用门槛还真高，
幸好你这次遇上了我，
我虽然不知道如何救你，
却有千万种方法可以弄死你。"

幻化郎受了奚落很不服气，
那一星忏悔的火苗顿时熄灭。
他决心要为自己争上一口气，
不能被这可恶的密集郎看低。
于是他说："有种你就弄死我，
看看我的冤魂如何叫你好看！"

他们当然是在习惯性地斗嘴，
事实上谁都不希望对方丧命。
话音刚落他们就开始商量，
都想选定一个最安全的方案。
他们是典型的欢喜冤家，
表面上时不时斗嘴谁也不让谁，
但真的合作起来却无比顺畅，
因为他们彼此都能猜到对方心意。

有了这种天然的默契，
他们在断头谷的第一次合作
才能旗开得胜拿到秘宝。
只是那胜利是好事还是坏事，
至今仍很难说清。
只看他们能不能及时醒悟，
从宝石制造的魔障中破茧而出。

经过反复衡量多方面考虑，
他们决定用绳索勒颈。
这样可以让幻化郎进入窒息状态，
临死八相也会随之生起。
那时幻化郎会自然而然地放下一切，
然后借助那种状态生起幻身。
这时密集郎会立刻松开绳索，
并且保护幻化郎的肉体和命气，
确保他不会真的丧命。
所以，这种方法虽然会带来很大痛苦，

却是最不容易出现意外的选择。

其实这样仍很危险，
万一时间掌握不好，
或拿绳子的人一个走神，
就有可能会假戏真做，
让幻化郎无端丧命。
所以二人请寂天在旁把控，
确保能恰到好处不多不少。
寂天当然不赞同这种做法，
但两个疯子坚持己见，
他这个和善长者也毫无办法，
只好叹口气接受了这个分工。

整个过程中幻化郎异常坚定，
他的精神让密集郎暗暗佩服。
密集郎心想，这家伙虽然讨厌，
但确实是一员不怕死的猛将，
若是将来麾下能有这种将士，
我的密集帝国定会非常强大。
只是一时间找不到绳子，
这让三人感到非常头痛。
寂天想乘机劝他们放弃，
密集郎却灵机一动有了主意。
只见他解下腰中裤带，
脸上露出坏坏的一笑。
他说："我就牺牲一回色相，
用我的宝带助你一臂之力。

你可要珍惜这来之不易的机会，
好好侦察那欢喜军营。"

幻化郎知道他又在占自己便宜，
顿时觉得又是好气又是好笑。
他冷哼一声说："区区裤带我难道没有？"
然后解下自家腰带递给寂天。
密集郎撇撇嘴说这不一样，
然后拽住腰带与寂天同时发力。

就这样，在使命的感召下，
一场走钢丝的游戏开始了。
钢丝的这头是密集郎，
那头是寂天仙翁，
走在钢丝上的则是幻化郎自己。

他紧紧地闭着双眼，
等待命运的裁判。
很快，脖子被勒得越来越紧，
呼吸也变得越来越困难，
他知道密集郎和寂天在一点点加力。
他信任那二人，但仍是感到恐惧。
死亡的阴影
随着要命的眩晕感降临，
他觉得全身气血都在上涌。
他的手脚乏力全身开始痉挛，
就像被什么人抽干了精力。
他的脑袋也无比晕眩，

仿佛就快要炸裂。
他忍不住用力地呼吸，
嘴里发出可怕的呵呵声，
但没有多少空气
能进入他可怜的肺部。
他感觉到舌头已伸出了嘴外，
他知道自己此时一定很丑。
他见过窒息而死的人，
那些人脸色青紫眼球突出，
舌头拖在嘴唇上就像厉鬼。
当时他一点都没想到，
自己也会变成这个样子。
他提醒自己，
这时该收敛念头等待时机，
死光明随时有可能出现。

密集郎原本盯着幻化郎的脸，
生怕自己用力过猛会让他丧命，
眼前却忽然有一幅画面闪过——
那是一个被毒死的侍卫的脸。
当时他满心都是自己的前程，
为此不惜杀生害命，让双手染上血腥。
此刻那侍卫死时的样子
突然与幻化郎的脸庞重叠，
吓得他双手一抖，几乎拿不住绳索。

他的脑海中又划过另一个念头——
那两个逃走的侍卫一直没有出现，

或许他们也已经中毒身亡。
如今那四具尸体应该早已腐烂，
真相也将永远被掩埋。
想到这，他本该舒一口气的，
却说不清原因地想要流泪。
他不明白，那硬了很久的心，
怎么忽然就软了起来。

当他回过神时，
才发现自己已经松了手，
幻化郎正捂着喉咙剧烈咳嗽。
寂天也正盯着他看，
眼里有一种奇妙的暖流。

幻化郎咳嗽了一阵挤出声音，
说："你要是真想帮我就使点劲，
我自己的性命我自己心里有数。"

密集郎没有解释自己为何松手，
只是默默地拿起绳索。
但他没有立刻发力，
而是静静地看着自己那双
握紧了绳索的手——
他突然不明白自己为何要这样，
包括自己之前做过的很多事情，
他也不明白为何要那样。
他的心里一阵阵刺痛，又一次次失落，
仿佛有一种笃定的东西在摇摆。

他仍然能感觉到自己的野心，
它就像遥远的灯塔，在黑暗中闪着诡异的光。
他知道那不是光明，也不可能引导他走向光明。
但不知道为什么，他在很长一段时间里，
已不再向往光明，觉得黑暗也没什么不好。
这是为什么？
而现在，他又是为了什么在动摇？

他的耳边又传来幻化郎催促的声音，
那厮正叫唤着"不要让我白白受苦"。
但他却提不起拉动绳索的心力，
他同样不知道为什么。
之前不希望幻化郎犹豫退缩的是他自己，
此刻幻化郎铁了心要向虎山行，
自己却又心软下不了狠手。

他在自己心里清晰地看到了担忧，
他真的在担心幻化郎。
虽然他讨厌幻化郎跟他争宠争利，
也讨厌幻化郎老是碍手碍脚，
但那幻化郎也是自己的金刚好兄弟，
他们曾经不止一次地共历生死。
在野人谷，在断头谷，
如今又在这赤乌国城外。
他甚至觉得自己有些浑身发软了——
这真是他熟悉的那个自己吗？

他漫长的胡思乱想自我纠结，

已经把幻化郎给彻底激怒了。
幻化郎狠狠地踹了他一脚，
使他突然从幻梦般的感觉中醒来。
他惊愕地看了一眼幻化郎，
那厮头发凌乱怒气冲冲的样子
竟像是有点可爱。
若不是考虑到眼下的处境，
他真的会笑出来的，可他现在笑不出来，
他知道幻化郎也憋着一股劲，
那股劲一旦泄掉，他就有可能临阵退缩。
也罢，就配合这个不怕死的家伙吧。
于是他示意另外两人就位，
自己开始渐次发力。

为了避免自己心软，
他打算全程都闭着眼睛。
因此他对寂天千叮咛万嘱咐，
叫寂天务必要掌控局面，
千万不要用力过度。
但即使他看不到幻化郎的样子，
他的一颗心也始终悬着。
他的双臂像灌了铅一样沉，
他知道那是因为紧张。
妈呀，他真怕幻化郎
一口气提不上来呀！

寂天仙翁也是满头大汗，
他表情严肃全神贯注，

紧紧盯着幻化郎的气息，
随时准备放下绳子抢救。
时间只过了两三分钟，
感觉却像是过了千年万年。
密集郎实在忍受不住那种恐惧，
他双手一松想要放弃。
他宁愿任务失败，
也不能杀害同门兄弟。

而就在他松手的刹那，
幻化郎放下了心中的执着。
著名的临死八相出现，
经过白烟诸相进入现增得。
在那三现分逆起的时候，
幻化郎把握机会轻轻一跃，
便如鱼儿般生起了幻身。
这本是他烂熟于心的技能，
此时使用自然信手拈来。
相反，若是没经过那严格训练，
他便会错过机会一命归阴。

寂天看到幻化郎已生起幻身，
便轻声告知密集郎，
两人一起守护幻化郎的肉身，
丝毫不敢麻痹大意。

这时，从外相上看幻化郎已经死去，
只是那心口还有热度。

密集郎不放心地看着寂天，
想问他这办法到底靠不靠谱，
又怕自己出声打扰了幻化郎，
万一出现闪失自己承担不起。

寂天仿佛知道密集郎所想，
于是不动声色地点了点头，
然后又继续盯着幻化郎气脉，
若有变化好及时进行救助。
密集郎见状顿时安定下来，
屏息凝神盯着幻化郎的肉身。
因为担心变故在不经意间发生，
自己修为不够不能察觉，
他便时不时地望寂天一眼，
看到老人气定神闲他也便安心。

但幻身的侦察不能太久，
最多半个时辰就要抢救。
因为肉身需要氧气和血液，
否则很多器官就会逐渐衰竭。
哪怕仅仅是脑细胞长时间缺氧，
也会造成不可逆转的伤害。
到时那幻身就算平安回来，
也没有了可以安身的器皿。
就在寂天和密集郎等待的时候，
幻化郎的幻身果然看到了邪气。
那一线线黑气像是舞动的黑蛇，
也像是无数蝌蚪排着队往前游。

幻化郎沿着黑气找到了源头，
发现那是一座很大的帐篷。
外面有重兵把守戒备极度森严，
宛如给营帐筑起了铜墙铁壁。

幻化郎见状更加谨慎，
他停住了脚步思考对策。
他当然不怕那些凡人士兵，
但他担心帐内行者能看到幻身。
如果欢喜军中真有这样的高人，
自己此行岂不是自投罗网？
于是他掐动手印，
在幻身中又生起好几个化身。
这熟悉的伎俩真真假假，
犹如狡兔三窟掩人耳目。

准备就绪后他得意一笑，
首先派出化身去帐内试探，
幻身则隐藏在帐外的暗处，
随时做好了逃跑的准备。

第一个化身没有遭到攻击，
但他并没有因此放松警惕。
他又陆续派出了几个化身，
那小心谨慎就像兔子踩窝。
直到派出第十个化身后，
仍没有异象，
他才终于相信帐内并无高人。

于是他以幻身进入那营帐，
却发现帐内坐着的是欢喜郎。
那欢喜郎跟平时不太一样，
他盘腿闭眼口中念念有词，
一晕晕黑光从他口中溢出，
就像水面荡漾起层层涟漪。

幻化郎见状不由得疑窦丛生，
觉得此人不可能是欢喜郎本人。
因为没有人知道欢喜郎在修行，
更没听说过欢喜郎有高深法力。
就算欢喜郎鹦鹉学舌地念念邪经，
应该也发不出这一晕晕黑波。
难道又是巫师派出的替身？

想到这幻化郎不由得毛骨悚然，
因为替身可以看到幻身。
于是他马上进入战斗状态，
随时准备应对那"傀儡"的暴起发难。
等了片刻却不见任何反应，
那人似乎并没有发现幻化郎的存在。

幻化郎马上凝神观察，
发现这诵经人不像是傀儡。
因为此人有一种独特的气息，
这种气息只有帝王才有。
有神通者可以复制帝王的外貌，

却无法复制这独有的帝王之气。

这个发现让幻化郎打了个哆嗦，
他没想到，那瘟疫和邪气的源头
竟是欢喜国王。
看来欢喜郎对威德国志在必得，
已经到了不择手段的地步。
他听不到欢喜郎念诵的内容，
只能猜测那是一种邪恶的黑经。
如果欢喜郎连这种手段都能使用，
这场战事看来会非常麻烦。

幻化郎叹了口气走出营帐，
想去别的地方继续侦察，
却忽然感到一阵天旋地转，
眼前的景象开始剧烈颤抖，
更有一阵阵大风吹向天空。
那风力强劲不可阻挡，
把那幻身也吹入虚空。
于是他马上摄幻身归位，
谁知刚一睁眼，
却发现密集郎正给他做人工呼吸。

幻化郎先是蒙了一下，
紧接着推开了密集郎。
口中的味道让他连连作呕，
他边骂密集郎边趴在地上呸呸。

那密集郎同样不好受，
他也是不断地吐着口水，
嘴里还不忘回击幻化郎，
说："早知道这样就该让你去见阎王。
把你救回来你不光不感恩，
反而还嫌老子的嘴臭。
其实臭的并不是我的嘴，
而是你肚里的屎尿粪坑。"

寂天见状捧腹大笑，
笑了一阵，才打着哈哈为他们圆场。
他说："牛唇对猪嘴，半斤与八两。
净垢一个样，谁也别嫌谁。"
但密集郎和幻化郎不管，
还在一个劲地嚷嚷。
于是寂天也就不再说话，
饶有趣味地看着这对欢喜冤家。

第五十八乐章

　　英明的国王开始犯起了糊涂，决断的他
陷入了惨烈的自我纠结，那善呀恶呀，如两
道绳索，在拉扯着他的心。而绳索的两端，
也有两种力量在争斗，那似乎总也杀不死的
巫师，多像人心中的黑暗啊！

第 151 曲　黑经

等到两人中场休息的时候，
寂天问幻化郎有没有找到邪气来源。
幻化郎这才想起了正事，
于是悄悄踢了密集郎一脚，
然后一本正经地回答寂天。

只见他睁圆了眼睛说道：
"乖乖，那邪气源头不是别人，
正是千刀万剐的欢喜郎！
他在念一种威力强大的黑经，
每念一个字，就有一道黑波扑向咱们，
那瘟疫就是这些黑波引来的。
我猜那黑经是巫师传授给他的，
如今恐怕只有干掉他，
才能从根源上消除邪气。"

密集郎闻言鼻子直哼哼，
说："你简直是出口成屁，
若能干掉欢喜郎，
何止是终结了万恶的邪气，
简直就是拉开了天下太平的序幕。"
寂天闻言也叹息一声，
他觉得自己已越陷越深。

他清晰地意识到
一场刺杀行动就要开始，
若不及时地抽身而退，
恐怕以后会被更多的麻烦裹挟。
于是他当机立断决定尽快离开，
从此再也不涉足人间的争端。
他发现那是非的头绪只要扯出一个，
纠缠的麻烦就会绵绵不绝。

当然，刺杀行动不可能由他们进行。
一来他们没有那样的能力，
二来欢喜郎身边有重兵保护，
三人根本接近不了他，更谈不上什么刺杀。
但他们并没有立刻回去，
密集郎和幻化郎都想尽量多看看，
多了解一些敌军的情况，
以免向威德郎汇报时一问三不知。

于是三人在周边游荡了一阵，
才入城回到威德郎军中。
幻化郎向威德郎汇报了幻身所见，
密集郎向威德郎汇报了周边军情，
两人提议尽快确定反击的对策。
而寂天却始终沉着脸不言不语，
冷眼旁观着一切不置可否。

威德郎闻言怒不可遏，
他大手一挥发出一声巨响，

面前的桌子瞬间粉身碎骨，
毫无保留地祭奠了他的怒气。
他大吼道："欢喜小儿太过无耻，
竟然用旁门左道祸害寡人。"
然后顿了一顿又转向幻化郎说：
"你不是有高深的法力吗？
快点向欢喜军释放出瘟疫，
用其人之道还治其人之身！"

幻化郎闻言一脸尴尬，
更有一种莫名的恐慌。
这威德郎真是丧心病狂，
竟然让他用神通祸害百姓。
这已越过了修行人底线，
是堕入金刚地狱的罪行。
他哪怕舍去功利放弃荣华，
也不能干这损阴德的事。

但他还不想就此放弃，
于是沉默不语望着国王，
既不答应也不反对，
只用眼神传递那提醒。
他希望国王能收回成命，
否则他就只能辞官退隐。

威德郎是聪明人当然一点就通，
他马上意识到自己的失态。
修行人做事讲究名正言顺，

就算有贪念也不能毫无原则。
于是他一改刚才的蛮横，
大义凛然说出另一番话语——
"那欢喜小儿卑鄙无耻，
但我们不能卑鄙无耻；
那欢喜小儿不择手段，
但我们不能不择手段。
然而他德不配位没资格做君王，
寡人要替天行道还原朗朗乾坤。"

幻化郎闻言脸色一缓，
暗暗地长舒了一口气。
刚才他心里滑过了无数念头，
生怕威德郎坚持己见逼他作法。
若是真的走到这种田地，
自己就不得不放弃近在咫尺的野心。
如今这局面最合自己心意，
他不由得露出欣喜的笑容。

但他忘记了一件最重要的事情——
只要有纷争就会伤害百姓，
瘟疫和战火都是一样。
他们虽然没有用那阴招，
但本质上跟欢喜郎并没有不同。
他们明里打着正义的旗号，
可那司马昭之心路人皆知。
幻化郎自己也最是清楚，
因此他当初才会倡导和平。

往事竟如此遥远，
他和密集郎都已不是当初二人。
只是密集郎比他走得更远，
几乎已在功利之路上义无反顾。
倘若有法力的是那密集行者，
刚才很可能已答应了国王的号令，
然后毫不犹豫地放出瘟疫，
用漫天哀号换来富贵权势——
当然，幻化郎没有想这么多，
他还沉浸在躲过一劫的喜悦之中。

冷静下来的威德郎开始思考对策，
他将目光转向了身边的密集郎。
他知道读书的种子多谋善断，
于是他询问密集郎可有良策。
他要打击欢喜郎的嚣张气焰——
哦，不，他不仅要打击那欢喜郎，
他还坚决要灭了他！

密集郎点点头清了清嗓子，
这是他的固定动作。
每次发言他都像是在演讲，
飞流直下地展示着他的学识。
这次他其实没想好什么对策，
但他还是装模作样地摆开架势。
因为他要让幻化郎知道——
老子明显比你强得太多。

人的心思真是有趣，
瞬息万变没有固定的样子。
刚才他们还统一战线生死与共，
一回到自家阵营却又开始内讧。
密集郎还悄悄瞥了幻化郎一眼，
眉宇间充满莫名的优越感。

他说："邪气目前被空行圣水压制，
我们要趁此机会主动出击，
打欢喜郎个措手不及。
我们要让他觉得诅咒是徒劳，
更要向他展示我们无畏的态度。
这是一种心理战术，
目的是让他对那邪法失去信心。
信心一失法力就会马上消失，
我们的危机就会迎刃而解。"

威德郎闻言拊掌大赞，
说："这个计谋真是直击要害。
你不愧是我威德国首席智囊，
寡人要对你重重地封赏。"

幻化郎在一旁变了脸色，
他觉得那威德郎好不公平。
自己拼了性命取得情报，
他看起来却全不放在心上，
那狗头军师只是空谈几句大话，

他便连声赞叹还要大力封赏。
幻化郎甚至觉得他没有眼光，
不重视珍珠却在乎那鱼目。
当然，这情绪也跟密集郎有关，
若是那密集郎不存心挑衅，
他也不至于如此不满。

好在威德郎及时察觉那情绪，
对劳苦功高的幻化郎也给予奖赏。
他最擅长的就是笼络人心，
明白对两兄弟要一碗水端平。

于是大家商议次日出战，
打欢喜郎一个措手不及。
而寂天看上去却心事重重，
他若有所思长吁短叹，
还老是看着幻化郎欲言又止，
不知到底在为何事纠结。

这一天晚上终于有了答案，
寂天对幻化郎说要先走一步。
他已经厌倦这争端不想再介入，
这就要回净境专心修行。
他将炯炯目光投向那幻化郎，
眼神里充满了慈悲和期待。
幻化郎知道他是在提醒自己，
希望自己能找回修行人的纯净。
他甚至能感受到寂天的伤心，

于是脸色微变想要回应，
可动了动嘴唇最后还是放弃，
只说了些祝福和感恩的话语。
事到如今出离心已无法再生起，
功利和欲望已经将他紧锁。
他只好拜别寂天回到营房，
一路上情绪翻滚心意却坚定。

再说这一夜的欢喜郎，
他在修一种红瘟神本尊法，
此法正是来自巫师的传承，
是萨满教黑经的一种。
它能调动瘟神的能量，
让对手生发多种瘟疫。
只是它太损自家的元阳，
更会让福德受到玷污。

欢喜郎明知它后患无穷，
但为了那统一天下的大梦，
为了尽快结束这无聊的战争，
为了让自己不再陷入人格分裂，
他欣然承接了巫师的传授，
每日里观修异常勤奋。

果然威德国阵营纷纷衰落，
一个个国家都陷入了疫情。
无数的士兵和百姓死于非命，
于是欢喜郎乘人之危趁火打劫，

到处攻城略地扩张疆域。

只是他也觉得此法有损阴德，
看到百姓的痛苦他更是犹豫。
这样的方法似乎太过于阴毒，
就算统一了天下也不得善终。

此时他已感到异常不适，
似乎有两股力量在体内打架，
它们一冷一热左冲右突，
自己便时冷时热烦躁易怒。
一点小事就让他大发雷霆，
似乎有无数炸药在体内充盈。
他常觉得自己已不是血肉之躯，
而是随时可以喷发的愤怒火山。

只听一声轰隆巨响，
条桌被他砍成了两半。
他手持利剑眼泛红丝，
内心却终于找回些许平静。
周围的侍卫都诚惶诚恐，
他们小心翼翼地收拾残局。
他们已习惯了国王的喜怒无常，
他们只能谨小慎微保全自己性命。

夜晚来临的时候，
欢喜郎走出帐外仰望星空，
面对那一片望不到尽头的深邃，

他连连感叹连连发问——
"我的命运为何如此煎熬?
本想过一种平凡的日子,
可命运非要我做一代君王,
做那太平的君王也就算了,
偏偏又生逢乱世征伐不断。
多想烧毁这尊贵的黄袍,
回到那无忧无虑的童年啊!"
说罢他低头不语暗自垂泪,
失魂落魄地回到帐篷。

这一夜他又做起了怪梦,
梦中他进入了一座宫殿。
他越走越下,越走越深,
身边还汇集了无数的人流。
那一个个人都黑青了面孔,
细瞧却是一个个死人。
他还看到几个熟悉的面孔,
正是他亲自对他们判处死刑。
还有一些是他军中的将士,
也都是血肉模糊肢断臂残。

欢喜郎顿时惊掉了魂魄,
战场上的勇猛瞬间消失。
虽然他见过成山成海的死人,
这一刻却两腿发软心如雷动。
他忘了抽剑自卫只想逃跑,
下意识里像只兔子害怕猎人的枪口。

他逃出老远才怯怯地回头，
那宫殿竟已成为坟包。
那坟包高大无比直入云霄，
仿佛一艘巨大的诺亚方舟。

这样的梦境已出现多次：
相同的内容，相同的恐惧，
还有相同的无能为力。
于是他梦中知梦生起警觉，
只想从吓人的梦境中醒来。
他拼命地扭掐着自己，
他在心中呼唤着自己。
一声声醒来透着急切，
可那睡魔却依然在肆虐。

昏昧中的他知道自己在梦中，
也知道那些死人只是幻影，
但他依然不可抗拒地感到惊恐，
在惊恐驱使下他只想逃命。
就这样，他在梦中警觉着，
又在警觉中昏昧着。
有时他也会尝试放下恐惧，
任由那些死人来蹂躏自己。
他知道反正都是虚拟的梦境，
可怖的一切并奈何不了自己。
可理论上知道归知道，
实际上他还是没有定力。
每当看到血肉模糊的肢体，

还没靠近他就会下意识想逃离。

为了对治，他给自己找了个方法——
一进入怪梦便寻找悬崖。
这也是他发现的独门秘籍，
在悬崖上跳下坠崖而死，
就会从梦中回到现实。
只是在梦境中他拿不定主意，
贪生的念头根深蒂固，
它们盘根错节纠缠在潜意识深处。

虽然他理论上知道是梦，
可没有真正的实修传承，
他根本看不破那梦境的虚幻。
随着身后的僵尸越来越多，
他不得不在悬崖之上犹豫再三。
一边是被僵尸抓挠而死，
一边是跳下崖粉身碎骨，
他该如何选择？
纠结犹豫了很久之后，
终于他决定闭目一跃。
他要像鸟儿一样振翅高翔，
即使粉身碎骨也不愿他
出生入死的皮囊兄弟被吞食。
跳起的那一瞬，
他感觉五内俱焚痛不欲生，
同时还陷入了一片黑暗之中，
仿经历那临死八相。

再睁开眼时已看到帐篷，
衣衾全被汗水湿透，
疼痛也遍布全身，
他深深地呼吸，
深深地放松绷紧的身躯。

他看到，太阳的光芒
正从帐篷入口处直射进来，
那明亮顿时让帐内蓬荜生辉。
他想，活着多么美好，世界多么美好！
何必去打那些残忍的战争。
那梦中的恐怖仍在眼前，
梦中的尾随者也越来越多。
他知道那是来讨债的幽魂，
那是他的另一种冤亲债主。
那梦的启示不言而喻：
若是不知悔改继续杀戮，
他的死期将为时不远。

欢喜郎动了动疲惫的身躯，
一夜的睡眠并没让他休息，
反而使精神更加萎靡，
仿佛被梦境夺去了精魂。

于是他索性不再补觉，
穿上了铠甲去巡视军营。
虽然明知道杀戮不对，
但箭在弦上此时不得不发。

他只盼尽快结束该死的战争，
好让他能彻底卸下铠甲。
那时再慢慢地消除这冤亲债主，
精修那妙法等待择日成仙。

第 152 曲　厮杀

欢喜郎醒后巡视军营，
忽然之间有直觉闪过。
那感觉像极了瞬间的画面，
在他脑中投下了影像。
那是一幕幕厮杀的幻影，
欢喜威德两军正在交锋。
他仿佛穿越了时光隧道，
看到未来好个心急。
他要赶快回到现在的世界，
做好那准备占领先机。

于是他脑中白光一闪，
又看到了自己身在军营。
他也不顾将士们劳形苦心，
立刻下达了进攻的指令。
他要求最快的时间内整装备战，
若有懈怠定斩不饶。

士兵们顿时乱作一团，
他们本懒懒散散各忙各事，
这突然的指令让他们措手不及。
他们虽服从着王命，
却也感叹着时运不济——

瞧那个叫欢喜郎的爷，
他好像已经精神失常，
总是做一些匪夷所思的事情，
折腾得他们鸡犬不宁心神难定。

但他们的抱怨也只在心里。
自从当兵的那天起，
服从便成了他们的天职。
而欢喜郎号令严明的治军风格，
更让他们胆战心惊如履薄冰。
于是他们驱赶着自己加快动作，
在一炷香内便完成了集结。

此时欢喜郎已整装待发。
他骑在白马上好个威风——
那马是天马，人是天神，
人马合一蓄势待发就要冲锋。
只见那白马将奋足局后四蹄腾空，
欢喜郎大喝一声："将士们跟我冲锋！"

于是战鼓擂动军号奏响，
无数的欢喜军士兵冲出军营。
凑巧的是威德军也在擂动战鼓。
两个国王就像商量好似的，
以战鼓回应战鼓，
以突袭回应突袭。
他们驱动那人鬼难防的暗箭，
掀起激烈交锋的遭遇战。

他们谁都来不及分析，

也来不及思考，这从天而降的敌人

如不期而至的客人。

威德军冲出城门席卷而去，

欢喜郎指挥将士迎击上来，

瞬息间两队人马绞斗在一起，

仿佛一场蜂群大战。

所有人都挥舞着手中的道具，

投入地厮杀，忘我地惨叫，

他们让血流成河让尸体如山。

欢喜郎早已见惯了这种现场，

无数的厮杀练就了他的沉着。

他指挥着士兵们左冲右突，

专挑威德军的软肋下手。

那一个个士兵都如狼似虎，

把威德军砍成了菜瓜肉泥。

他们最善于精诚团结集体配合，

不像威德军提倡个人英雄主义。

他们在战场上多以战术取胜，

常杀得威德军支离破碎。

如果不是那恐怖的怪梦，

欢喜郎对这景象会毫无感觉。

那些威德兵就像稻草人，

他们的死亡触动不了他。

但突然想到那怪梦，他心中咯噔一下，

精神和身体都开始异常。
犹如那电波刺激大脑，
让他的四肢一阵阵麻痹。
更有那猛烈的冷流和热流，
它们相互交替宛如漩涡在激荡。
于是他大刀阔斧，砍下
身边几个敌人的头颅抽身而退，
回到那后方指挥众将士冲锋。

这欢喜郎到底还是欢喜郎：
他有着熟谙战法的智慧，
也有着身经百战的经验。
他虽然身体不适牙齿打架，
但指挥千军却依旧游刃有余。

随着那一声声军号齐响，
两军陷入了胶着的厮杀。
威德军似乎得了神助，
竟然不多久便占据上风。
欢喜郎眼见自家士气萎靡，
便大吼一声重新投入战斗。
他强打着精神势如破竹，
一片片敌人如涟漪般倒下。
国王的示范犹如强心剂，
让欢喜军士气大涨越战越勇。
再加上熟练的团队协作，很快，
他们就扭转乾坤压制了威德军。

欢喜郎在厮杀中找到了感觉，
身上的麻痹也消散一空。
他挥动起宝剑如旋风流水，
砍瓜切菜般杀死一个个敌人。
他奋勇无畏如天神降临，
更有那护身的软鳞铠甲，
刀枪不入可以百无禁忌，
除威德郎外敌军无人能敌。
他带领着欢喜军所向披靡，
将人数较少的威德军赶向城门。

眼看就要取得战争的胜利，
眼前的一个面孔却让他吃惊。
这人赫然出现在昨晚的梦中，
向他露出了血肉模糊的笑容，
于是他的宝剑停在了空中。
那熟悉的幻觉又扑面而来，
他感觉自己已堕入梦里，
真幻难辨的景象轮番出现——
那惊天的战鼓，
那疾飞的战马，
那亢奋的声音，
那挥向幻影的战刀……

忽然，一道寒光迎面袭来，
直直切向他的脖颈。
他几乎是下意识地低头，
堪堪躲过一柄飞来的战斧。

他顿时觉出了可怕的危险。
自己置身于梦中，
可敌人正想要实在的脑袋，
如此下去必然凶险百出，
更可能会成为刀下冤魂。

于是他抖擞精神让自己警觉，
可眼前景象仍混乱不清，
忽而置身于梦中恍恍惚惚，
忽而回到了现实刀光剑影。
更有那虚幻与现实的重合，
让他分不清眼下是真实还是虚幻。
顿时欢喜郎陷入了混乱，
使出的招式也破绽百出。
他仅凭那丝本能的直觉，
才保住了性命勉强抵挡。

无奈间他想再次抽身，
威德军却如潮水将他包围。
他边厮杀边生出重重疑惑：
原以为那邪气已摧毁对方斗志，
看情形却并未造成影响。
眼前的威德军依旧生龙活虎，
丝毫不见虚弱不堪的迹象。
莫非那邪气只是心理因素，
对现实中的敌人构不成伤害？

这一想欢喜郎信心大减，

便用全身力气料理了敌人，
随后拨马回营走上指挥台，
让传令官传令鸣金收兵。

就在那收兵鼓声响起的时候，
黑压压的云层从四面涌来。
天地间一片漆黑不见五指，
声声闷响在夜幕中滚动。
突然一阵霹雳闪电撕破了黑暗，
那强光刺得眼睛好个疼痛。
空中还传来一声"咔嚓"，
比头还大的冰雹直砸下来。
它裹着尖锐的风声奔向了人马，
顿时战场上人仰马翻一片混乱，
一个个士兵脑浆迸溅相继倒下。

威德军撤回城内，
躲避那突然袭来的冰怪雹魔。
欢喜郎见状也仓皇而逃，
再没有往日的气定神闲。
所有的士兵都栗栗危惧，
都怕在天灾中枉送性命。
那冰雹可是无分别杀伤性武器，
它不管你是高贵还是卑微，
富有还是贫穷，
它不会润物无声，
只管一招毙命。

所有人都在慌张地逃窜，
战场上满是血肉淋漓。
欢喜郎仿佛又回到了梦里，
梦中他也见过这凄惨的景象。
于是他强打起精神提起警觉，
踉踉跄跄地返回了营地。

刚踏进中军帐，一口鲜血喷涌而出，
灵魂的殿堂轰然倒塌。
恍惚中，他再次进入梦中的宫殿，
无数的死者向他追来，
他逃啊跑啊，拼了命向前奔。
他要摆脱那些可怖的死人。
于是他四处寻找那常跳的悬崖，
可那悬崖已消失不见，
前面总有无数的厉鬼冤魂。

厉鬼们挥舞着滴血的残肢，
向欢喜郎一声声号叫着索命。
它们都张开了血盆大口，
那模样十分凄厉好个恐怖——
尖锐獠牙看起来很是血腥，
口中还喷出一阵阵腐臭。
更有那指甲长似尖刀，
张牙舞爪刺向欢喜郎胸口。
它们嘴里发出欢呼的怪叫，
都喊着欢喜小儿快来偿命。
把个欢喜郎吓得抛戈弃甲，

却又偏偏找不到地方藏身。

眼看就要被惨鬼们追上，
欢喜郎情急之下来不及细想，
一声"奶格玛千诺"脱口而出，
身边立即现出了一道悬崖。
他不假思索便纵身一跃，
谁知却突然停在了半空。
原来有人拉住了他双脚，
再细看却是胜乐郎师尊。
看到了胜乐郎他立刻心安，
尽管他的身子还悬在半空。
对方身上有一种能量，
能让他的心回到灵魂家园。
无论是在梦境还是现实，
每次见到胜乐郎他都会喜悦。
虽然也常常被胜乐郎激怒，
心中却从来不曾真正地生起仇恨。
甚至他觉得胜乐郎就是心灵依怙，
能带给他无与伦比的安全与宁静。
看着那双黑黑的眸子，他想，
我多么踏实啊我多么幸福！

突然，眼前景象开始扭曲，
踏实和幸福刹那间消散。
欢喜郎感到天旋地转，
师尊也随之消失了踪影。
漫天的哀号声破空传来，

欢喜郎猛地睁开双眼。
才发现自己竟然在梦游，
而且已冲到了护城河边。
乱流正在冰雹雨中狂啸，
那吼声惊出他一身冷汗——
若是他刚才如愿跳崖，
也许已成了河神的大餐。
更可怕的是，
过去那梦境只是梦境，
现在它竟能影响现实。
欢喜郎不知道这到底是梦，
抑或是另一种精神错乱。
他询问那些阻拦他跳河的士兵，
他们都说看到国王两眼发直，
跌跌撞撞向护城河冲去，
自己怕有意外却不敢造次，
只好紧随其后严阵以待。
幸好国王没有被冰雹所伤，
自己也在千钧一发时将他抱住。

欢喜郎闻言更加恐惧，
他怕自己真的走火入魔。
他安排贴身侍卫日夜相随，
还叮嘱那侍卫要小心观察，
一旦发现危险的苗头，
就要恰当其时地即刻阻止。

然而，他还是不能放心，

于是写信将梦境告诉巫师。
那巫师果然没死，
他又重新恢复了人形。
为了避免被胜乐郎发现，
他没有回到欢喜郎身边，
而是一边用信鸽出谋划策，
一边休养生息等待时机。
欢喜郎当然知道巫师心思，
但他没有别人可以托付，
因此他想用帝王的权威，
勒令巫师将胜乐郎找寻。
既然梦中是胜乐郎救他，
胜乐郎便一定能保他平安。

因此他想重新再用胜乐郎，
哪怕不封国师只是供养，
也要让胜乐郎留在欢喜国之内，
能够随时确保自己的平安。

却不料写到"胜乐郎"三个字，
他就浑身发冷手脚颤抖，
仿佛有无穷的力量阻止他落笔。
那种暴怒的感觉再次袭来，
他坐立不安如火山将要爆发。
那冷热交替的力量来回争斗，
让他不由得一阵头晕目眩。
他的心顿时沉到了谷底，
浓浓的绝望将他整个包围——

莫非此时他已经天怒人怨，
连自己的身体也不能自主？
想到这里他罢笔起身，
萧瑟的背影如英雄末路。

这时候巫师却在另一处山洞，
他也觉得心力不支浑身发抖。
他知道那不是寒冷也不是恐惧，
而是他与胜乐郎斗法的缘故。

巫师又开始观修诛法，
这是他每日必做的功课。
面前摆好了诛业祭坛，
燃起了火坛撒着黑芥子，
他用金刚杵砸着胜乐郎的幻影，
每一下都又稳又狠。
他还观想胜乐郎被砸得
血水直冒四肢不全，
连骨头都被砸成了稀泥。
金刚杵也变成了无数的利箭，
和无量无数的邪气一起，
一簇簇射入胜乐郎心中，
让对方及眷属尸骨无存。

每次他行使诛法的时候，
都会感到一阵阵快意。
虽然诛法要求面露愤怒相，
但诛杀仇人总是让他产生快感。

所有的嫉妒和仇恨都化作黑气，
一股股杀向火坛中的胜乐郎。
他仿佛看到胜乐郎死去的样子，
那样的景象让他无比兴奋。
于是他更加乐此不疲，
将这当成了他最爱的游戏，
他暗暗发下恶愿：
如果不能超越胜乐郎，
那么他就灭了他。

这些日子他一直在行法，
他当然知道胜乐郎也在用功。
他明显感觉到一股力量，
在法界之中和自己对抗。
那种力量的势能他很是熟悉，
显然源于他的老对手胜乐郎。
无论他如何努力也无法撼动，
那股力量如同雷霆般拥有大力，
又像是天空般无相无形。
巫师的诛法力量如同疯狗咬白云，
总是会一次次扑空。

于是巫师改变了策略，
他将目标对准了欢喜郎。
他在欢喜郎的心中增加戾气，
以此来对抗胜乐郎给他的清凉。
这正是那围点打援之计，
它逼得胜乐郎不得不出手相救。

于是欢喜郎成了两人的战场——
胜乐郎想清净欢喜郎的邪气，
让其心中不再有仇恨。
而巫师却想增加其仇恨，
让那战火越烧越旺。

经过了一段时期的斗法，
两个人谁也战胜不了对方。
巫师虽然修为不如胜乐郎，
但他的力量依旧很强大。
因为他迎合着欢喜郎的欲望，
人性中总是有野兽的本能。
胜乐郎虽然代表着正义，
但乌云也时时能遮住太阳。

随着两人的斗法愈演愈烈，
欢喜郎时不时就会心志失常。
他的体内善恶交织，
两股力量都在对他争抢。
时而是巫师邪恶的面孔，
时而是胜乐郎慈悲的微笑，
他便像个梦游者神情恍惚，
时不时就陷入那梦境之中。
有时他甚至举起宝剑，
但立刻就会被侍卫夺走。
侍卫们寸步不离地跟着国王，
警惕着随时可能发生的危险。

欢喜郎也会在清醒的时候，
思考是不是要罢免巫师。
他觉得自己已经越陷越深，
仿佛变成了巫师的傀儡。
虽然他在证境上没什么修为，
但他凭理论也可以推断。
自己的心性越来越邪恶，
与那巫师的气息十分相似。
更何况他在修巫师的诛法，
难免会与那邪恶力量相应。
可是每当动起这个念头，
他便会头疼欲裂痛不欲生。
仿佛有巨大的干扰波闯进大脑，
脑海中满是嗞啦嗞啦的声音。
巨大的不适阻断了他的思路，
逼得他不得不放弃这个念头。
再说那巫师一边与胜乐郎斗法，
一边派遣傀儡和恶魔进行追杀。
他要用尽世间出世间的方法，
将胜乐郎的性命收入囊中。
他们竭尽全力打探胜乐郎的行踪，
打算一有机会就将其谋害。
只是胜乐郎有四大天王随身，
其证境又已达到无迹无形，
发现其行踪已不可能，
因此想要谋害他绝非易事。

此外巫师还面临另一个危机——
持续斗法消耗了大量命能，
他时时会感到心力不足。
而他的证境又不如胜乐郎，
无法利用那空行之力勾摄五大，
于是他只好躲入一处隐秘的山洞，
专门吸食过路人的命精。
过往的行人皆莫名萎靡，
更有许多人丧失了性命。
连山上的野兽也没能幸免，
一个个变成了枯白的骨架。
甚至山川的精华也被他榨取，
山上邪气冲天乌云盖顶。

即便如此他仍然不能满足，
于是他把目光转向欢喜郎。
欢喜郎是国王能量极为充沛，
实在是上好的五大之精。
只是他不敢涸泽而渔，
每次只能偷偷地吸食些许。
他还要靠欢喜郎的世间权力，
来让他的魔道家业繁荣昌盛。

第五十九乐章

诛坛中的烈火燃起了，这次胜乐郎能彻底诛杀巫师吗？那巫师的命总是很大，不够成熟的弟子、虚弱的女子，都是有机可乘的薄弱环节。追杀，成了他们未尽的修行之路。

第 153 曲　杀度

这一日胜乐郎斗法结束，
走出了闭关的破庙房屋。
阳光顽皮地扑在他脸上，
想要给他打上红尘印记。
他却一脸超然如在关内，
一点都不像已回到红尘。

自从巫师的诛法接连落空，
他就不再与胜乐郎正面交锋。
他改变了策略从欢喜郎入手，
在对方体内搅起一阵阵血雨腥风。

胜乐郎只好被迫迎战，
并为欢喜郎清除业障。
他不能眼睁睁看着欢喜郎沦落，
更不允许欢喜郎给世界制造更多血腥。
然而欢喜郎有太多欲望，
它们根深蒂固积重难返，
胜乐郎的相助皆只能治标，
真正地根治需要欢喜郎以实修配合。
于是这场斗法陷入长期胶着，
胜乐郎和巫师难胜对方，
而那欢喜郎也成了夹心饼干，

被两人的争夺折腾得够呛。
想到此胜乐郎不由得叹气,
他担心欢喜郎无力支撑却又没有良方。

忽然有一股香气扑鼻而来,
胜乐郎回头一看,
原来是武丙端来了食物。
那都是他爱吃的菜肴,
精细的刀工,创意的摆盘,
也让他赏心悦目。
这熟悉的风格分明是华曼,
难道华曼终于从昏迷中苏醒?
想到这胜乐郎心头一阵喜悦,
便将问询的目光投向武丙。

武丙微笑着点头,
然后简单解释了因由。
原来胜乐郎闭关时华曼已痊愈,
但她想给夫君一个惊喜,
也不想打扰闭关中的夫君,
于是不准弟子们前去通报。
今日听说夫君就要出关,
她马上准备了可口的饭菜。
武丙话音刚落,
华曼便笑盈盈地上场。
两人"执手相看泪眼,竟无语凝噎",
而他们的故事,当然没有终结。

华曼本是一个上等的主妇，
烧得一手人见人爱的好茶饭。
面对胜乐郎不再年轻的脸，
她只想力所能及为他排忧解难。
她眼里的胜乐郎也早已不是
她可以据为己有的爱人，
更不是她一个人的王，
而是鲜花毒草都照的太阳，
是六道有情灵魂的依怙。

自从这次遭遇了命难，
她放下了许多自我的纠缠。她说，
爱从来都不是高贵，爱是甘愿卑微。
只要能陪在胜乐郎身边，
只要他们都平安无事，
她愿意放下自己低到尘埃深处，
她愿意打碎自己直到粉身碎骨。
她更愿意抽丝剥茧般升华自己，
从那千千万万的虚妄中抽离出来，
为胜乐郎做任何她能做的事情。
她将所有心思，
都用来照顾胜乐郎的饮食起居。
她研究他的口味和喜好，
学习营养搭配合理膳食。
她还承担了所有日常琐事，
为他节省了大量的时间，
让他专心致志做更重要的事。
那时，每顿午餐就是她一片真心，

她能花整整一个上午，
从选料，到炒菜、煲汤，
每一道工序都巨细无遗。
胜乐郎就是她全部的世界，
她在用自己的生命成就自己，
也成全着那不同凡响的爱人。
他时时能看到女子的付出，
点点滴滴，都是她爱的絮语。
尤其她那甜蜜的微笑，
更是三月的阳光、四月的雨。

但胜乐郎还是会皱起眉头，
那是他忧国忧民时的伤感。
众生的业力如重峦叠嶂，
他常在别人的病里疼痛自己。

胜乐郎叫来四个武士，
和他们一起吃这顿午餐。
那四人已成为他的弟子，
护持着师尊鞍前马后。
此时他们都身负轻伤，
只因那傀儡和魔军不断骚扰，
时不时便会发生摩擦。
虽然傀儡们战斗力不强，
但他们成群结队数量庞大。
只要有一个发现了他们，
立刻会呼朋引伴地围攻。
那情形很像是蜂群战术，

源源不断很让人头疼。
就算四个武士再怎么厉害，
在那人海车轮战术下也疲于应对。
于是他们一次次搬家，
不断更换着落脚点隐姓埋名，
只求能甩开穷追的傀儡，
有一个相对安宁的环境。

午饭后，胜乐郎郑重其事地宣布：
之前他放出布谷鸟寻找巫师，
现在那鸟儿已回来复命。
它衔来了巫师的头发和指甲，
这是诛法必备的原始材料。
他吩咐四武士备好诛法用物，
自己马上要行诛法对付巫师。
他还叮嘱四武士要小心护关，
希望这次能一战成功。
他更对四武士反复强调——
作法一旦开始，
千万不要打断其咒声，
要让他安住于诛杀三昧，
于明空无执中生起威能。
若是有人打断他作法，
便会有不吉祥的事发生。

四武士闻言如临大敌，
于紧张中又生起一丝喜悦。
连日来他们被纠缠得疲惫不堪，

这下终于能彻底解决麻烦。
他们不敢有丝毫怠慢，
霍霍的磨刀声此起彼伏，
道道利刃亮如闪电。

虽然他们有各种紧张和机心，
但大战在即，他们却能兄弟同心。
他们誓死要消灭巫师。
这当然源于胜乐郎的功德摄受，
只有他能把松散的牛毛拧成大绳。

于是武甲准备好各种暗器，
武乙念动起相应的咒语，
武丙开始熬制疗伤的良药，
武丁来去无影地打探消息。
他们还准备了火供诸物，
然后忧喜交加地等待命令。
只是傀儡早与各地法物店串通，
店主们一旦发现胜乐郎及眷属，
就会立刻上报领取赏金。
而四武士一时疏忽没有乔装，
便在不知不觉中暴露了行踪。

这一步棋确实走得很妙，
法物于修行人犹如道具于演员。
不论是会供还是修习瑜伽，
都要借助于法物进行。
因此只要假以时日，

胜乐郎一行人就必然暴露。
而知道了法物更能知道意图，
于是胜乐郎的计划也一并暴露。

收到消息的巫师开始两手准备：
一方面吩咐傀儡们迅速集结，
前往胜乐郎所在进行干扰；
另一方面硬着头皮布置法坛，
心慌意乱地准备接招。

这一天晚上乌云盖顶，
漆黑的夜空没有一颗星辰。
胜乐郎唤来四个武士，
让他们一起布置诛业火坛。
那诛业火坛呈三角形，
供物是诸种黑色物事——
黑芝麻黑芥子黑色花朵，
还有沾过百人血的刀子。

其他的供物都容易准备，
只是那杀过百人的刀子难寻。
又是武丁发动了亲朋好友，
终于找到一个常胜将军。
那将军大小战阵经历了上百，
每一战都会杀掉很多敌人。
这是他引以为傲的资本，
他常常将那战刀拿出来炫耀。

虽然武丁不崇尚暴力，
却想搞到那锋利的战刀。
于是他托了很多关系，
又许以高额的酬劳回报，
无奈那将军始终不肯松口，
他视战刀为无上的荣耀，
无论给多少钱都不肯转让。

最后那武丁实在无计可施，
只好施展了看家本领。
那来无影去无踪的轻功如燕，
潜入将军府上窃得宝刀。
他正大光明地手书一封：
今日借刀，只为大义。
他日奉还，必谢将军。

武丁幸不辱命本是好事，
武丙心里却不是滋味——
武丁的作为显出了他的不作为，
武丁的能行衬出了他的不能行。
而他做事向来目的性很强，
最擅长一针见血有的放矢。
他总以自己的眼光衡量世界，
所以对武丁总有诸多的猜疑，
觉得武丁要么是真正的虔诚，
要么就是机心过重善于伪装。
也正是因为他心思不纯，
才惹来后面的种种险情。

胜乐郎布置好祭坛之后，
先遣魔结界形成防护罩，
然后结坛准备修诛业火供。
四位武士各就各位，
由华曼充当事业金刚。
气氛于刹那之间开始紧张，
祭坛里散发出幽幽的杀气。
那些器物都发出阴森的蓝光，
四武士表情如临大敌。
他们第一次见胜乐郎如此严肃，
毕竟这诛法非寻常法不容马虎。
在静的极致中，他们只听到心跳，
心跳如脱兔却也轰然如战鼓。

随着胜乐郎点燃了火苗，
气氛的紧张达到了极致。
每个人都睁大眼睛盯着祭坛，
一时间连空气也如糨糊般凝固。
幽幽的火光正在蔓延燎原，
供物被陆续引燃。
从起先的一闪一闪
再到后来如洪水泛滥，
随着腾的一声，
那大火成了飞龙在天。

随后胜乐郎启动咒语，
一声声咒子如雷霆滚动。

火坛里满是肃杀之气，
仿佛有无数条巨龙齐声怒吼。

多么让人压抑的气息！
四武士大汗淋漓仿佛负重千斤。
那诛法的能量犹如风暴，
它们扩散四方无限蔓延。

随着胜乐郎的咒音的加剧，
天象也出现了异常。
黑云从四周涌向三角火坛，
随着那火焰翻起大波汹涌。
胜乐郎又一把把撒着黑芥子，
每一把芥子都激起冲天大火。
很快那火焰映红了半个天空，
隐隐还能看见有无数金刚怒目。

护持的四人开始感到恐惧，
他们虽然是胜乐郎的眷属，
却从未见识过这种诛杀的威力。
它仿佛调动了整个法界的力量，
天地间的神灵都开始战栗。
而胜乐郎的心如平静的海面，
他已经安住于诛杀三昧。
他慢慢掏出一张黄纸，
写着此次火供欲达成的愿望，
再附上巫师的姓名和头发指甲，
和着一把黑芥子撒向了火坛。

只见那火坛的大火轰然而起，
火势熊熊如怒海滔天。
还听到一阵阵凄厉的惨叫，
火光中仿佛有扭曲的面孔。

此刻那巫师也在行诛法火供，
他头疼欲裂如末日降临。
他知道胜乐郎正在施法，
那一阵阵咒力已向他袭来。
仿佛有无数支利剑插入大脑，
又像有万根金刚杵在心中搅动。
他感到头晕目眩如同将死，
但他仍强撑着继续施供。
只见他脸色煞白手脚颤抖，
忍受着一阵阵痉挛的折磨。
豆大的汗珠从脸上滑落，
他终于疼痛难忍趴在地上。
他还捂着胸口眼球上翻，
但他仍不放弃，他扔食子诵心咒
未曾间断。虽然他已语不成声，
但恶毒的心力却仍有能量。
他发现胜乐郎无懈可击，
便转换目标对准了华曼。
只见咒力裹着火供威力，
仿佛那遮天蔽日的马蜂，
乌泱泱一片向华曼袭来，
霎时间祭坛起了怪风。

胜乐郎安住明空了无牵挂，
那风怪如同乌云飘过虚空。
华曼却心生牵挂开始恍惚，
她看到眼前的事物开始扭曲，
一阵阵杂波在脑海里生起。
嗞嗞啦啦哗哗闪闪，
让她难以集中精神。她的意识
随着巫师的作法出现混乱，
心里有无数只叫春的野猫，
它们疯狂地撕咬抓挠，
搅得她的心无比焦躁。
她当然也察觉到自己的异常，
她想向胜乐郎呼求帮助，
但一想到胜乐郎施法前的叮嘱，
只好强忍着痛苦继续死撑。

胜乐郎对这一切视而不见，
继续专注于面前的诛法祭坛。
他知道此时犹如两军交战，
最有效的防守就是进攻。
只要华曼忍过短暂的痛苦，
便可以一劳永逸解决纷争。

只是华曼已经开始颤抖，
时时想把指甲插入夫君喉咙。
她的眼里满是邪气，
犹如那夜叉发出声声低吼。
于是她想向四个武士求救，

\ 140 \

让他们将自己牢牢绑住。
她已经暗自下定了决心，
宁可死去也不打断胜乐郎作法。
想到了死亡她开始镇定，
最恐惧的事情她都不再恐惧，
还有什么值得害怕？
她好像放下了所有的执着。

她趁自己的意识有片刻清醒，
赶紧用胜乐郎教的方法结绳。
她在一根绳子上打了金刚结，
将一只手死死地绑向柱子，
并不时地用力咬另一只手，
想借疼痛以维持清醒。

华曼的痛苦落入胜乐郎视野，
他一不小心就走了神。
刹那间火焰猛地跳了一下，
反扑向他好个凶险。
原来那诛法火供犹如双刃剑，
若不能伤人便会反噬自己。
行法之时切忌分心，
否则那杀气就扑向自己命魂。
好在胜乐郎的修为已臻化境，
一个分心后立刻回到明空。
快如那投石击水水又合拢，
但饶是如此方才瞬间也凶险万分。

华曼看到胜乐郎遭遇凶险，
知道他是因自己而分心。
她想有这在乎就已足够，
何必苟活下去将他拖累。
于是她狠狠咬向手腕动脉，
钻心的疼痛让她陷入昏厥。
忽然一阵怒火将她彻底裹挟，
原来她又一次弄巧成拙。
这种斗法是意志的较量，
只有祈请师尊才能化险为夷。
她失血过多而心力衰竭，
反而给巫师提供了可乘之机。
一波波邪气控制了华曼身心，
她拼命挣扎想要挣脱绳结。
她的手腕已勒出血痕，
她宁可把自己的手臂扯断，
也要扑向胜乐郎索命。

另四个武士也在抵抗那邪气，
他们眼中是漫天的妖魔。
妖魔们青面獠牙可怖至极，
更有着厚甲利爪和利器神兵，
还有那十八般武艺同时上阵，
稍有闪失便会丢了自己性命。
因此他们即便发现华曼的异常，
也没有办法抽出身来力挽狂澜。

此时那邪气一波大似一波，

华曼狂叫的声音
已成了野兽凄厉的吼叫,
她的眼中喷出无尽的魔火,
牙齿怒张着如同食肉夜叉。
而胜乐郎仍沉浸在诛业三昧,
他的咒音也一声紧似一声。

正邪的斗法已到了关键之处,
你来我往犹如无数刀光闪烁。
胜乐郎一招招势大力沉,
巫师一手手刁钻狠辣。
他们拳来脚往如龙争虎斗,
带动起狂风漫天飞沙走石。

然而邪力总是无法战胜空性,
胜乐郎的力量渐居上风。
他打在巫师身上力入骨髓,
巫师的力量却像扑入虚空。
于是巫师渐渐心力不支,
眼看就要被胜乐郎彻底诛灭。

就在这千钧一发的时刻,
华曼终为邪力所控,
那桎梏的麻绳竟然绷断。
她拖着断绳冲向胜乐郎,
两只血手已成为两柄短刀,
直奔胜乐郎咽喉而去。

武士乙顿时感到不妙，
无奈间只好冒险抽身。
这一下法阵便露出缝隙，
魔气立刻扑入了祭坛。
其余三人也真是勇猛，
互相心有灵犀补其空处。
只见他们的身影如同陀螺，
转成了一道道屏障换位移形。
只是这一来元气大伤，
三人的内力疾速下降。
眼看就要和邪魔玉石俱焚，
武士乙又迅速补回了法阵。

原来在电光石火的刹那，
武乙打晕了失控的华曼。
他知道一切都不容有失，
为了杜绝凶险的后患，
他下了重手让华曼受伤。

武丙平日里机心最重，
对胜乐郎也未完全净信。
他时时提防着其他师兄，
怕别人在师尊面前抢他风头，
又常常怀疑师尊的动机，
觉得师尊是在利用他们四人。
然而他又渴望得到救赎，
并不甘心做普通的武士。
于是信任和怀疑不断打架，

升华与堕落也在反复拉扯。
因此他总是阴沉着脸,
独来独往像一个怪人。
此时遭遇这魔军大难,
其他师兄因为信仰坚定,
也敢于为师尊豁出性命,
才能了无牵挂放手一搏。
武丙却患得患失纠结不已,
那心魔和外魔内外夹击,
于是那魔箭便乘虚而入,
刺入了武丙的神识深处。
虽然那魔箭并没有实体,
他还是口吐鲜血跪倒在地。
瞬间更多的魔箭对准了他,
纷纷向他袭来如漫天星雨。

眼见武丙就要命丧于此,
胜乐郎瞬息间做出取舍。
他大吼一声腾起火焰,
将无数食子抛向魔军。
那食子裹着诛火的威势,
犹如一支支火箭射向敌人。
同时他观出了金刚火帐,
护住了华曼和四位武士。
所有的魔气都无法进入,
武丙的命难也得以遣除。

这一下仿佛太阳破空,

全部的恶魔霎时无踪。
胜乐郎长叹一声终止了作法，
垂死的巫师也因此得救。

第154曲　治心

虽然这次诛法功亏一篑，
但胜乐郎并未感到遗憾。
他知道万事万物各有因缘，
成也败也不会牵动心神。
看来那巫师命不该绝，
这世界还会有乱象继续滋生。

只是他一直牵挂华曼的伤势。
她真是个苦命的女子，
上一次差一点送了性命，
好容易才跨过鬼门关口，
没几天竟又有性命之忧。
她先是咬断了自己的血管，
又遭受那邪气心神紊乱，
最后还被武乙重击一番，
此刻已是奄奄一息。

幸好身边有那神医武丙，
没等胜乐郎开口他已开始抢救。
他先用金疮药给她止血，
再通过针扎输送内力。
经过他一丝不苟地救治，
护住了华曼的根本命气。

胜乐郎也为她驱除着邪气，
将一阵阵清凉之波送入体内。
却不料她突然之间开始颤抖，
紧接着，面目变得狰狞，
口中发出了巫师的声音。
那声音说只要人有恶的一面，
自己就不会从世界上消失。
任凭他胜乐郎有天大的本事，
也无法彻底消灭他的存在。
哪怕他真的被胜乐郎诛灭肉身，
那罪恶神识也会寻找新的载体。
况且他发现了胜乐郎的软肋——
总是会顾忌身边之人。
就算他的法力敌不过胜乐郎，
也可用那些人质来做盾牌。

说完华曼便陷入了昏迷，
只留下一线气息渺渺冥冥。
胜乐郎叹口气把华曼放平，
又让武丙对其好生照料。

望着茫茫夜空，胜乐郎
禁不住黯然神伤。
那巫师三言两语说中了他的心事。
是的，人心的邪恶不除，
滋生魔鬼的土壤就会存在。
而那人心的光明，

他艰辛地一个一个点亮，
魔王却轻松地一片一片摧毁。
他不知何时才能消灭魔王，
更不知何时才能度尽众生。

此时夜空的乌云已经散去，
天幕上月光皎皎星光灿灿，
狂风和暴雨也没了影迹，
斗法的惨烈都化作烟云。
这世间的一切都是记忆，
如同流水般很快就会过去。
无论是悲痛的还是喜悦的，
无论是正义的还是邪恶的，
都会如刚才的那番风雨，
随着因缘的散灭融入虚空。

华曼昏迷了整整三天，
胜乐郎守在身边寸步不离。
他时时向武丙询问情况，
心中的担忧溢于言表。
多少次出生入死不离不弃，
他们已彼此融为一体。

武丙对自己的医术十分自信，
也知道华曼已脱离危险。
为了让她万无一失补回心气，
他才没有将她从昏睡中唤醒。
于是他对胜乐郎连拍胸脯，

请师尊不必担心也放下焦虑。

胜乐郎闻言稍稍心安，
他已经连续几天没有合眼，
他的眼球上布满血丝，
但他仍强打着精神护其左右。
看着眼前那惨白的脸庞，
他的心中有利刃在搅动。
尽管她不是首次垂危，
但她每一次命难都像是
命运对他的身心折磨。
他的心如同刀割一般，
滴着痛彻心扉的鲜血，每一滴
都注满了他爱的能量。
这一份爱已深入骨髓，
虽然出世的觉悟了无牵挂，
但他的爱情依旧浓烈。
这两种感觉奇妙地融合，
于是他的天地里
到处都是华曼的笑颜。

再说那武丙虽然对华曼救治，
但他自己其实也伤痕累累。
更危险的是他神识深处的魔箭，
时不时就会勾起习气让他失常。
白天里意识清醒还能应付，
入梦后他就成了魔性的傀儡。
他忽冷忽热时时颤抖，

还胡言乱语不断梦呓。
听那内容全是他心里的污垢，
充满了机心还有歹毒的怀疑。

其他三个师兄闻听他言，
都对他大为失望心生芥蒂。
他们不相信朝夕相处的武丙，
情同手足的师兄，
竟然会将他们当成竞争对手。
他们更不相信他身为一个行者，
竟然如此怀疑自己的师尊。
于是他们都想远离武丙，
都把他当作恶友默而摒之。

胜乐郎看到这种情况，
就把那三人召集在一起。
对三兄弟苦口婆心地开示：
"武丙虽然有诸多习气，
但他仍然是一颗好种子。
他始终都没有放弃，
在我身边鞍前马后。
他的行为是他内心的投射，
虽然偶尔动摇过，
但依然相信真理向往光明。
一个人的行为才是他的价值，
有习气可以慢慢对治。
你们不妨也扪心自问，
难道自己就没有鸡零狗碎？"

这一说三武士顿时羞愧，
他们的内心也并非纯洁。
虽然没有武丙这般污浊，
但贪嗔痴五毒一样都不少。
于是他们各自反省自心，
只是那心里依然有芥蒂。

不几日华曼终于醒转，
她呻吟一声睁开了眼睛。
看到那阳光还有些不适应，
她扭过头又闭上了双眼。
她不知道自己身在何处，
昏迷中到处是大火焚身。
仿佛陷入了那人间地狱，
烧得她忘记了姓甚名谁。
此刻睁开眼睛看到胜乐郎，
只觉得眼前这男人无比眼熟。
你看那轮廓英俊棱角分明，
尤其那双眸子，居然纯净如婴孩。
她怔怔地望着他。于突然之间，
她的泪水便决堤而下。

她的意识已经清醒，
往事历历出现在脑海。
已经记不清有多少次了，
他们就这样在生死线上挣扎。
每一次都命悬一线，

每一次都胆裂魄飞，
或是他被敌人谋害，
或是自己身陷魔咒。
这样的情景已成为梦魇，
折磨得他们身心难安。
好在这一次她又醒了过来，
看到了胜乐郎温暖的面孔。
她缓缓地伸出虚弱的手，
和胜乐郎泪眼相望十指紧扣。

经过武丙的悉心诊治，
华曼的遭遇有惊无险。
只是她想起了自己妨碍胜乐郎，
自责与懊悔就化成了泪水。

胜乐郎知道她真实的想法，
他懂她的每一个眼神，
也懂她的每一声叹息。
他抱她在身边轻声安慰，
说："一切冥冥中自有定数，
只要那巫师命不该绝，
他就总会有逃生的机会。
你已经尽了最大的努力，
也体现出一种伟大精神。
世人都会以此为榜样，
更不会对你有过分指责。
只要尽了努力结果便要随缘，
你好生养病不必再自责。"

华曼听了这番劝慰，
点点头又躺下休息。
她的面色依旧苍白，
嘴唇也依旧发青没有血色，
但心中的思绪却纷至沓来。
她发现自己只要和他一起，
就总会给他招来
无穷的麻烦，甚至灾难。
她心中暗暗思索，到底如何
才能既不拖累又可相守。

这段时间胜乐郎也没闲着，
他追寻着巫师的下落，
也照料着华曼的病情。
爱人的好转让他略微心安，
那疲惫便一下子遮天蔽日。
但他仍然强打起精神，
陪伴她、照顾她，甚至
像对待婴儿那样哄着她。

他还为她学习炒菜做饭，
虽然那口味不如她做的美味，
但拳拳之心还是让华曼感动。
她甚至想就这样一病不起，
永远享受着爱人的宠溺。

但他并不是看家的宅犬，

而是一头名副其实的狮子。
他也不是她一个人的狮王，
他的身上担负着众生的希望。
于是到可以自理的时候，
华曼提出了先回阴阳城。
她要让他毫无牵挂地工作，
在他的弘法之路上全力以赴。

看着女人单纯而明亮的眼睛，
胜乐郎的语气坚定而温柔：
"你不是我生活的拖累，
而是我命运的奉送；
你不是我事业的累赘，
而是我生命的馈赠。
但为了安全起见，
我同意把你送回阴阳城。
待得危机解除，
我再回城中与你相会。"

因为武丙还有重伤在身，
胜乐郎让武乙护送华曼。
他千叮咛万嘱咐，
要他小心护送照顾她养伤。

武乙接受了任务有些失望，
他原本想在战场上奋勇杀敌，
如今却要退居二线保护女人，
他觉得这是一种大材小用。

胜乐郎当然知晓他的心思，
告诉他要学会借事调心，
不能因为事小就心怀轻慢，
成就是一件件小事的积累。

武乙听完了师尊的教诲，
也渐渐恢复了正确的认知。
他发现自己的每一个念头，
也和武丙没有本质的区别。
于是便刻意地跟自己较劲，
做一些不愿做的事情来调心。

等到武乙和华曼踏上归途，
胜乐郎带上武甲三人再次上路。
他们要前往巫师躲藏的地方，
发愿消灭巫师斩草除根。

送走华曼后武丙觉出了异常——
师兄们不再像往常一般亲热，
而且他受了重伤本应该关心，
他们却分明在躲避和防备自己，
就像这场灾祸生生阻隔了
他们兄弟之间的肝胆相照。
这让武丙摸不着头脑。
他找武甲问询原因，
武甲摇摇头沉默不语；
他问武丁事情根由，

武丁也支支吾吾搪塞不言。

他又跑去问师尊胜乐郎，
胜乐郎一脸宁静，他告诉了武丙
他梦中的呓语——
那对师兄的明争暗斗和处处防备，
那对师尊的种种质疑和轻慢不信。
胜乐郎还说："这是伤害大家感情的刀子。
武丙，你要好好对治！"

武丙闻言羞愧难当，
情急之下，他连连跺脚，
但跺脚仍难消他的无地自容。
他多想找个地洞钻进去呀，
他一声喟叹就要离开，
他要逃回自己的洞穴暗自疗伤。
他已没脸继续待在这里——
在众人面前，他是赤裸的；
在素白面前，他是乌黑的；
在纯洁面前，他是肮脏的；
在赤子面前，他是邪恶的。
他没有脸再待在这个团队，
仿佛被人扒光了衣服游街。

看着武丙转身离开的背影，
胜乐郎发出了狮子吼声：
"你身为武士，原是懦夫转世？
有了毛病，当勇敢对治，

一味逃避算什么修行人？
相比那真正完美的人格，
一时的丢脸又能怎样？
人们不会记住你的小心思，
只会看你一生的行为。
你要是离开，我不挽留。
你要是留下，我不驱赶。
你我师徒一场，只希望你不欺人也不自欺，
直面自己的灵魂，老老实实做人。"

这一番教导如当头棒喝，
打得武丙灵魂出窍。
他觉得他的天都黑了。
他多么无助。他有些绝望。
他从来没见过师尊发脾气，
更何况那言辞是如此激烈。
那些语句像一把把铁扫帚，
扫动了他内心的灰尘漫天。
也像一把把飞动的刀子，
正在刮他心上的污垢。

武丙失魂落魄返回了营地，
内心却不断被那言辞涤荡。
那是灵魂剥离的痛苦，
更是涅槃重生的煎熬。
他对所有的事物都视而不见，
只是一心沉浸在蜕变之中。

其实胜乐郎并没有生气，
他只是故意示现出怒容。
用金刚一怒的力量，
扫除武丙心上的污垢。
那是经年累月的积淀，
只能用金刚怒目来摧毁。

胜乐郎善于运用各种方法，
来让他的弟子实现升华。
只是这个过程异常痛苦，
有些人怀疑师尊便坏了缘起，
有些人难以承受就中途放弃。
只有坚持百折不挠一切交由师尊的人，
才会苦尽甘来柳暗花明。

那武丙虽然正煎熬灵魂，
但他终究没脱离这个团队。
他郁郁寡欢变了风格，
沉默不语只观察自己内心。
他一边治疗身上的伤痕，
一边清洗内心的污垢。
虽然武甲武丁对自己疏远，
但师尊的那句话起了作用。
"相比究竟完美的人格，
一时的丢脸又能怎样？"

胜乐郎旧伤未愈，
因连日斗法伤口再次崩裂，

加之旅途奔波劳碌辛苦，
一直没有真正休息。
那武丙看在眼里也急在心里，
他屡次劝胜乐郎注意休息，
否则身体会越来越差，
怕难以承担普度众生的重任。

胜乐郎每次都满口答应，
但无穷的事务总占满了他的生命，
即便是片刻的消闲也不可得，
只好忍着伤痛继续劳累。
他总说这具皮囊迟早会坏掉，
关键是它给世界留下了什么。
相比那转瞬即逝的肉身，
他要创造一种永恒的精神。
虽然明知道世上没有永恒，
但他仍想在虚无中建立存在。
因此他还给自己取名大痴，
以表达明知不可为而偏要为之。

白日里他不断诵经加持众生，
夜间他也精进修习梦观。
他时时会进入欢喜郎的梦中，
在梦中看到欢喜郎的噩梦。
在那一个个血腥的梦里，
欢喜郎总会遭遇各种不测，
或被人追杀或掉入陷阱，
时时更有生命的危险。

虽然那梦境并非真实，
但它不断消耗着欢喜郎的阳气。
天长日久他必然会山穷水尽，
完全沦为那巫师的傀儡。

那欢喜郎当然也知道噩梦的危险，
他每日临睡前都会发愿——
愿佛菩萨佑护自己，
今日的梦里不要再被冤魂索命。
若是又有鬼怪追杀，
也希望胜乐郎能及时相救。

自从上一次情急之中，
脱口而出了"奶格玛千诺"，
他便记住了这个咒语，
每当遇到险境便开始念诵。
胜乐郎只要感应到这种念力，
就会进入那噩梦中助其脱险。

胜乐郎知道欢喜郎的念诵，
是他灵魂深处的宿慧显发。
只是因为内心的干扰太大，
一时间难以与奶格玛相应。
于是他启动神通监视欢喜郎，
只要他有念诵则必然现身。
以此来增强欢喜郎的信心，
让他在正路上越走越坚定。
并且因为这种祈请的因缘，

他会在不久之后见到师尊。
只盼那时他能够痛改前非，
从此罢兵休战还天下太平。
由于对欢喜郎日夜守护，
更因陈年的劳累积攒，
胜乐郎的身体江河日下，
一有风吹草动便会生病发烧。
他常常气喘吁吁如大病初愈，
颤颤巍巍已如年迈老者。

武士丙见状心急如焚，
他丸散膏丹用尽岐黄之术，
却无法阻止胜乐郎急速衰老。
于是他强行让胜乐郎睡觉，
就在那每日服用的药丸里，
添加了有助于睡眠的成分。
这一日他想观察药物疗效，
趁胜乐郎入睡后为其把脉。
他发现那脉象竟与清醒时无异，
师尊在梦中也并没有丝毫休息。

等胜乐郎睡醒之后，
他询问其梦中劳累的缘由，
才得知了师尊的急剧衰老，
缘于在梦中帮助欢喜郎。

武士丙不解胜乐郎所为，
那欢喜郎发动战争残害百姓，

这种罪行理应得到恶果。
胜乐郎却说他也是众生父母，
自己不忍看到他那样受苦。
更何况他已经开始祈请，
有向往就是他得救的种子。

武士丙说："他曾经那样害你，
你完全可以袖手旁观。"
胜乐郎却说："那是另一回事，
伤害我是他的行为，
帮助他是我的人格，
我们选择了不同的人生，
便有了各自不同的行履。"

武士丙听后深受震动，
为胜乐郎的人格折服五体投地。
他亲自把过他的脉象，
知道其所言皆是真实不虚。
他想这样的大德稀世难遇，
不知自己哪辈子修来的福分，
能拜在其门下成为弟子。
于是他发愿生生世世，
追随胜乐师尊永不分离。

胜乐郎们连夜赶路，
却不知那巫师的详细所在。
有时胜乐郎也会静观诸象，
但怎么也找不到巫师的神识。

他料定了巫师伤势严重，
心里不禁有些担忧，
因为巫师疗伤需要大量命能，
他必然会吸取外物的精华。
很多百姓都会因此遇害，
自己要抓紧时间去斩草除根。

然而至少在这个阶段，
欢喜郎却能有片刻的休息。
自己也可以趁此间隙，
好好为欢喜郎净化业障。

于是他一边让武丁四处打探，
一边频繁地进入欢喜郎梦里，
将一波波正能量传递给他，
让那心中的恶念能够收敛。

胜乐郎自己却更加憔悴，
一根根白发随风飘摇。
他的皱纹已爬上眼角，
猛一看像个六旬老人。
其实他才只有四十多岁啊，
只因为荷担了过重的责任，
生命竟成了风中之烛。

武士丁时常消失不见，
他来去无影探查敌情。
此人是一个上好的助手，

本领高强忠心耿耿。
他是风神的后代,
有着即伤即愈的异能。
为了给他积攒资粮迅速成就,
胜乐郎常常将重任委派于他。

武甲和武丙有时会嫉妒,
但时间久了也就渐渐习惯。
他们都认可武丁的品德,
心中便没有什么不服。
更把他当成了学习榜样,
时时观照自己的懒惰。
这也是胜乐郎的潜移默化,
他总能行使那不言之教。

于是师徒四人继续往前,
他们前往那欢喜国方向。
他们蹚过了宽阔的河道,
又爬过了陡峭的山崖;
他们迈过了泥泞的沼泽,
又跨过了无人的荒野。
虽然不知道巫师的具体位置,
但先朝大概方位赶过去再说。

这一日师徒四人都很疲惫,
他们赶了一天路汗流浃背。
听说前面有一个村庄,
四人便想在村庄里留宿。

也想趁此机会好好歇歇脚，
吃上一顿热饭洗个热水澡。
那沿途的风尘如同厚茧，
早将他们裹了厚厚一层。

于是武丁再一次自告奋勇，
先去那村庄里安排布置。
他仿佛一台不知疲倦的机器，
一直都在马不停蹄地高速运转。
胜乐郎点点头同意了请求，
又嘱咐说虽然他体力充沛，
但也要爱惜自己的身体，
如果感觉疲劳必须休息。

那武丁却没有休息的概念，
他像风一样飘忽，
也像风一样酷爱自由。
他还说他最大的享受，
就是像风一样奔跑。
他有着凡人沉重的肉体，
却没有凡人沉重的感觉。
有大心就会有大力，
精神的作用常大过体能。
勤劳者虽然劳累但精力饱满，
懒惰者闲散却感觉体力衰竭。

第 155 曲　厉鬼

正当胜乐郎们休息时，
武士丁回来报告消息，
说前方村庄邪气很重，
有诡秘之气正在弥漫。
他建议大家就地露营，
等明日白天再通过村庄。

胜乐郎征询另两人意见，
他们都露出失望的神色。
连日来他们风餐露宿，
好不容易发现一个村庄，
都不想因为一个消息而放弃。
他们怀疑武丁是不是看走眼，
整天搞得紧张兮兮草木皆兵。
你看此地人烟充沛草木丰美，
哪有那么多的诡秘之气。

胜乐郎见此状沉吟不语，
在观察了未来的缘起后，
他对那些即将发生的事情
已经清清楚楚明明了了，
但他并未解释什么。
他像往常一样淡然地说，

今天还是露营的好。

于是武士们不再言语，
他们已经学会了服从，
师尊的话便是佛语，
不能理解也要坚决执行。
他们卸行囊搭帐篷十分迅速，
只是干活时奏响的叮当声里，
充满了失望的调子，它沉闷得
如同交欢未遂而哼哼唧唧的野狗。

这个夜晚师徒四人露宿荒漠，
一阵阵漠风吹来透骨的寒冷。
纵然将那篝火燃得再旺，
他们的颤抖和寒噤
依然一波波如此起彼伏的海浪。

胜乐郎闭目开始了静坐，
武丁哼着小曲整理起物品，
只有武甲和武丙满脸失落——
那温暖的村庄多么令人向往！
相同的立场消融了昔日的芥蒂。
如今他们统一战线，反而疏远了武丁。

为了转移他们的注意力，
胜乐郎给他们讲了一个故事。
说是当初在那片尸林里，
卢伊巴对他讲过的故事。

三个武士听到师尊讲故事，
顿时提起了十万分兴趣。
平日里胜乐郎总是一脸严肃，
从来不曾有片刻的放松。
他们迅速地围在师尊跟前，
早已忘记了彻骨的寒冷。

更因为那故事来自卢伊巴，
他也是他们共同的师尊。
听那故事就如同怀念师尊，
身上不由得生起阵阵暖意。

胜乐郎的声音徐徐传来，
宛如天籁般抑扬顿挫——

从前有位姑娘爱上了一位行者，
那是一份刻骨铭心的爱情，
她可以为他生，也可以为他死。
尽管她知道这份感情没有归宿，
她爱着的男人属于天下人，
但她依然爱得全心全意无怨无悔。

终于那行者要继续前行，
姑娘的泪水汪洋成海。
她将最珍贵的礼物送给他，
那是一颗洁白无瑕的珍珠。
她说，她不能陪伴他，

就让她相思的泪
化成一粒珍珠陪伴他。

行者被姑娘的一往情深感动，
他带着心爱的珍珠贴身不离。
看到珍珠，他会想起她皎洁的脸；
想到珍珠，他会想起她温柔的眼；
触摸到珍珠，他会想起她
袅袅娜娜的身影淡雅脱俗的容颜。

终于行者遇到自己的师尊，
接受了授权开始闭关修行。
他天资很高，最初的进步十分迅速。
可渐渐地他开始有了障碍，
由于对珍珠的珍爱，
他时不时就会摸一下口袋，
他怕它被遗忘更怕它丢失。
持咒的时候，他管不住
那蠢蠢欲动的手。观想的时候，
他也压不住跃跃欲试的念头。
甚至在休息的时候，他也要
握着珍珠才能安心。终于
他放不下的这份牵挂，
导致他无法进入那明空之境。

于是，他想将珍珠供养师尊，
以放下自己心中的执念，
给这份爱情画一个句号。

最初的时候，当这个念头生起，
他强烈地抵触强烈地不舍。
他开始寻找各种借口：
他说修行主要是修心，
他要带着爱人一起解脱，
他要让珍珠给他无上的力量和勇气，
他还要让它滋养他大爱的灵魂。就这样，
他的理由越多，他的纠结越深；
他的纠结越深，他的执着越重。

而那供养的念头仿佛种子入土，
随着时间的推移发芽抽枝，
尽管每一寸抽离都十分痛苦，
但它始终在向着阳光生长。

直到这种念头无法撼动，
他彻底看清了自己的执着。
他知道如果再不交出珍珠，
他便永远陷入这自欺欺人。
在这条路上只有心无旁骛，
才能融入那伟大的世界。
没有什么貌似爱情的信仰，
更没有貌似信仰的爱情。
在灵魂成长的关键时刻，
信仰是信仰爱情是爱情。
他必须舍弃所有的爱憎之物，
以完全清空的心态接受锤打。
但凡有一丝牵挂的事物，

都会让他的修行止步不前。

于是那行者承受着卸甲剥鳞之苦
走向了师尊。他一步三顿步履缓慢，
向师尊交出了命根一样的珠子。
这个上交的过程虽然简短，
但在行者心中却是必不可少的仪式。
从此，他真正做到了正视自己，
在修行的路上，他不欺人也不自欺。
他知道修行不是增加负累，
而是不断给生命做着减法。
减之又减直到减无可减，
本有的智慧才能显发。
他更知道再也没有任何事物，
能击败他那个向往的灵魂。
于是他感到前所未有地轻松，
之后的修行如帆船驶向大海。

胜乐郎讲完了故事，
头也不回地进了帐篷。
只留下三兄弟围着篝火，默默不语。
他们听得心神不定惭愧连连，
都沉浸在自我的反省中，
与自己的珍珠做最后的诀别。
漠风刮骨一般地吹，他们不冷，
远处有狼鬼一样嚎，他们不惧。
因为他们正在走向太阳。
终于在黎明到来的时刻，

武丁最先走到胜乐郎面前，
然后是武丙和武甲二人，
他们都放下了自己的牵挂。
胜乐郎淡淡地说一声随喜，
此外没有一句多余的言语。

他知道虽然他们放下了珍珠，
但三人放下的意义迥然不同。
武丁是真的对他有信心，
坚信他胜乐郎就是世尊，
因此其放下便有无量功德。
另外两人虽然也放下了牵挂，
但内心对胜乐郎还没有净信。
他们无非是为了更大的收益，
付出一点心痛的代价。
他们就像在玩一场赌局，
为了那前途押下值得的筹码。
但即使是没有净信的放下，
也有着放下的作用和意义。
他们没抱着执着自欺欺人，
也没寻找理由拒绝改变。
他们已经吹响了第一声号角，
正式上了修行的战场。
这修行之路从来不迎合欲望，
时刻与灵魂的污垢作战，
没有硝烟却有无数敌人，
不见鲜血却有彻骨的疼痛。
那疼痛越深，升华也就越快。

所以，胜乐郎说他们都是好种子，
有着一颗向往的心，
敢于直面自己心中的丑陋。

四人简单地吃过早饭，
又继续迈出前行的脚步。
天边的朝霞明亮似火，
仿佛一抹胭脂染红了大漠。
它给这片土地保留了记忆，
将昨晚的故事上传到法界。

胜乐郎们进入村庄后，
一个个提起了万分警觉。
那危险的气息果然浓郁，
他们手握兵刃盯着周围的一切。

然而那村庄十分平静，
一切都很正常，一切
都是寻常的模样——
寻常的房屋寻常的百姓，
寻常的面孔寻常的表情，
就连那些鸡鸭鹅狗也都平淡，
仿佛几百年都是静止的时光。

但胜乐郎还是感到了邪气，
它若有若无仿佛草中的细针。
暗地里好像有窥探的眼睛，
四下里时不时阴风飕飕。

于是他们加快了脚步。
然而命运就是这么荒诞，
怕什么来什么毫不商量。
前进的路上怎会一帆风顺，
取真经要经历九九八十一难。

没走多久，就有人海堵路，
他们挤到前面一看，
才知道有恶霸在欺负老人。
那一阵阵拳脚十分凶狠，
将老人打倒在地上头破血流。
胜乐郎见状一阵心痛，
一个箭步冲上前就想阻止。
在胜乐郎眼中，
众生是父母，
他总是不顾个人安危，
将陷入苦难的众生救助。

武丁却提高了警惕冷静至极，
于是他出声提醒胜乐郎，
希望师尊不要滥发慈悲。
这里的一切都充满诡谲，
还是尽快走出村子为妙。

但胜乐郎仿佛没听到劝告，
依旧出声谴责那恶人恶行。
只因慈悲已成为他的本能，
老人的疼痛也是他的疼痛。

于是他发出正义的警告，
希望那恶霸能终止暴行。

那恶霸看到有人多管闲事，
睖起了眼睛盯着胜乐郎，
骂一声："哪里来的孤魂野鬼，
敢在本大爷面前如此猖狂？"
说罢他三步并作两步，
来到了胜乐郎面前晃动拳头。
那一脸的蛮横十分嚣张，
说要把胜乐郎打成肉酱。

三个武士见状急忙上前，
摆出了架势保护师尊。
那恶霸看到武士们的姿势，
便知道这伙人不是善茬。
于是他骂骂咧咧着愤怒离开，
临行前还踢了老人一脚。

围观的人们渐渐散去，
他们发出了失望的叹息。
本来一场好戏就要上演，
却不料中途被好事者打断。

再看那老人倒在路上，
周围的人们却极度冷漠。
他们行色匆匆视而不见，
没有人上前将他扶起。

胜乐郎上前扶起老人，
擦去他眼角的泪和嘴角鲜血。
老人热泪盈眶感激涕零，
说那恶霸为非作歹已成习惯，
此番定然会寻机报复恩人，
老人希望胜乐郎多加小心。

胜乐郎点点头说无妨无妨，
他根本不怕他们恶意报复，
但他担心老人的伤势。
他叫过了武丙为他疗伤，
将上好的丹药赠与老人。
老人满含热泪意欲感谢，
却被胜乐郎婉言谢绝。
他说自己有要事需继续赶路，
遂带着三武士再次启程。

忽然听到身后传来喊声，
那老人叫住了胜乐郎四人。
他用那颤颤巍巍的枯手
递给他一块皱巴巴的干粮。
老人怕恩人拒绝自己的诚意，
也怕他嫌弃馒头的外相，
他的眼神充满了朴素的期待。

胜乐郎见老人如此诚恳，
也不忍心让他失望。
再说那馒头也是一种供养，

圣者必须接受百姓的供养，
以此来为他们积累福报，
更种下那解脱轮回的种子。

谢过老人，胜乐郎一行继续赶路。
出了村子，他们才松了一口气。
原本以为会遭遇一场大战，
却不料是个小波浪很快平息。
他们于是嘲笑武丁神经过敏，
被几个地痞流氓吓破了虎胆。
一边说着一边前行，
警惕的心绪也一扫而空。

很快到了正午饭点，
日头爷爬上了天空正中。
四个人摆开盘盏熬好稀粥，
围坐在一起准备吃饭。
他们先盛出了一碗稀粥，
递给师尊胜乐郎。
然后再按照年龄大小，
依次打好自己的稀饭。
接着闭起了眼睛祈请师尊，
观想那师尊本尊善神护法，
都出现在自己头顶的天空。
再用左手夹了一口饭菜，
放入了舌尖默默观想，
把它变成无量无边的珍馐，
上供诸圣尊善神护法，

下施无尽无边的六道众生。
这是每次饭前必做的供养。

武丙喝完稀饭说还很饿，
于是问师尊要来了干粮。
那干粮其貌不扬还透着馊味，
武丙怕师尊会吃坏身体。
但他又不想浪费老人的心意，
就找了个借口自己吃掉。
反正干粮味道不好，
没有让给两位师兄的必要。

一行人很快吃完了午饭，
收拾起餐具又继续前行。
他们甚至没有片刻的休息，
心中念念不忘那使命。
欢喜国巫师一日不除，
就会有无数的百姓遭殃。
他们必须赶在巫师恢复前，
找到他的老巢斩草除根。

走着走着发现了异样，
武丙的神色大不同往常。
上午他还是快言快语，
如同那连珠炮一般，
可此时他却变得沉默寡言，
垂着脑袋看起来闷闷不乐。
时不时做一些奇怪举动，

仿佛在适应一个陌生的身体。

武丁见状提起警觉，
请胜乐郎用智慧观察武丙，
看他是否中了什么邪术，
行为举止为何如此怪异。
胜乐郎打开天眼观察一番，
发现那武丙的灵魂已经不见，
身上附的是刚才的老者，
神态气场已判若两人。

于是武甲武丁拔出宝剑，
一齐对着那武丙出声怒喝，
骂一声哪来的野鬼好生大胆，
竟然敢欺负到太岁的头上。
胜乐郎制止了他们的恐吓，
只是平淡地让魔鬼现身。
他说："如果你有什么冤屈诉求，
也可以告诉我们看能否相助。"

那武丙闻言抽搐了一阵，
然后一股邪气离开身体，
化作魔旋风飞扑而来，
竟然像是要取胜乐郎性命。

说时迟那时快武丁念起咒语，
他看出那魔鬼并无大力，
只是一个寻常的孤魂野鬼，

自己的法力足以将他降伏。
只见那咒语变出了火笼，
罩住了魔鬼严丝合缝。
那鬼怪在笼中厉声惨叫，
一声声叫喊裂肺撕心。
显然是被那三昧真火灼烧，
神识被炙烤痛不欲生。

胜乐郎不忍心听那声音，
撤去了武丁观出的火笼。
再看那鬼怪已匍匐在地，
对着那胜乐郎连连叩头。
他说："大德，我有眼不识泰山，
请您大人大量不要惩罚我。
我愿意交还那武士的神识，
将功赎罪来祈求您的宽恕。"

胜乐郎闻言叹一声善哉，
还说："我看你在那轮回里翻滚，
受到的痛苦不亚于火笼。
你可愿跟上我做一个护法，
前往那西天求取真经？"
那鬼怪闻言难以置信，
他想不到竟有如此胜缘。
当魔鬼的日子确实痛苦，
时而被大风吹散了身体，
时而被烈火烧焦了灵魂，
时而饥饿难耐如同黑洞，

时而又肠穿肚烂内脏横流。
那都是心中贪嗔五毒的业火，
灼烧他神识片刻不得安宁。
因此才有了这诸多庆气，
总想占一个肉体讨个出身。

没想到眼前的大德慈悲无比，
不仅不怨恨他蓄意加害，
反而还愿意带他脱离苦海。
这不仅是前世修来的福分，
更是那生生世世难逢的机缘。
他立刻跪在地上连连叩头，
号啕大哭着交出了命咒，
并且发愿从此护持胜乐郎四人，
做他们的奴隶永不退心。

胜乐郎微笑说："奴隶倒也不必，
只要你能一心向善不再作恶，
就定然会成为那天龙护法。"
说罢他收摄了鬼怪的心咒，
又为他授权消除那灼烧之苦。

那小鬼只感到一阵阵清凉，
往日的庆气顿时消解一空。
如同泡在了温泉里彻底放松，
那身心都轻飘飘好个惬意。
所有的烈火都刹那熄灭，
只剩下天地间缕缕清风。

再看那身体已发出彩光，
不再是原来的恶鬼之形。
显然是胜乐郎的加持洗礼，
使他脱胎换骨成为仙人。

他再对着胜乐郎连连叩拜，
涕泪横流地感谢再生大恩。
谢着谢着忽然面露犹豫，
说他还有个不情之请。
他说那些村人都是自己亲友，
也同样遭遇了邪气一命归阴。
因此产生了无穷的戾气，
潜伏在村里祸害来往行人。
他希望胜乐郎能大发悲心，
将那些冤魂厉鬼也一起超度。
他愿意生生世世追随胜乐郎，
以此作为交换的条件。

胜乐郎闻言微笑一声，
他并不需要鬼怪的追随。
他只是不忍心看他受苦，
才把他留在身边收做护法。
更谈不上什么交换条件，
能追随圣人是他的福报。
然而鬼怪之所以成为鬼怪，
是因为他有一颗鬼怪之心。
他将世上的一切都当成交易，
怎知君子那大海般的胸怀。

只是胜乐郎没有戳穿小鬼，
能超度冤魂也是一种胜缘。
更何况他也是真心行善，
一心希望胜乐郎能救度亲人。
于是胜乐郎欣然同意了请求，
让小鬼带他们回到村中。

那小鬼随即进入武丙身体，
带着师徒三人回到了小村。
此时村庄里面已空无一人，
只有一群群绿头苍蝇在乱飞。
四处是腐烂发臭的尸体，
到处是令人作呕的景象。
刚才的热闹已消失不见，
那都是他们迷惑行人的幻影。

那小鬼进村后立刻呼唤，
让亲友们都来到井旁集合。
他说眼前是真正的大德高僧，
已发愿让众鬼们脱离苦海。
只因想在胜乐郎面前表现自己，
也想在乡亲们面前露露头脸，
小鬼用了比往常更多的力气，
那表情也威风凛凛十分夸张。

刹那间阴风四起黄沙阵阵，
四周响起了一声声怪叫。

凄厉的哭声猖狂的大笑，
更有一个个冤魂如风中幻影。
他们裹着铺天盖地的戾气，
围住了胜乐郎如同毒蛇，
不断吐出挑衅的芯子，
怀疑眼前这人的能耐。

武甲武丁立刻进入警戒，
手握着兵刃准备迎敌。
那小鬼的表现更加夸张，
对着众鬼们拳打脚踢。
他说："你们一个个瞎了狗眼，
眼前的可是胜乐郎大德。"

众鬼听闻胜乐郎之名，
现出了真容扑在地上。
他们衣衫褴褛血迹斑斑，
一个个披头散发狼狈至极。
他们都听过胜乐郎大德的美名，
那是百姓心中救苦救难的菩萨，
已有无数人追随而得到解脱，
他们当然期望能与大德相遇。
如今终于能在这里得遇大德金身，
自己解脱的无上机缘已然来临。

于是他们一边号啕大哭，
一边对着胜乐郎连连礼拜，
祈求胜乐郎能够超拔他们，

将他们度往那光明净境。

胜乐郎见此状悲心大发，
眼中也流出了悲悯的泪水，
一滴滴泪水都变成了甘露，
洒向了天空降下甘霖。
那蒙蒙细雨带着无尽清凉，
顿时熄灭了鬼怪的业火。

待那些冤魂平静之后，
胜乐郎向他们询问死因。
只见那护法向胜乐郎禀报，
说是村里突然有瘟疫降临，
全村人患病而死无人幸免，
成为鬼魂后才知道那疫病的原因。
于是他们生起了无穷的嗔心，
时时被仇恨之火灼烧而不得安宁。
因此他们才聚在村里阴魂不散，
骗一些路人的躯壳以求能解脱。

胜乐郎闻言叹息一声，
又是那邪气造下的孽障。
那欢喜国巫师一日不除，
这世上就有更多人遭殃。

他看到那些凄厉的冤魂，
何尝不是看到天下的百姓。
他们原本一个个善良淳朴，

却被暴力逼成了厉鬼。
那些嘶吼正是心中的怒气，
变成了烈火灼烧其灵魂。
胜乐郎启动了超度的仪式，
问厉鬼们可愿意往生佛国。
虽然明知道他们不会拒绝，
但仍然尊重每个生灵的意愿。

众厉鬼一听放声大哭，
为眼前的胜缘而激动不已。
哭声裹着压抑已久的悲愤，
将那烈火焚身的痛苦尽情宣泄。
他们扑在了地上不住地叩拜，
其情形仿如遇到大赦的死囚。
他们都祈请胜乐郎大发慈悲，
让他们能尽快地脱离苦海。

胜乐郎观到了机缘成熟，
便让两个武士布置好火坛。
他要做一个熄法火供，
先熄灭众鬼的嗔心仇恨。
再观出了师尊奶格玛，
领他们齐诵"奶格玛千诺"。
再请诸多的智慧女神加持，
放诸光将厉鬼摄入祭坛。

只见那些厉鬼欢呼雀跃，
都变成了清净无瑕的光身。

在空中向胜乐郎连连叩拜,
感谢他对自己的无上恩情。
连那护法也看得有些眼红,
他也想融入那恩师奶格玛,
可想到自己刚发下的誓愿,
又狠狠心留在了胜乐郎身边,
当一个守信重义的鬼魂。

随着胜乐郎的咒音消散,
诸多的冤魂皆被如法超度。
那村庄再也感觉不到怨气,
仿佛被雨水洗过一般清新。
无数的秃鹫从空中飞来,
吞食着那些四散的尸体。
它们都是智慧女神的化现,
前来为死者清净业障。

胜乐郎挥挥手摄来武丙,
让他的神识回到了自身。
原来自从武丙刚刚被附体,
胜乐郎就把他收进了囊中。
接下来都是故意的示现,
只为引出后面的超度剧情。

只见武丙的身体瞬间恢复,
犹如那电脑装入了程序。
他活动了一下手脚无碍,
抱怨那口袋里好个窒闷。

眼看又恢复了油嘴滑舌，
果然是货真价实的武丙。
他们又挑起了各自的行装，
师徒四人再一次上路。

第六十乐章

人人都说那欢喜国王中邪了，他失去了理性失去了冷静，日日夜夜陪伴他的只有纠结和噩梦……于是，那刺客的剑闪着寒光而来，映照出的竟是密集郎老谋深算的面孔。

第 156 曲　中邪

因胜乐郎和巫师的斗法,
欢喜郎遭受了正邪力量的双重夹击,
他的身心变成了两人的角斗场,
于你冲我杀中烽烟四起。

于是他时不时就陷入自我的交战,
很多事情都不能顺利完成。
有时候身体想做的事,
内心却东拦西阻不让行使;
有时候内心发出的指令,
身体却不听使唤推三挡四。
他仿佛神志异常自言自语,
总是朝令夕改出尔反尔。
他的行为更不像个常人,
陷入矛盾难以自主。
他会左手拉住右手,
也会右脚绊住左脚。
眼看他的病情越来越重,
群臣们都忧心忡忡。
他们都怕国王一命归阴,
使泱泱欢喜帝国群龙无首。
他们有心劝欢喜郎撤兵,
却因为他喜怒无常不敢进言。

他们怕自己的劝慰火上浇油，
更怕那谏言引火烧身。
于是他们都敢怒不敢言，
一个个憋在心里纠结不已。

再说那欢喜郎的病情日益严重，
这一日突然昏睡过去。
他陷在那噩梦里仿佛演戏，
自编自导自言自语——
忽而是天使，忽而又是魔鬼；
忽而和气如春，忽而又狰狞无比。
口中时时发出狼一样的嘶吼，
仿佛在梦中正与敌人搏斗。

此刻他冷汗直冒高烧不止，
诸种脉象混乱如缠丝。
这可吓坏了随行的御医，
他丸散膏丹已用尽了招数，
欢喜郎的病症却不见好转，
反而日渐严重病入膏肓。
御医只好建议将军尽早收兵，
让国王回欢喜国专心治病。

其实那御医另有心思，
在看似全力以赴的救治中，
他始终浅尝辄止有所保留。
他想早日启程回国，根本不想
将救治一国之君的重任独自承担。

而在他医治国王的时候，
欢喜国的将士们也另有盘算，
他们甚至希望国王不要醒来，
这样才能顺利回到欢喜国中。
否则，好战的国王定会重返战场，
并且因为他的精神错乱，
很可能会白白葬送整个欢喜军。

于是在众人一致的推动下，
欢喜军终于开始撤退。
乌泱泱一大片陆续拔营，
远望去就如同小蚂蚁搬家。

威德郎在城墙上看到此景，
他千分疑惑万般好奇，
以欢喜郎的个性不应就此罢战，
因为这意味着他向自己认输。
他有心想将那欢喜军追打一番，
又怕中了欢喜郎的阴谋诡计。
毕竟那小白脸欢喜郎善于谋略，
已屡次使诡计祸害威德军。
这一次的撤退也十分蹊跷，
威德郎怀疑是那调虎离山。
于是他眼睁睁看着欢喜军拔营，
按住了威德兵原地不动。

那一个个威德军将士十分不解，
欢喜军仓皇撤退就像落水之狗，

按照常理此时应该乘胜追击，
国王却按兵不动不知是何缘故，
但他们也只好听从国王的指令。

等到那欢喜军彻底地退离，
赤乌国才正式宣布卫国战争胜利。
威德郎救援成功声望大振，
立刻开动宣传机器大造舆论。
说欢喜郎怕他威德军神勇，
围困了几日便不战而退。
因此投靠者也日益众多，
都看好威德郎兵强将勇，
那欢喜郎不过是个纸老虎，
未必有传说中的那样可怕。
墙头草们随着那风势摇摆，
世界的局势又开始倾斜。

威德郎见欢喜军并无异动，
那撤退之后也风平浪静。
他紧张的神经便松弛下来，
开始揣测欢喜郎撤退的原因。
他原以为他们会打一场大仗，
所谓的撤退只是在迷惑自己，
让他放松警惕好乘虚而入，
打威德军一个措手不及。
此时那欢喜郎却悄无声息，
丝毫不像在诱敌深入。
威德郎便派出刺客前去打探，

看看欢喜郎搞什么诡计，
如果有机会也可以将他暗杀，
执行那斩首行动平定天下。

然而那刺客却贪生怕死，
刚刚接令就想随便搪塞。
只因他是刺客中的南郭先生，
从来不实干全靠糊弄。
当个刺客也只是混口饭吃，
并不会真正地舍生忘死。
面对国王时那大义凛然，
也只是伪装和另一种糊弄。
因此独自行事他就会畏首畏尾，
能够退缩时绝不逞强。
于是他领了命令前去刺探，
见那欢喜军队正在撤离。
他根本不敢近距离查看，
生怕被发现要了他性命。
他只是远远地看了一眼，
就编了个理由回去复命。
他想反正威德郎难以核实真假，
只要欢喜军不反攻就没问题。

于是他回到了威德军营，
说那欢喜郎已中邪昏迷。
众将士一个个六神无主，
不得已才从赤乌城外撤离。
也合该这刺客行狗屎大运，

他的这一番胡诌竟然说中。
威德郎闻言大喜过望，
摸着宝剑说天助我也。
他立刻点起三军想要追击，
并且派那刺客先行去暗杀。

那刺客闻言暗暗叫苦，
只因这一次可不好再去糊弄。
如果提不来欢喜郎人头，
就说明他自己能力不够。
但如果真的去刺杀那欢喜郎，
他的小命就必然难保。
后者比前者更加恐怖，
借他熊心豹胆也不敢行事。
想到此他暗暗地埋怨国王，
怎么偏偏派他去执行这该死的任务。
但他也知道埋怨无用，
再怎么不满也不能罔顾王命。
于是他的眼球滴溜溜一阵乱转，
想找个理由再一次敷衍。
却听到背后有人叫他稍等，
他回头一看，原来是那密集将军。

再说威德郎点起了兵马，
开始追击那撤退的敌军。
一路上果然见对方炊具杂乱，
显然是慌张撤退毫无章法，
这完全不是欢喜郎的风格，

想来刺客的情报真实不虚。
于是威德郎放开手脚火速前进，
他不再畏首畏尾，
也不再顾忌沿途的伏击。

这一日大军赶到了戚国，
这国家本是威德郎的盟友，
却因为欢喜军的讨伐而背信，
摇身一变归顺了欢喜帝国。
威德郎走到这里好个愤恨，
便想兴起战事将其声讨，
以此来警告其他的盟友：
谁要当叛徒就要头破血流。

密集郎却觉得这样做不妥，
动了动眼球便前来阻止。
他说此时不宜再动刀兵，
应该保存实力追击欢喜郎。
对待戚国最好用怀柔，
通过那劝降来收买人心。
乱世中的小国毫无保障，
只能随着狂风左摇右摆。
何况他们也并非恶意背叛，
只是那欢喜郎用灭国来威胁。

现如今威德兵大病初愈，
并不适合立即攻打城防。
那戚国的城池虽然不大，

国王却是个杰出的军事家。
而且他们自从上次有了战事，
就开始没日没夜地操练。
真的打急眼拼个鱼死网破，
威德军未必能胜过戚军。
现在最好用怀柔政策，
宽宏大量原谅那戚国国王。
再敞开怀抱欢迎他弃暗投明，
承诺用强大军力将其保护。
如今有赤乌国作为前车之鉴，
他们应该愿意投诚。
如此便成了一石四鸟——
一是挽回了威德国盟友，
二是拉拢了天下的民心，
三是瓦解了欢喜国联盟，
四是保全了自己的实力。
以谋略取胜才是真正的上兵之策，
不战而屈人之兵才是正谋。

威德郎闻言连连点头，
然而又产生另一种顾虑。
他说如果原谅了戚国，
其他国家会不会纷纷效仿叛变？
若是这样威德国便毫无威信，
联盟之约岂非形同虚设？

密集郎叫一声："大王，无须担忧，
您可以派威德兵驻守在盟国。

名义上是帮他们守卫国土，
实际上是监控他们的动态。
对于那些叛变又归降的盟友，
统统采用这一种政策。
未必需要派出很多兵力，
这种行为更多是象征意义。
有了威德兵那些国王便会忌惮，
只能铁心归顺不作他想。
其他的国家也会说您仁慈，
不但不轻易发动战争爱民如子，
对于那些叛变的小国盟友，
还能给机会改过，
并且用自家的兵力保护盟友。
这种行为一旦广传，
就会有人主动归顺，
那时威德军便成了王者之师，
天下的小国都是您的拥趸。"

威德郎闻言连赞大妙，
他觉得这密集郎日益成熟。
除了军事还具有政治手腕，
也许他真的适合宰相之职。
只是他的野心日益膨胀，
还不能马上提拔重用，
还需要再熬一熬他的心性，
削弱其野心使其忠心耿耿。

于是他令密集郎派出了使者，

前往那戚国去劝降国王。
说威德郎已经率十万大军，
包围了戚国准备开战。
战事一起必然会生灵涂炭，
戚国的百姓定然会遭殃。
只因威德国王还心念旧情，
给戚国国王一个改过机会。
如果他愿意率领百官投降，
就可以免去这刀兵之灾。
威德郎可以保证既往不咎，
还可以派军队协助他城防。

那戚国国王闻言十分纠结——
小国本是水中浮萍风中絮，
只能在大国的鼻息下求生，
他哪有讨价还价的余地？
与欢喜军一战使他们元气大伤，
他迫于无奈才归顺了敌国，
而此时那威德军又来逼降，
这太平的日子真如梦幻泡影，
老百姓怎禁得起如此连番的折腾？

他还知道威德军一旦驻兵，
自己就成了威德郎傀儡。
哪怕再有任何凶险，
也只能牢牢绑在威德战车上。

然而只看那眼下的形势，

他也明白已经没有选择。
只是他还想摆一摆架势，
以免那威德郎小看自己。

于是他先抛出一番硬话，
说戚国国民个个顽强，
誓要与侵略者玉石俱焚。
然后又将那话锋一转，
说他却十分怜悯百姓，
不忍让百姓再遭刀兵。
他让威德使者先回军营，
容他和众大臣商议讨论，
有了结果便立刻告知，
这段时期内勿要动手。
却不料那使者步步紧逼，
执意要戚国国王给最后的期限。

那戚国国王脸色变了几变，
腮帮鼓起了肉棱又忽然消失。
只见他咬着牙狠狠说，三日！
三日之内，必有回信！
于是那使者回威德军营如是复命。
威德郎听说后冷笑一声：
"这戚国小儿皮硬肉软，
已经毫无选择还要死撑。
寡人就给他三天时间，
且看他到时候如何归顺。"

果然情况如威德郎所料。
三日后戚国派使者前来投降。
那使者绽开了一脸媚笑，
他说欢迎威德军入城协防。
威德郎也显得十分亲热，
不堪的往事似乎已随风而去。

这一来果然引发了轰动，
威德郎美名四方传颂——
他不计前嫌宽宏大量；
他体恤盟国出兵协助。

于是许多小国派出使者，
纷纷要投靠威德郎阵营。
既然只能在夹缝中求生，
不如投靠一个负责的大国。
以是故威德郎实力更增，
他的政治版图步步扩张。
只是他并没有赏赐密集郎，
每次见密集郎，他
总是顾左右而言他从不提及封赏。
他在观察密集郎，看他
是否具雄才大略？
看他是否堪担重任？

威德军在戚国稍事休整，
便立即赶往欢喜国边界。
一路上威德郎都在暗中观察，

他想看密集郎有没有不满。
他越来越觉得需要重用此人，
却又有一种本能的担忧。
任何人一旦权倾朝野，
必然会带来种种隐患。
可是不给他相应的权力，
又很难让他死心塌地效忠。
因此他要仔细考察密集郎，
以确定此人到底能否重用。

那密集郎仿佛毫无察觉，
照旧对威德郎献言献策。
他也知道自己需要收敛，
只因他藏着更大的野心。
他想乘机建立自己的势力，
每到一个盟国便安插心腹。
他要为日后的登高而招，
打下此呼彼应的坚实基础。
于是这对君臣各怀鬼胎，
在一团和气下互相提防。

这一日到达了欢喜国边界，
那城墙高大仿佛悬崖。
对方更集结起许多重兵，
长矛铠甲武装到牙齿。
远远看去像极了怪兽，
阴森森恐怖怖杀气冲天。

威德郎见状知道不能硬打，
威德军长途跋涉已是强弩之末，
而那邪气也并没得到根除，
不能攻打这样的铁甲坚城。

于是他又叫来了密集郎，
向他询问破敌的计策。
密集郎转动着眼球沉默不语，
他缜密的心思正在高速运转。
他可不想让威德郎一家独大，
否则统一了天下便没了他的立足之地。
然而也不能让威德郎就此大败，
若是威德郎元气大伤，
欢喜国同样会一统天下。

于是他思考一番定下计策，
他要做一个坐收渔利的渔翁——
只要让那鹬蚌相持却互不取胜，
他就会处于不败之地坐收大利。

只见他一如往常忠心耿耿，
对着威德郎直言不讳：
"眼下的局面于我方不利，
对方城墙坚固以逸待劳，
我方长途跋涉疲劳乏力，
强攻只会造成无谓的损失。
不如放慢脚步，
唱一首'四步曲'——

首先以谣言瓦解军心，
接着趁混乱直驱而入，
然后传假讯断其后路，
最后趁对方动摇一决雌雄。"

这一番计策有谋有略，
更有那高瞻的大局观点，
威德郎捋着胡须连连赞叹。
他本来还想夸他英明，
但毕竟他是自己的臣子，
不能用错了词语有失身份，
这会让密集郎得意忘形。

他觉得密集郎已越来越成熟，
足够能独当一面。
至于那宰相之职还需要慎重，
他已感受到他深藏的心机。
但他却说不清那里
到底潜藏着多大的危险。

于是威德郎派出了间谍，
混入欢喜国中散布谣言，
说欢喜郎在战场上中邪已死，
因此才从赤乌国退兵。
正好这谣言符合那传闻，
国王发疯许多将士曾亲眼所见，
一时间欢喜国人心惶惶乱如散沙。
继而那城防出现了松动，

欢喜兵一个个失魂落魄。
他们怕欢喜国王一旦去世，
威德郎便会乘机进攻。
他们心中紧张得咚咚打鼓，
神色昏惨惨仿佛大厦将倾。

威德郎见那谣言果然奏效，
心中大喜过望便要发兵。
密集郎此时却紧皱眉头，
他觉得进攻还不到时候。
只因那刺客并未传来消息，
他的黄粱美梦怕要落空。
原来他背着威德郎与那刺客串通，
让刺客去找欢喜郎通风报信。
告知威德郎想要发兵攻城，
而自己愿意做他的内应，
提供他想要的军事情报。

密集郎这一手十分阴险，
好个鹬蚌相争渔人得利。
他巧妙利用二者的矛盾，
为自己攫取最大的利益。
只因他现在羽翼未丰，
不能让任何一方失去势力。
所以他要拖住威德郎，
最好逼着他向后撤兵。
等到自己的势力完全巩固，
便可以撕破脸皮三分天下。

于是密集郎让威德郎再等一等，
他说时机还没有完全成熟，
虽然那欢喜军军心已动摇，
但毕竟还有强大的城防。
还是等那刺客传来消息，
看他的刺杀是否成功。
欢喜郎陷入昏迷无法反抗，
成功刺杀的可能性很大。
如果真的杀掉了欢喜郎，
我们便可以轻松地攻城，
甚至能不战而屈人之兵，
兵不血刃地拿下欢喜国。
对方即便负隅顽抗，
也是那秋后的蚂蚱蹦跶不长。
如果刺杀行动失败，
我们再根据情况进行调整。

威德郎闻言连声赞许，
他对密集郎越来越言听计从。
就像一个连赢几局的赌徒，
对那献计之人千依百顺。
他想通过这一局平定天下，
彻底赢它一个盆满钵满。
于是他下令威德军按兵不动，
等候那刺客告知行刺的结果。

他哪知道那密集郎心怀鬼胎，

只是表面上却又忠心耿耿。
他每一条计策都一石二鸟，
既帮了威德郎也帮了自己。
都是那九天玄石的力量，
让密集郎的心智大大提升。
同时他的欲望也与日俱增，
让他饮鸩止渴欲罢不能。

第 157 曲　行刺

话说那南郭刺客本是密集郎的死党，
他贪生怕死却又最爱虚张声势。
他像纸老虎一样外强中干，
也像哈巴狗一样阿谀谄媚。

而密集郎心思缜密又诡计多端，
最善于发现一切可利用的资源。
他一眼相中了刺客的色厉内荏，
便拉拢他入伙为自己效劳——
"你若是前去行刺欢喜郎，
不论成与不成必然送了性命。
当务之急唯有投靠于我，
才能求得活命的途径，
更有那富贵荣华向你招手。
就看阁下如何选择。大丈夫行事
又岂能拘泥于小节？"

于是他三言两语就动摇了
刺客对威德郎的忠诚。
刺客觉得君子不立危墙之下，
既然无法推卸刺杀欢喜郎的任务，
不如认清时务求得自保。
他觉得自己的运气真的太好，

虽然经历凶险，但每一次都有吉星高照。
他感恩佛祖的慈悲护佑，
发愿升官得财后重塑金身。
于是，他决定明修栈道暗度陈仓，
以刺客的身份完成那使者的任务。

第二天早上，朝阳升起霞光万丈，
刺客的心里也是美了醉了。
他一边哼着小曲，一边
屁颠着赶往欢喜国王宫。
威严赫赫的城门旁，
却是一点也不欢喜的侍卫，
只见他一脸的凝重冷酷。
南郭刺客走上前去，他的脸上
盛开着十二万分的谦卑和诚意。
他向那侍卫说明了来意：
威德国使者前来投诚，
并且有重要情报汇报国王。
末了还特意说"请侍卫大哥辛苦禀报"。
在一个侍卫面前，不可一世
老子天下第一的南郭，
却谦虚得像一粒尘土，
他不敢得罪任何一个小人物。
待到他一旦富贵加身，
那必然是对他们颐指气使，
鼻孔都能戳到太阳上去。
这就是南郭刺客的人生梦想。

那侍卫一听不敢怠慢，
急忙跑进王宫向欢喜郎禀报。
看着一溜烟消失的影子，
南郭的鼻子里发出不屑的哼哼——
守卫得再好也是条看门的狗。

再说那欢喜郎刚刚苏醒，
九分憔悴十分虚弱。
他听到消息先为之一惊，
同时他又疑虑万分，
他怕使者是威德郎派来的奸细。
为了避免对方打探虚实，
特意安排了对使者隔帐讯问。
刺客见到了欢喜国王，
便立即鼓唇摇舌如飞流直下。
他嘴里像含有滚圆的珠子般纵横无碍——
他说威德郎暴虐无道自己愿弃暗投明，
他还说威德郎诅咒欢喜国王谣言惑众，
想趁军心浮动一举攻城。
说完这些，他调动起全部的注意力到两只耳朵，
像兔子一样警觉也像狮子一样沉稳，
捕捉着帐内每一丝微妙的气息。

只听到欢喜郎说一声很好，
称赞那使者的英明之举，
然后让他把话继续说完，
看自己能给他提供哪些帮助。

那刺客一听大喜过望，
这欢喜郎不愧是明事理之人，
知道天下没有白吃的午餐，
主动让他开口提出条件。
于是他露出谄媚的笑脸，
隔着屏风向欢喜郎索要财富。
他说只要欢喜郎能厚待自己，
他愿意为欢喜国王誓死效忠。

欢喜郎隔着屏风冷笑一声，
那效忠之词听来如同狗屁。
这种人连他的主人都能背叛，
又如何会效忠他欢喜国王。
只是他也并不戳穿此人，
眼下此人还有些利用价值。
不妨暂时给他一些甜头，
好让他发挥更大的作用。
于是他让侍卫捧来两个金锭，
对刺客说这只是定金，
待事成之后，那高官厚禄
金银财宝都不在话下。

那刺客见黄金面露惊喜，
他收下后马上揣到怀里，
沉甸甸的分量让他兴奋无比，
他一脸奴相向欢喜郎谢恩。
然后出卖了他知道的一些情报，
告诉欢喜郎要防范刺客，

还建议他尽快去边境稳定军心，
以免给威德军留下可乘之机。

于是那欢喜郎做好了准备，
八百里加急文书送往边境。
告诉众将士国王身体康健，
还特意送来了丰厚的犒赏。
让他们伺机消灭威德军，
立下那大功回来富贵加身。

随后又加强了宫中防范，
三步一岗五步一哨十分森严。
欢喜郎自己则躲进了密室，
又派出替身做那诱饵吸引刺客。
同时在欢喜王宫布下天罗地网，
随时恭候入网的威德国刺客。

果然那南郭离开没多久，
宫中便传来了消息有刺客偷袭。
原来那威德郎一直等不到回音，
便暗中派出了另一个刺客。
期待已久的胜利就在眼前，
他不想错过这千载难逢之机。

欢喜郎立即动身前去审讯，
他想让威德郎知难而退。
只因他此时大病未愈，
实在没精力与对方一战。

但又不能让威德郎看穿，
只有从精神上压倒他才是上策。

谁知他刚走出深宫密室，
就被阳光晃得头晕目眩。
侍卫们赶紧搀扶住他，
太监也慌张地传唤御医，
欢喜郎却摆摆手将人拦下，
他怕此时妄动会打草惊蛇。

于是侍卫们抬来轿子，
载了欢喜郎直奔大牢。
欢喜郎在轿内却连连感叹，
过去都是骑着高头大马迎风驰骋，
现如今屈尊轿内像极了老朽。

他觉得当国王是另一种酷刑，
诸多的事务将他绑架，
想要片刻的喘息也不可得，
却偏偏有那么多人趋之若鹜。
这世上的人心好个奇怪，
总是追逐那些华而不实的东西。
荣华富贵也是一个个牢笼，
将他们困在苦海里沉浮不定。

然而想归想做归做，
只要天下一日没有太平，
他就得强打起精神抗争，

把那欢喜国王的角色演好，
保护他的国民不受欺凌。
为此他愿意鞠躬尽瘁，
耗干那心血死而后已。

迈进监狱大门的刹那，
他立刻挺直了腰杆，
脸上又露出国王的威严，
看上去好个生龙活虎，
丝毫没有病人的样子，
倒像那青壮年朝气蓬勃。
他必须要给臣下们信心，
让他们知道国王的强壮。
更要让那刺客回去报信，
威德郎便不敢肆意妄为。
哪怕他因此而精力耗竭，
也必须唱好这曲空城之歌。

监狱长急匆匆前来迎驾，
脸上的神色毕敬毕恭。
同时也偷偷观察欢喜郎，
显然那谣言已传到他耳中。
他见欢喜郎精神饱满，
依旧是一派明君气象。
那悬着的心不由得落地，
想那谣言已不攻自破。
欢喜郎对监狱长摆了摆手，
说："免礼你劳苦功高。

先带我去见那个新抓来的刺客，
我倒要看看他是不是三头六臂，
竟敢来行刺欢喜国的国王。"

监狱长听到国王的夸奖，
脸上的表情像盛开的花。
上一次他看管的空行人
被幻化郎解救，
他疏忽职守本应严惩不贷，
后来他戴罪立功以功抵过。
但他却一直如履薄冰，
生怕这国王反复无常。

此时国王那句"劳苦功高"，
抹去了监狱长心头的忧患。
他如释重负满脸堆笑，
欲带欢喜郎去见刺客。

就在监狱长转身的刹那，
欢喜郎痛苦地皱紧了眉头。
那监狱的气息十分阴寒，
激发了他心中邪气作乱。
此刻他又开始冷热交替，
手脚不由自主地抽搐颤抖。
然而他却必须表现出强健，
于是他狠狠心咬破了小指。
钻心的剧痛如电流般上蹿，
果然让他精神猛地一振。

他借势提起身上所有力气，
随着那监狱长去见刺客。

那刺客是个清瘦的青年，
受尽酷刑的他已是体无完肤。
唯有那双眼睛仍射出精光，
宁折不弯宁死不屈好生刚烈。
这一个眼神多么熟悉！
看得欢喜郎心生欢喜——
别看他已在砧板之上，
但他却拥有铮铮铁骨。
不像密集郎派来的使者，
满眼功利满口铜臭，
满心算计满身猥琐，
他虽然可以赏赐他，
但也从骨子里鄙视他。

只见那刺客正在遭受酷刑，
国王驾到，行刑官加大施刑力度。
刺客的四肢被绑在木架之上，
十指的指肚处，扎了十根利利的竹扦。
他一声声惨叫摄人魂魄，
豆大的汗珠纷纷滴落。

欢喜郎听到那凄惨叫声，
心中的善念又开始浮动。
但那恶能也迅速展开反扑，
他的灵魂又陷入交战。

他再次头晕目眩窒息难耐，
于是再次强撑起最后的清醒。

随后他便快速返回暖轿，
脚步急匆匆顾不上旁人。
刚一坐定便浑身颤抖，
蜷缩在轿中抽搐痉挛。
他挣扎着拿出御医给的急救药丸，
顾不上捏碎便塞入口中。
其情形犹如那地狱饿鬼，
吞下能熄灭劫火的仙丹。

只是那药丸的效果十分有限，
只能维持片刻的精神稳定。
于是他让轿夫加快脚步，
尽快将他送回欢喜王宫。

那轿夫闻言叫一声遵命，
迈开了大步挥汗如雨。
那轿子一颠一颠仿佛小船，
飞一般飘过宫城内的街道。
欢喜郎被颠得五内俱焚，
可相比那善恶之气的交战，
他宁可忍受这颠簸的折磨。
好不容易挨到了国王宫室，
他快步回到密室便一头栽倒。
一股咸腥的液体从喉头涌出，
他坠入突如其来的黑暗中不省人事。

渺渺冥冥中他又进入梦境，
这次不再是那宫殿坟包，
而是直接下到了地狱苦海，
被那狱卒叉在铁戟上焚烧。
只见他在熔铜铁水中沉浮，
身体在刹那间生生死死。

欢喜郎感到剧痛无比，
连连向那狱卒磕头求饶。
此时他已完全不是国王，
他是一个在地狱受刑的苦鬼。
那岩浆将所有的尊严全部洗去，
只剩下一丝求生的本能。
这便是人间富贵的无常，
只要造下恶业就必受果报。

那狱卒说他造下无数杀业，
这样的酷刑要持续到劫满。
欢喜郎闻听惊得魂飞魄散，
又下意识地祈请奶格玛救赎。
这一个祈请发生了效力，
只见那地狱瞬间扭曲，
变成一线亮光消失于黑暗，
留下欢喜郎独自渺渺冥冥。

又过了不知多久的时间，
欢喜郎感到喉头一阵发痒，

随后迸发出剧烈的咳嗽，
身躯忽然也随之震动，
睁开眼睛时他已在宫中。
身边围绕着一群御医，
或扎针或火疗折腾不已，
总算把他从昏迷中救醒。
御医们不知道他梦中的经历，
一张张脸上都露出了欣喜。

欢喜郎见此状有一个想法——
不知那地狱的酷刑是否与救治有关。
地狱中的他被丢进了熔铜铁水，
而现实中一群御医围住他火疗和针灸。
也许在那中阴身的关键时刻，
任何对肉体的折腾都是一种酷刑。

欢喜郎支撑起身躯谢过御医，
身边的侍者告知他昏迷了许久。
他第一个念头是不能走漏消息，
于是吩咐知情者要严格保密。

欢喜郎吃完羹汤又洗过了脸，
感觉那体力已恢复了许多。
他想起昏迷前还有事情未了，
骂一声老牛不死稀屎不断。
又安排人叫来威德国刺客。
他依旧是躲在屏风的后面，
以防被刺客瞧出患病端倪。

不一会儿刺客被带到了屏风前面，
茶可清心，一杯待之。
欢喜郎面容平和赐坐于他，
既没有弩张也没有剑拔，
就像对待老朋友一样亲切。

那刺客本来是准备受刑，
这一来反而摸不着头脑。
他见欢喜郎语气随和，
并没有想象中的穷凶极恶。
他怕对方耍阴谋诡计，
便破罐破摔死撑到底。
反正刺杀国王也难逃一死，
他只求速死少受一些折磨。

于是他对着欢喜郎破口大骂，
说他是弑君弑父的直娘贼，
把这世界拖入战火的深渊，
无数百姓因此而失去生命。
更有那瘟疫邪气的水深火热，
还有一个个战士血肉横飞。
他不忍再看到百姓们受难，
才会前来行刺这罪魁祸首。

欢喜郎果然被戳到痛处，
那弑父的往事是他的逆鳞，
每一次触及都疼痛不已，

常常让他失去理智陷入疯狂。
此时他嘴唇发紫浑身哆嗦，
几乎要下令将这刺客凌迟。
可话到嘴边又硬生生忍住，
他不想一时冲动坏了大事。
当了国王就已不是个人独体，
必须事事都从大局考虑。

一时间局面陷入了沉默，
欢喜郎拼命深呼吸调整情绪。
他觉得内心仿佛万马奔腾，
每一下扬蹄都搅出满心的怒火。
更有那善恶交织的冲突，
在他的心中不断翻腾。
他知道只要自己开一声口，
就能把这年轻人碎尸万段。
但他偏偏不能开口，
他要对威德郎不战而胜。

过了许久欢喜郎渐渐平静，
此时他浑身已出了一层汗水，
脑中还有一种微微的眩晕，
他知道这场审讯不能太久。
于是对那刺客展开心理战术，
只求速战速决好回到密室休息。

那刺客梗着脖子只求一死，
却不料欢喜郎发出了笑声。

他说："我非常佩服阁下的理想，
大丈夫本当有鸿鹄之志，
更要有那拯救天下的担当。
因此我才让监狱长不再折磨于你，
希望你能理解这一份用意。
只是你那理想用错了地方，
这世上并非我在挑起战争，
而是那威德郎四处为虐，
搅动得苍生都不得安宁。
你若想拯救众生还有一法，
就是取那威德郎的人头。
只要他死了或是投降，
我们就会赢得那和平。"

刺客却只是一阵大笑，
说他怎么会杀害明君。
说完之后他立即闭嘴，
他意识到说漏了信息。
那明君的称谓一旦出口，
等于承认威德郎指派无异。

果然欢喜郎发出冷笑，
说："阁下倒是耿耿忠心，
不知那威德郎有何魅力，
能让你对他如此忠诚。
只是我有几句肺腑之言，
权且作为对你的馈赠。
我不要求你完全相信，

只为让你不要蒙在鼓里。
你也该明白我欢喜郎国王，
并非那敌国宣传的魔鬼。
我并不愿意发动那战争，
但命运总让我身不由己，
若是我能够重新选择，
定然会去草原放牧羊群。
最初是威德国四处为虐，
强占了我们祖上的地盘，
全族的男子都被杀死，
全族的女子都被强暴。

"那是一段暗无天日的日子，
每每提及我便痛彻心扉。
后来父王励精图治，
渐渐打下了这一片河山。
只是他威德郎暴虐成性，
才有这天下斗来斗去。
叫一声壮士你且听好，
我这次不杀你放你回去，
请你告诉你的明君，
我马上会发动新的进攻，
无论付出多大的代价，
我一定会战胜他赢得和平。"
那刺客闻言心下愕然，
这与他受到的教育完全不同。
他只知道欢喜郎四处作乱，
祸害了无数的父母同胞。

他怀着为天下百姓除害的理想，
却不知两国间还有这段恩怨。

欢喜郎也并没继续多说，
只是挥挥手让侍卫们送客。
那刺客浑浑噩噩走出欢喜宫，
完全不敢相信自己的经历。
行刺国王如此罪大恶极，
竟然能安然无恙全身而退。
莫非那欢喜郎真的如他所称，
本质上是一个仁慈的君王？

且不说欢喜郎送客后气喘吁吁，
又昏倒在床上人事不省，
只说那刺客一路上一头雾水，
不断想起各种画面和言语，
忽而是战乱忽而是瘟疫，
忽而是威德郎忽而是欢喜郎。
一颗心也忽左忽右没了主张，
人生里第一次如此彷徨。
他确实有自己的人生抱负，
想捍卫正义让百姓安居乐业。
此时却忽然分不清到底谁是正义，
谁又是战乱的真正祸首。

他下意识地回到了威德军营，
那里是训练他教育他的地方。
所有人一直都告诉他，欢喜郎是魔鬼，

要对威德郎忠心耿耿保卫家国。
他对这些训谕也从来深信不疑,
直到这一次与欢喜郎遭遇。
他的一番表现出乎自己意料,
完全不像宣传的那样罪大恶极。

他将这些疑问告诉威德郎,
希望国王能给自己一个明确答复。
否则他再也无法建立起信心,
仿佛那信仰的宫殿轰然倒塌,
心中充满了慌乱而六神无主,
不知道自己要在何处托付身心。

威德郎听完了他的汇报,
并没有回答他的问题。
在他的眼中这刺客只是个工具,
如同那棋子般可有可无。
他所受的教育也都是权谋,
完全为他的统治而进行服务。
更何况世事本来就混乱,
各方都有各方的理由,
各方都觉得自己是正义,
很难说到底谁才是罪魁祸首,
只有那胜利者才能书写历史。
他只是细细询问欢喜郎病情,
看他是否真如传说中那么虚弱。

刺客回答并无虚弱迹象，
声音听起来反而中气十足。
这一说威德郎沉吟不语，
摆摆手让刺客先行退下。
临行之前又告诉他一句话：
不要被那欢喜郎迷了心窍。
刺客浑浑噩噩答应了一声，
失魂落魄地退出威德郎军帐。

威德郎知道此人不能再用，
一旦产生怀疑信念便会动摇。
战场上会心神不定左右摇摆，
平时也会污染其他士兵。
因此他安排此人前去牧马，
以免他的疑惑动摇军心。

密集郎在旁边目睹了汇报，
他的心中不由得一阵窃喜。
自己的计谋显然已经奏效，
威德郎除了撤军别无他途。

于是他上前一步露出忧色，
说："这刺客是我们的精英，
连他的刺杀行动都失败，
恐怕军中再也无人可担此任。
欢喜郎也必然会严加防范，
后面的行刺更是难如登天。

何况那欢喜郎已经醒转，
我们已失去了可乘之机。
为今之计只有保存实力，
暂不与那欢喜国硬打硬拼。"

第六十一乐章

古朴沧桑的古庙里，有个白眉僧人，不知他能否感化那颗坚硬的国王心？神秘的老术士终于出山，带着七芒星的他，似乎给纠结的国王吃了颗定心丸。

第 158 曲　点化

密集郎建议威德郎撤军，
威德郎却犹豫不决徘徊不定，
他进已不能，退又不甘，
觉得命运将他推向两难之境。
经过再三思量权衡利弊，
他同意了密集郎的建议。
他当然也知道那良机已失，
硬拼硬打只会自取灭亡。
况且，他的粮草已所剩无多，
致命的邪气也并未根除，
撤兵成了他唯一的选择，
他只好下令将士们拔营。

来的时候，他们气势汹汹不可一世，
去的时候，他们垂头丧气满眼萧瑟。
你看那风中招摇的旗帜也暗自神伤，
仿佛在追忆着这场徒劳无功的征讨。
所有的将士都长吁短叹，
他们并没有为保住性命而喜悦，
他们因没取得胜利而消沉。

看着这些年轻而俊朗的面孔，
威德郎的心里也颇有感慨。

记得当初发兵时，
他的威德军浩浩荡荡逾十里之长，
现如今，却稀稀拉拉不足三里。
一路上经过邪气的肆虐，
再加上几次对欢喜军征伐，
无谓的损耗竟超过大半。
此刻，他的心里真是懊悔至极，
由于自己一时的气愤与冲动，
也为了早日结束这场战争，
他才将生命视为草芥，
把那年轻恣意滥用。
于是他给自己绑上白布，
以祭奠那些阵亡的幽魂。

大军拖拖拉拉行了几日，
终于选在了一处草地扎寨安营。
威德郎听说不远处有座庙宇，
便想去办一场祭祀活动，
既供养众护法护国佑民，
也超度那些战死的英灵。
而更为重要的是，他想要
消减自己心中的愧疚，
让那不安的灵魂能够安生。
于是他带了随从和一些供物，
前往那半山腰的庙宇。
临行前他问密集郎去也不去，
密集郎说主帅不在怕遭遇变故，
群龙无首恐乱象丛生，他愿意

留在军营替威德国王分忧。
威德郎闻言连连赞叹道，
好个密集郎，做事真周全，
这种为国尽忠的精神值得发扬。

其实那密集郎的留守军营，
不过是假公济私结党营私——
他想趁威德郎不在扩张势力。
他最近的动作有些猖狂，
已经有人开始对他提防。
只是对方还没有找到具体证据，
因此也就没有汇报威德郎。
然而密集郎已看出了对方的意图，
于是想要先下手为强，
寻找些把柄，将那些对手消灭。

再说威德郎带上人前往寺庙，
爬山的路上他兴致颇高。
整天陷入政务行军打仗，
此刻举目四顾，他才发现
那天也美来哟地也美，最美的
还有他自由放松的心情。
他多想赋诗一首抒发这盎然的兴致啊，
但他不是密集郎，
他并非才高八斗与学富五车。
他只能在饱满的深情中，
将那"啊"字吼上一声又一声。

一行人兴冲冲来到了寺庙，
只见那里蜘蛛儿正在结网，
看起来虽然古朴却也简陋。
一个白眉僧人正在静坐，
他瘦骨嶙峋好个可怜。
他见威德郎带来了许多供品，
也是一副无所谓的表情。
摆摆手，示意将供物放到旁边，
继续自顾自闭目打坐。

随从们见老僧不理国王，
一个个义愤填膺欲拍案而起，
此时他们都想表现自己，
好让国王注意到自己。
威德郎挥挥手制止了他们，
说看那老僧气定神闲一言不发，
定是那有修有证的得道高人。
于是，他也在老僧旁正襟危坐，
跟着他一起闭目一起打坐。

日头爷渐渐爬上了正空，
树上的知了也叫个不停。
侍卫们已经是挥汗如雨，
一个个心中焦躁无比。
那禅房里的气温更加闷热，
威德郎和老僧却纹丝不动。
他只想等老僧出定之后，
向他说明来意请求指点。

不论对方是不是高人，
他都要举行祭祀活动。

时间又过了两个时辰，
日头爷也踱步到西边山腰，
侍卫们候在庙门外的空地上，
他们个个人困马乏疲惫不堪，
而禅房里却鸦雀无声一片寂然。
没过多久，威德郎开始浑身颤抖，
那持续的打坐使他力竭，
更有闷热的空气难以忍受。
他的心中像有老鼠在上蹿下跳，
它们让他散乱也让他烦躁。
老僧却仿佛坐化了一般，
低眉垂目岿然不动。
威德郎更加确定了自己的判断，
眼前的白眉老头定是高人，
他有心想招呼又不敢唐突。

于是他等，他耐心地等，
他一分一秒地等啊，
他一呼一吸地等。
直到太阳西下
月亮挂在东山之上，
老僧仍如初来时端坐。
威德郎终于打熬不住，
整整一天，他滴水未进，
此刻已是严重脱水，

变成了空壳皮囊。
只见他扶着地面，
慢慢地站起慢慢地活动手脚，
他的骨节发出磕巴的声响，
那僵直的剧痛也一阵阵蔓延。
好不容易恢复了手脚的自如，
威德郎使劲伸了个懒腰。
然后对那老僧鞠了一躬，
叫一声大德明日再会。

那老僧仿佛没听到一般，
仍是双目紧闭一脸平静。
威德郎只好退出禅房，
见那些侍卫早已七歪八躺不成样子。
他们三个一堆五个一伙，
像牛粪一样摊在地上，
丝毫没有皇家仪仗的气派。
那长久的伫立并没让他们
站成一棵树，风雨不倒。
他们也不是连轴转的机器，
连日行军，他们早已精疲力竭。

威德郎看到此景悲心大发，
他一改往日的威猛严厉，
开始体恤眼前的每一个生命，
感受另一种美好——
种种红尘烦忧远去了，
一统天下的宏图大略远去了，

那讨厌又如附骨之疽的欢喜郎远去了……
此刻，他不愿意让任何人不爽，
他只想让自己喜乐，也让天下人喜乐。
他断定那老僧绝非常人，
定然有一种熏染人心的力量。
于是他带着随从暂且下山，
准备效仿那古人三顾茅庐。

这一晚威德郎翻来覆去辗转难眠，
他一直想着白天的奇遇。
如果那老僧真是世外高人，
他当然想向他拜师学习，
更要把他请到国中，
以国师的身份教化百姓。
想着想着无数念头涌出，
犹如抽丝剥茧般牵连不断。
他在这妄念编织的罗网中，
迷迷糊糊着半醒半梦。

次日一早威德郎伸个懒腰，
就感到浑身疼痛难忍。
昨日的打坐时间太久，
再加上一晚都没有深睡，
此刻只觉得浑身像散了支架，
让他不想再去爬那山路。

只是想到那山上的神仙，
他还是咬咬牙挺直了腰杆。

虽然也想到师尊奶格玛，
曾经叮嘱他要一门深入，
但他觉得自己天资过人，
多学几种传承也无妨。
他想要博取百家之长，
来创造自己独有的体系。
他要融会贯通所有的成就，
成为那独步古今的宗师。

于是他带着随从，
哼哧哼哧又开始了爬山。
来到了那处蛛网破庙，
却不见了那白眉老僧。
破旧的佛像前只有一张纸条，
上面是几句墨迹未干的偈语——

身在佛像前，心在富贵里。
走断盘山路，未曾明菩提。
杀业不舍去，福德无影踪。
纵然祭天地，无非人自欺。
君若不出离，百业附牵系。
磕断头颅骨，亦无得丝毫。

威德郎真是羞愧难忍，
他的心中仍是纠结不已。
老僧所言真实不虚，
自己难舍富贵难以出离。
只是这老僧不留情面，

一针见血戳穿老底，
若是再去厚着脸皮请他操办祭祀，
就是自欺欺人，简直无耻！

于是威德郎收起纸条，
带着随从灰溜溜下山。
他早没了游玩的兴致，
也没了感叹的情绪，
他饱满的心里装着苍白的沉默。
他一路都在沉默。整整一路，
因了他的沉默，世界也在沉默。
那山，那山上的每一株草，
这人，这身边的每一个人，
所有存在都在沉默，
他们都成了善解人意的典范。

威德郎回营垂头丧气，
他不发一言便关了自己禁闭。
密集郎见威德郎表现异常，
便前来询问国王有何心事。
威德郎叹口气说："你我都是行者，
却没有半分的行为修证。
无非是那叶公好龙自欺欺人，
枉为奶格玛师尊的弟子。"

密集郎转动眼球揣摩情况，
猜测威德郎是被动摇了心志。
只因那寺庙里总是倡导和平，

威德郎受其影响才会萎靡不振。
于是他鼓动了花言巧语，
用自己的理论劝慰国王。

他说自己从前也崇尚和平，
是举世闻名的和平主义者，
甚至遭到了欢喜郎迫害，
也不改那和平的志向初衷。
只是他近来又有新的体会，
认为那战争也有存在的理由。
他觉得战争是人类的自我调节，
要是没有战争的调节，
这世界反而会更快灭亡，
只因那消耗过度而没有遏止。
战争是毁灭，也是拯救。
它是菩萨行为的另一个侧面。

他将这理论宣讲给威德郎听，
其实也是在说服自己。
在潜意识里，他的心中
仍有和平的种子。
他看不起利己的自己，
也瞧不起机心的自己，
因此才会编造这一套理论，
让自己能安心地追名逐利。

果然威德郎受其影响，
觉得这读书郎见识非常。

那战争是拯救的理论虽然标新，
却又是这世界毫无争议的事实。
如果世界没有战争的调节，
地球的资源就会面临枯竭。
因此必须有新陈代谢的机制，
才能让世界在动荡中平衡。
这样一想他也就不再难受，
觉得自己也在行那菩萨道。
于是，他国王的雄心再次启动。

当然，那帝王之心依旧鲜活丰沛，
是因为他的贪婪之火始终没有熄灭。
密集郎只是迎合了他的欲望，
给他一个好看的借口，
他就会在那不归路上义无反顾。

此时，他压住了刚刚萌芽的智慧，
下定决心先用武力统一天下。
他觉得出世间法可到以后再修，
当务之急是剿灭敌人实现和平。
这也是大大的一份功德，
能让自己的修行有更多的资粮。
想到此威德郎彻底心安理得，
下令全军将士收拾行装继续前进。
先到戚国去休整几天。
等将士们恢复体力便回到威德国，
好生操练详加谋划，
以图那今后的雄图霸业。

那白眉老僧观察到这种因缘，
摇摇头发出一连串叹息。
他原来是寂天仙翁所化，
留在这寺庙里点化国王。
却不料威德郎刚生起忏悔之心，
便被那密集郎的邪风扑灭。
因此他说修行要远离恶友，
否则便白白浪费了宝贵光阴。
更有那法身慧命的断送之忧，
一旦陷入那邪路便万劫不复。

第 159 曲　出山

威德郎率三万大军开入戚国时，
那国王的脸色变得僵硬而复杂。
也可怜了这位一代枭雄，
如今竟陷于如此的尴尬局面。
一方面友军驻扎耗其粮草，
另一方面他又担心友军乘人之危。
相对于疆域辽阔的威德国，
戚国国富民弱，即使身为一国之君，
也照样是人微言轻。
他没有任何理由和实力拒绝威德郎，
乱世中小国只能任由大国宰割。
他只好时时观察威德军动向，
盘算着如何将他们尽快驱离。

好在那威德军军纪严明，
将士们严守纪律并没有扰民。
他们都静静地待在军营，
安分守己疗伤休养。
这让戚国国王心安不少，
每日里和威德郎把酒言谈，
装出一派亲热无比的样子。
一杯杯美酒敬了上来，
一个个美人载歌载舞。

他还时不时旁敲侧击，
打听威德郎班师的日期。

看那威德郎整日和戚国国王勾兑，
密集郎却开始骚动不安。
为了巩固与欢喜郎的交情，
他再次派出使者察看动静。

那刺客使者也再次乐开了怀，
他并不觉得是在背叛祖国。
上一次跑腿赢得两个金锭，
沉甸甸的分量令人心醉。
现在密集郎又派他前往，
他屁颠着承诺定不负厚望，
犹如那猎狗撵上了兔子，
一溜烟地前往那欢喜王宫。

然而这次却吃了闭门羹，
欢喜郎将他拒绝于门外。
此等小人见利忘义见风使舵，
欢喜郎不愿和他有太多交集。

那刺客碰一鼻子灰好个无趣，
觉得欢喜国王势利无比。
用人的时候，他会财宝贿赂情感投资，
甚至委屈自己放低那九五之尊；
不用的时候，他就会藏起自己的六根，
视而不见听而不闻。

于是，无所事事的刺客
只好在欢喜国游荡一番。
为了便于向密集郎复命，
他还要了解一些民俗风情。
而且，他不能白白出国一趟，
那欢喜国的名山大川早就召唤他了。

数日后，刺客才回到了军营复命。
他言简意赅称欢喜国一切正常。
密集郎又问起欢喜郎的健康，
他便支支吾吾模棱两可。
他知道言多必失祸从口出，
所以，对于密集郎的询问，
他多是哼哼哈哈敷衍塞责。

然而心细如发的密集郎，
早就看出那闪烁的言辞背后，
定然有不可告人的秘密，
更蕴含了诸多的不靠谱。
他可不能在一棵树上吊死。
为了他密集帝国的宏伟蓝图，
他决定培养更多爪牙心腹。
要想在一群玩弄机心的人中称王称霸，
就必须比所有人都更有机心。
虽然这苦差事会让人心力交瘁，
但依旧有无数人趋之若鹜。
再说那欢喜郎虽然已经醒来，

但却依然虚弱疲倦。
此刻，他强撑着病弱的身体，
站在中央塔楼俯瞰全城。
所有御医都恭候在侧，他们正为
查不清国王的病因而胆战心惊。
他们有功争邀有过便推让，
总把难啃的骨头丢给别人。
在这个领域，他们是专家也是权威，
有着无与伦比的话语权，
而此刻，他们却面面相觑冷汗直冒。
无论欢喜郎如何危在旦夕，
也不会再有盖世神医。
因为在政治唯上的欢喜国里，早已没有了
干净的土壤。

但欢喜郎并没有追究御医责任，
他知道自己的病症，
并非普通的头疼脑热，
而是与那修行的法门有关。
要想去除恶病恢复健康，
他必须找一个懂修行的人。
于是，他令人去打听巫师下落，
但所有探子都无功而返，
没有人能给他确切的答复。
那巫师仿佛从人间蒸发，
莫名其妙就消失了踪影。

欢喜郎看着那偌大的都城，

心中怅然若失悲凉丛生。
他想自己的身体如此糟糕，
若是彻底恶化一命归阴，
这庞大的帝国该何去何从？

在厚土之上蓝天之下，欢喜郎
终于理解了父亲当年的良苦用心。
那时，父亲逼他，打他，
以各种方式折磨他。
那时，他也恨，也怨，
以各种借口对抗父亲。
而现在，虎父已去，
他才明白那一次次逼迫，
是在铸就他一次次蜕变。

可恨自己当年太过懦弱，
一味讲什么仁慈善良，
最后还以最极端的方式
铸下了千古之恨。
想到此他再次晕眩，
那善恶的能量又开始缠斗。
现在，他的情绪不能波动，
否则就会引发那气脉走偏。
于是他皱着眉头回到寝宫，
一次次深呼吸努力让自己平静。

忽然间有侍卫前来禀报，
说老术士已押送至此。

听到消息欢喜郎精神一振，
仿佛看到了自己的救星。
这老术士本是欢喜国先知，
更是老国王当年的至交。
后来，他亲眼看到儿子弑父，
于心灰意冷中远走他乡。
一晃这么多年，他始终杳无音讯。
欢喜郎费尽周折多方打听，
才知道他在威德国隐居。
因此才派出使者诚心邀请，
并且给那使者下达了死令，
若是邀请无效便来硬的，
绑也要将他绑到欢喜国中。

果然那使者吃了闭门羹，
老术士早已不过问世事。
看在与老国王当年的情分，
他让使者转达几句话给欢喜郎，
说他的疾病是因为善恶交替，
让他重新选一种生活方式，
选定了路线就不要再犹疑。
无论是善是恶都一头走下去，
那冷热交战的疾病便会不药而愈。

其实这老术士虽在他乡隐居，
却一直在关注欢喜国的情况，
他之所以与密集郎交往，
也有这个原因。

他早知道威德国邪气是欢喜郎所为，
也知道修邪法有什么后果。
为了尽量减少欢喜郎的罪业，
他才会助那密集郎一臂之力。
然而他不想亲自出面，
因为，他已经厌倦了政治的无情，
也看够了权力和欲望造成的惨剧。
虽然他无力改变分毫，
却可以做到从此远离。

使者想到了自己的死命令，
若空手而回便无法交差。
于是他表面上答应了老术士，
暗地里却伺机要将他绑走。
但那术士是得道高人，
岂能不知使者的阴谋诡计？
他眼见自己难逃此劫，
只好露一个破绽顺水推舟。
只是他一再叮咛使者，
不要惊扰他白发的妻子。
老妇已经日薄西山风烛残年，
禁不起一点惊吓和刺激。
他对妻子总是心怀愧疚，
年轻时就因为政治亏欠于她，
好不容易过了几天安稳日子，
儿子却又患上了难治之症。
这或许是他过去造下的恶业所致，
因此他愿意坦然接受。

只可怜妻子跟着一起受苦，
老了还要担惊受怕。
使者闻言也心存不忍，
让那老术士回家安顿一切。
他原以为老头会耍什么心计，
却不料老人十分坦荡并无隐瞒。

那老太太闻言也没有多问，
窸窸窣窣帮老伴收拾行囊。
她早已闻出那熟悉的气息，
猜到老伴又要陷入官场斗争。
她知道老伴定然有难言之隐，
她要努力淡定以免他担心。
只是那布满皱纹的眼角不争气，
还是流下了两行浑浊的老泪。

老术士见状也百感交集，
他让老伴一定要放心。
他饱经沧桑世事，
绝不会让自己陷入险境。
他让老伴好好照顾自己，
等他回来再一起老去。
于是两个老人依依惜别，
连那使者也看得泪眼模糊。
他不知道自己的晚年，
会不会有这样的深情厚意。

欢喜郎闻听老术士已到，

来不及穿鞋更衣便立刻赶去。
父王当年的至交当以重礼相迎，
他更要让老术士知道，自己
求贤若渴思卿久矣。
老术士见到欢喜郎一脸平静——
虽然眼前这熟悉的眉眼，
使他想起了昔日的老友，
虽然他回忆起血腥的一幕，
虽然他身不由己万不得已，
但他依然平静。一世荣辱贵贱，
该经能经的他都已经历。
再重的石头，也难在他心海溅起涟漪。
望着白发苍苍满脸道貌的术士，
欢喜郎的声音充满了谦卑。
他说："作为晚辈我不该胁迫于您，
但作为国王我无可奈何。
如今我身陷困厄朝不保夕，
而我的安危又关乎欢喜国存亡。
您也知道过去那段黑暗的历史，
欢喜国百姓需要强大的帝王。
所以我必须度过此次危机，
保护国内的百姓不受欺凌。"

老术士摇摇头叹息一声，
说过去已成过去，那就让它过去。
他原本想隐居起来了此一生，
但命运还是不让他安稳度日。
如今既然回来了也只好随缘，

只是希望国王善待他年迈的妻子。

听到老术士如此一说，
欢喜郎悬在半空的心
终于踏踏实实地回到怀里。
他最怕修行人固执己见软硬不吃，
如今不用他做思想工作当然最好。
于是他满脸诚恳连连承诺：
绝不去惊扰老妇人的生活，
只要度过此次危难，
老术士本人也可以随来随去。

老术士闻言也略感欣慰，
连连说有其父必有其子。
随后他不等欢喜郎发问，
便主动解答了对方的困惑。
他说那巫师因为与胜乐郎斗法，
生命垂危躲进了隐秘山洞。
时下他敛藏了所有讯息，
净境中也观不到他的行踪。

另外欢喜郎的冷热之症，
也皆是源于这两人的斗法。
一个要让欢喜郎更加残暴，
一个要使欢喜郎恢复善良。
两股力量在他体内纠斗不休，
因此才有那时时的晕眩。
若想从这种症状中彻底解脱，

只有选定一方坚定不移地执行。
无论是善是恶都不要后悔，
更不要翻来覆去地自我纠结。
欢喜郎闻言恍然大悟，
他知道自己善恶交战，
却不知还有这外部原因。
因此他心中生出一丝疑虑，
觉得那修行之人最好远离。
无论他是举世闻名的大德，
还是法力高强的巫师，
如果他有能力操控自己，
就不是一件令人欢喜的事情。

随后他又谈到梦中之事，
说胜乐郎老进入他的梦境，
不知道这是怎样的征兆，
请老术士告诉他其中寓意。

老术士闻言略一沉吟，
说梦境必须要亲自观察。
因无数种梦有无数的意义，
必须根据各种因缘综合判断。
自己可以进入他的梦境观察，
但必须得到他本人的授权。
这样才能在意识上和他联网，
让自己的脑波能进入他的梦境。

欢喜郎刚刚对修行人产生疑虑，

老术士就提出要进入他梦境。
他的内心不由得生起一阵提防，
不愿让别人将自己掌控。
于是他笑一笑说这倒不必，
他不愿让老术士过于操劳。
只要告诉他梦中知梦的方法，
让他可以在梦中自己解决就好。

老术士见状叹了口气，
对方的心思他了了明晰。
于是他也不过多解释，
只是交给欢喜郎一个法宝，
让他可以在梦中保持觉醒。
那是一颗七芒星状的石头，
浑身古朴的包浆闪烁着光泽。
他让欢喜郎睡觉时握住法宝，
梦中便能与胜乐郎对话。
到时候可以直接问问胜乐郎，
他来自己梦中意欲何为。

欢喜郎接过了七芒星，
一阵阵清凉传进了喉轮。
他顿时变成了一个旁观者，
在欣赏喉轮里生出的那个世界。
那也许就是他的梦境，
只是不会再让他陷入其中。
这种感觉好个奇妙，
仿佛在看自己体内的幻影。

于是他收好七芒星谢过了术士，
让属下陪老术士去故地重游。
老国王的那些遗物仍在，
还有老术士当年的府邸。
他知道人老了都会念旧，
便让属下们好一通打扫。
更备好术士喜欢的饭菜，
也是欢喜国特有的口味。
他要显示出自己十足的诚意，
让老人家感受到故乡的温暖。

老术士见状连连感叹，
随着那仆人颤巍巍远去。
欢喜郎看着他老迈的背影，
心中又产生另一种感慨。
他觉得即使有天大的本领，
时间也会把他变成一个老人。
又想到自己也会衰老，
不知那时又是怎样的光景？
关键是他的一生有没有虚度，
有没有为梦想拼搏一回？
他越来越觉得那些江山社稷，
仅仅是一个虚幻的泡影。
无论是太平盛世还是战乱连连，
都会被历史的大风吹成荒漠。
他的人生只是其中一个沙粒，
他从来没好好为自己活过一回。

于是他摇摇头发出一声叹息，
捧着那七芒星仔细端详。
他想若是今晚遇到了胜乐郎，
也应该在梦中请他给些开示。

然而欢喜郎随即又露出苦笑——
胜乐郎的开示他也听了不少，
说得容易做起来却十分困难。
舍不下国王的位置生不起出离，
再多的开示也无非是安慰自己。
这世上若是有两全之法，
他宁可头破血流也要找到。

夜间欢喜郎如法而睡，
将老术士的七芒星握在手中。
果然那宝物产生了能量，
让他能抽出神识观察自己。
一开始欢喜郎有些恐惧，
他从来没抽离过自己的神识，
生怕自己会真的死去，
更有一种对未知的担忧。
这种忧虑仿佛一根丝线，
牵着他的心神使他无法入眠。

渐渐地那七芒星能量增强，
仿佛产生了催眠的效用。
虽然欢喜郎还有些挣扎，
但他的意识越来越模糊。

忽然一个警醒他完全抽离，
清晰地看到喉轮正在转动。
有无数的画面蕴含其中，
每一个画面都充满恐怖。
虽然梦中的恐怖他仍然排斥，
但梦中知梦的感觉却奇妙无比。

只是这一次他不再慌张，
因为他已经有了清醒的认知——
那些鬼怪都是心中的幻影，
出现或消失都是幻境。
他静静地旁观并不当真，
仿佛在玩一个刺激的游戏。
为了在梦中与胜乐郎相遇，
他依旧跑向了悬崖一跃而下。
胜乐郎果然再次出现，
欢喜郎一把抓住了他。
只见那胜乐郎挥了挥手，
梦中的场景便瞬间转换。
刀光剑影变成山清水秀，
他们正静静地伫立于湖面。
脚下，一晕晕涟漪正轻轻荡漾，
他的心中满是欢喜与清凉。

欢喜郎觉得这梦境好生奇妙，
其中似乎蕴藏了莫名的能量。
他不由得忘了此行的目的，
也忘了请胜乐郎开示教导。

此刻他完全沉醉于殊胜之波，
只能用心体会而口不能言。
所有的不适都烟消云散，
他像个幻影般清明朗然。
胜乐郎静静地站在他对面，
表情庄严殊胜仿佛就是世尊。
更有那披在肩头的一抹红云，
看起来红艳艳好个热烈。

忽然间湖水开始激荡，
魔性的力量自空中袭来，
发出一声声怪叫般卷起飓风。
于刹那之间，乌云密布暴雨倾盆。
欢喜郎见状恐慌无比，他不再镇定，
也不再感觉自己是旁观者。
于是，他去拉胜乐郎的手，
却发现胜乐郎只是一片虚朦，犹如
那彩虹并无实质。他的双手一次次扑空，
但他仍是一次次伸出。他不甘心，
那心念的波动也更加强烈。
虽然他此时握着七芒星，
但没有定力终于还是沦入梦境。
犹如那观看恐怖影片的孩子，
虽然明知是虚幻却仍然害怕鬼魂。
只见他身体一沉便掉入湖中，
顿时七窍入水全身冰凉。
他想要开口祈请奶格玛，可他做不到。
他刚一开口，那刺骨的湖水便涌入口中。

他只能任凭自己落向湖底，
那种真实的窒息也将他惊醒。

梦醒时分，他静静思索。
虽然他忘记了向胜乐郎讨教，
但他明白那梦境的寓意：
一念天堂一念地狱，全看自己如何选择。
即便是他有千万个理由，
也不能再妄造杀业自欺欺人。
于是他怅然地望着屋顶，
思考自己未来的人生。

欢喜郎醒后属下来报，
说又一个刺客被成功擒拿。
于是欢喜郎前往查看，
只见那刺客被绑在木架上刑罚伺候，
狱长正在亲自审问。

自从那狱长发明了"十指穿甲"的游戏，
世界上就多了许多叛徒。
而这次的审讯却跟上次一样，
那刺客受尽痛苦仍不肯招供。
看着眼前因痛苦而变形的脸，
欢喜郎心生怜悯。
他命人放下刺客解开刑具，
那刺客感动得五体投地，
终于说出了事情的原委——
他是密集郎的追随者，

这次是他贸然行动，并非受人指派。
他也知道刺杀国王罪不可赦，
但他实在不忍看那生灵涂炭，
只想早一点结束战争。
因此才会不惜一切代价铤而走险。

这番说辞也跟上一个刺客相同，
但欢喜郎这次没有解释。
他只是笑笑说："还有一法，
你去取那威德郎的人头，
只要他死了或是降了，
我们就会赢得那和平。"

第六十二乐章

在混浊的世间，一个名为娑萨朗的净土奇迹般地建立，幻化郎一不小心竟也成了国王。可似乎这个国王极不乐意呢！世间哪有政治化的净土？民众的暴力、狂热、自私与瘟疫，已将娑萨朗的歌声扭曲……

第 160 曲　红尘中的"净土"

在威德郎率军征讨的时候，
幻化郎正忙着救治百姓。
他虽然也受那欲望宝石的控制，
但他的目标是成为国师。
而要成为一国师表，不仅
需要他学德兼备，更需要
有广泛而扎实的民众基础。
另外也因为他深受战争之苦，
自小就不喜欢那顶好战的帽子。
因此他没有追随威德郎讨伐，
而是与一些受伤的兵士，
一起留守在了赤乌国，
救治那些患病的百姓。

他早出晚归披星戴月，
为百姓采集草药并精心熬制。
他还利用休息的时间做宣传动员，
希望有更多的人
能大发慈悲乐善好施。

与此同时，他还用心保护流浪汉，
不再让他修施身之法。
在流浪汉纯净的眼神里，

他常常能看出自己的卑劣——
他曾那样的自私，为达到目的，
置兄弟的安危生死于不顾。
为了减轻自己的愧疚之情，
他还为流浪汉端茶送水烧菜做饭，
而每次，流浪汉都会为他留出一半。

这细节让幻化郎感动不已，
他的心性渐渐被流浪汉熏染，
认识到功利也是一种毛病，
人还是要简单纯真一些。
于是他将这种感悟化作动力，
掀起了学习流浪汉的热潮。
一时间难民营里热火朝天，
生火煎药派发，好不热闹。
一碗碗汤药端向了病人，
一声声感恩传入耳中。
幻化郎虽然忙得晕头转向，
但他脸上的笑容，却如花朵般绽放。
他有了一种奉献的成就感，
甚至觉得自己的人生意义得以实现。
在马不停蹄的劳作中，
他发下更大的愿……
赤乌国因正受瘟疫之苦，
需要树立一个精神的榜样，
而幻化郎衣不解带救助百姓，
在民间享有很高的声誉，
因此官府开动了宣传机器，

在赤乌国上下掀起热潮，
号召人们学习幻化郎大德，
体恤百姓救万民于水火。
于是各地陆续成立起难民营，
整个国家团结一心共渡难关。

随着幻化郎的声势越来越大，
赤乌国的国王也前来慰问。
他一边带来了难民需要的物资，
一边诚邀幻化郎留在赤乌国。
他说："我们实在缺少您这样的大德，
希望您能出任我们的国师。"

幻化郎闻言眼前一亮，
随后在心中展开了盘算——
赤乌国弹丸之地，怎比得
威德国幅员辽阔，
他可以将这里当作人生起点，
却不能让自己局限在此地。
于是幻化郎谢过国王好意，
告诉他修行人不便介入政治。
救治百姓他不求名利，
只为自己利众的初心。

这一来幻化郎名声更广，
大家都知道他不为名利，
更有那救苦救难的慈悲，
是真实无伪的菩萨。

因此，有人拜师，有人追随，
有人供养，也有人喝彩。
幻化郎的人生水到渠成地
开启了崭新而辉煌的篇章。

那些患病的百姓痊愈之后，
也都愿意跟随幻化郎修行。
他们是幻化郎善举的直接受益者，
都被激发出自己内心的善念。
他们看不到他的证量，
但看得到他的行为，
那善的水源汇集了无数的水源，
来成全幻化郎的大德形象。

庆幸的是，
虽然那欲望宝石一直在煽风，
但幻化郎毕竟有扎实的修为基础，
再加上远离战争和诸多的攀比，
幻化郎仍然能用智慧观照内心，
保持一点清醒的警觉和自省。
他发现自己产生了虚荣，
看到百姓的五体投地顶礼膜拜，
他浑身轻飘飘感觉好个得意。
于是在心里对自己不断提醒，
以流浪汉为镜子约束自己。
他不像密集郎那般一溃千里，
彻底沦为欲望和野心的走狗。
所以他像一块驳杂不纯的黄金，

虽然有杂质，但依然是黄金。

此时他也在自我警醒，
他不能让虚荣心毁了自己。
这才仅仅是他人生的起步，
后面还有更大的宏图壮志。
他要成为世间最优秀的国师，
统领着全世界有信仰的民众。
他要将奶格玛的教导广传天下，
让成就者多如天上的繁星。
因此他戒骄戒躁平易近人，
继续着他平常的采药和煎药。
他还时时开展佛学沙龙，
教化百姓们懂得善恶因果。
一时间幻化郎声名鹊起，
无数的百姓前来投奔。
赤乌国渐渐已承载不下，
幻化郎只好到城外选址。
他要选择一个世外桃源，
给难民们修建另一个家。
他们会过上自给自足的生活，
从此远离那战争的屠戮。
这本是一幅美好的画卷，
幻化郎的欲望却开始膨胀。
只因那声名和敬仰让他自我陶醉，
他渐渐地失去了自觉和自知，
甚至觉得自己已渐成气候，
可以初步实现那宏图志向。

前去选址的时候，
他脚步轻盈势如天马。春风十里
也不及他心中的一份惬意。
他仿佛看见大片已点亮的火种，
而那难民营就是他的根据地。
他会以此为中心，画出一个
无限大的幻化郎王国……
无穷的想象让他心潮澎湃，
欲望宝石也发出耀眼的光亮，
一晕晕能量进入他心轮，
既增长贪心也聚拢顺缘。
从此他的事业将与日俱增，
就像一个飞速滚下的雪球。
然而雪球越大，
最后的溃散就越是惨烈，
此刻的幻化郎却没有意识到这一点。
他还不明白，真正的事业
不是雪球而是太阳，
是让自己成为一个巨大的发光体，
为人类奉献自己的光明和热情。

经过多方考察几轮筛选，
幻化郎选中了一处山洼。
那里崇山峻岭环绕，
中间的盆地宽广平整。
在风水上，它是能聚万财的宝盆；
在军事上，它是易守难攻的要地。

随着信众人数的陡增，
幻化郎的野心也越发胀大。
他不再满足于做个国师，
他想建立一个信仰帝国。
此时他已深陷欲望之海，
失去了自察自省的能力。
于是他发出了号召征集劳力，
前去那山洼里搞基地建设。
他给那些百姓灌输伟大梦想，
赞扬他们为信仰付出功德无量。
他为他们授权加持开示教理，
俨然一派教主的模样。
他甚至忘掉了一个明显的事实——
他的幻身已经失去效力，
这说明他的证境和修为都在退步。
当他为百姓宣讲无常的时候，
自己却已为无常的名望失去自我；
当他为百姓宣讲破执的时候，
自己却被执着所困不能自在。
他忘掉了那份宁静无为之乐，
他丢掉了一个修行人的纯净，
他甚至忘掉了舍生忘死送走黑城堡时，
那份为了众生愿意奉献一切的大义。
若是他能记起这些，
他就会发现此刻自己的荒谬。
他会明白，他所做的这一切，
其实跟弘扬师尊的教导没有关系，
他只是在追逐一种成功的感觉。

百姓们当然不明白这些，
他们也只是在用劳力换取福报。
只要能得到大德的欢喜和加持，
他们愿意一辈子抡圆锄头。
于是，他们热情高涨，
他们干劲空前，
他们忘掉了战争和烦恼，
他们在那洼地里挥汗如雨。
没用多久基地便初具了规模，
几十间房屋拔地而起。
更有那壮阔的讲经大堂，
是专为幻化郎量身定制。

随着洼地的房屋越来越多，
幻化郎开始迁入他的信徒。
他将那些追随者称作信众，
给那片洼地起名叫娑萨朗。
这名字源于神话传说，
但也是他心中的梦想。
他记不清这念想源于何处，
只知道它一直在心底闪亮。
他要建立一片人间的净土，
给黑暗的世界点亮一盏灯光。

娑萨朗的建立也真是一支火炬，
远近的难民和信众各怀目的蜂拥而来。
基地的规模于是与日俱增，
幻化郎的名气也越来越大。

虽然他偶尔也会自省警觉，
但那力量已十分微弱，
一星星智慧火焰总是被借口扑灭，
幻化郎成了急剧膨胀的气球。
那前呼后拥的感觉妙不可言，
让他不知不觉摆起了架子。
更有那时时地指点江山，
他仿佛成了世界的救世主。

犹如密集郎第一次带兵出征，
幻化郎第一次当上了领导，
他们都被眼前的景象冲昏了头脑。
幻化郎首次品尝到领袖的成就感，
手握生杀大权让他忘乎所以。
更有那众星拱月带来的虚荣，
让幻化郎整个人都飘上了云霄。

娑萨朗俨然成了独立王国，
幻化郎便是王国里的圣主。
他甚至有一种救世主的错觉，
好像自己已入主天宫。
他的出行有随从跟随，
他的起居有专人照料，
信众们争相对他歌功颂德，
以求能得到他的加持祝福。
随着那欲望力量的不断增强，
幻化郎的警觉心已渐渐消失。
此时他又想展开第二步计划——

他要建立自己的武装力量。
理由仍然是为了弘法需要,
在乱世中要有自保的能力。
只是他心中还有些顾虑,
觉得那武力也便是暴力。
虽然说人不犯我我不犯人,
但被迫自卫也是一种杀戮。

他知道修行人都倡导和平,
真正的大德反对任何暴力。
而且一旦有了军队,
信仰就会异化为政治,
娑萨朗也会异化为娑萨朗国,
从此成了一个政教合一的国家。

虽然幻化郎的欲望不断增强,
但他的志向却十分明确。
他想建立一个信仰王国,
而非普通的人间国家。
因此他左思量右权衡,
这关键一步始终没有迈出。
然而那因缘却不断地聚合,
犹如风卷残云般不可阻挡。
或许是欲望石感应到心念,
激发了能量帮助他达成。

随着投奔的人越来越多,
开始出现了士兵的身影。

一开始都是些老弱病残，
幻化郎不忍心拒绝，
便收留他们做一些杂务，
权且在乱世中让他们寄身。
那些残兵也很是勤劳能干，
他们非常珍惜眼下的生活，
他们肢残心却不残，
挥动着断臂毫不偷懒。

幻化郎时常看着那些残兵感叹，
觉得这世上的战争实在罪恶，
把好端端的人弄得肢体不全，
更让无数活人变成地下的骸骨——
无数的妻子从此失去丈夫，
无数的孩子从此失去父亲，
无数的母亲为儿子送葬，
无数的梦想从此断送。
这世上绝大部分的悲声，
都源于那战火的摧残。
因此他心中发出更大的善愿，
要倾其所有建设一片和平的净土，
让全人类都能得到他的庇护。

再后来，有些健全的兵士也慕名而至。
他们憎恨战争厌恶厮杀，
想到娑萨朗解甲归田，
于悠然田园下，
静看花开花落。

幻化郎对此产生了警觉，
他知道他们会招来麻烦。
他们都是各国在役士兵，
会让其他国家产生防范。
更造成收容逃兵的把柄，
弄不好会给娑萨朗招来灾难。
他不想让自己的梦想夭折，
于是便拒绝了这些士兵。
无奈那些士兵苦苦哀求，
他们说放下屠刀立地成佛，
他们愿意忏悔以往的过错，
他们跪请幻化郎大德收留。
许多娑萨朗居民也纷纷求情，
让出自己的房屋让他们居住。

眼见求情者越来越多，
幻化郎尝到了被裹挟的滋味。
他虽然内心中隐隐不安，
但迫于那信众的声势浩大，
也只好默许了士兵的加入。
好在那些人倒也和睦，
在战场上他们是对手和敌人，
在这里他们是兄弟和手足。
他们没了往日的凶狠，
只有对幻化郎功德的赞颂。
他们将这里当成了世外桃源，
都希望能够长久安宁。

这一日幻化郎带领信众共修，
看到座下乌泱泱一大片人头，
无数张嘴喊着同样的咒子，
那声音在山谷里回荡久久不息，
幻化郎却没有感到壮怀激烈，
而是被浩大声势引出一阵恐慌，
被因缘裹挟的感觉再次袭来。
他发现那事业雪球已失去控制，
一滚千里疾速膨胀势不可挡。
他只能身不由己地向前滚动，
犹如蒙着眼睛骑上一匹快马。
他甚至无法掌控快马的走向，
无论前方是光明抑或黑暗，
都只有无可奈何地前往。
他当然能感觉到旅途的颠簸，
他也知道周围有许多悬崖，
可缰绳不在他的手上，
他的眼睛也不够明亮，
无法在一片漆黑中选择方向。

幸好他的智慧偶尔还会闪光，
让他脱离欲望控制看到那真相。
因此他才会超越眼前的顺境，
对危机四伏的未来产生忧虑。
他也开始重新审视自己，
于是发现了那些虚荣与忧患。
他还发现，自己总是下意识地

像伟大领袖那样朝信众们招手，
掀起一波又一波更加狂热的欢呼。
甚至有人建议他称王称帝，
还起哄似的高喊"幻化郎万岁"。
沉浸于虚荣心时他得意洋洋，
此刻想起，却顿时如坠冰窟。

如今这因缘走向已十分明显，
那狂风骇浪几乎要来到眼前。
一阵阵后怕让虚荣心沉睡，
幻化郎的心终于回到地面。
幸好他曾经精进地修行，
才有悬崖勒马的可能。
如果他也像密集郎般不去实修，
如今也会意志力薄弱轻浮无比，
诱惑之风轻轻地一吹，
他的心就会飞上九天，
即使滔天的劫火已烧到眉睫，
他也许都生不起警觉之心。

信徒们每日的顶礼膜拜已成为模式，
幻化郎渐渐感到无比厌倦。
此外他还感到十分疲惫，
那建国的梦想竟成了负累。
虽然他向往万人膜拜的光环，
却不想耗费太多的心力。
那疲劳感让他时时退缩，
他本质上还是个喜欢清淡的人。

虽然也觉得名利是好东西，
但他不想承载其附加的重担，
更排斥那一道道悬崖的隐患，
不想每一步都走得如履薄冰。

此时他又生出了退缩之心，
仿佛从虚荣的美梦中惊醒。
但因缘已让他无法抽身，
娑萨朗让他越陷越深。
于是他开始做起噩梦，
每一次梦醒都一身冷汗。
他多想能早日摆脱这局面，
躲进山洞清修那教导传承。
这想法时不时便会出现，
冲淡了眼前景象对他的诱惑。
如今再看那些狂热的信徒，
他再也不会觉得自豪或欣喜。
他的心里只有被裹挟的恐惧，
生怕被众人架上那火堆。
他更怕被钉在历史的十字架上，
只想重新做那无事的散淡之人。

第 161 曲　异化

流浪汉一直陪在幻化郎的身边，
协助他救治百姓，协助他建立娑萨朗。
对幻化郎大哥的一切选择，
流浪汉都没有别的想法。
在流浪汉的眼中，
幻化郎永远都是好大哥，
他所做的一切都是为了利益众生。

对于百姓们的狂热，
流浪汉最初也没有感到异样。
他把这当成了宗教情感，
总是为百姓的虔诚而感动流泪。

倒是幻化郎的不安引起了他的注意，
于是他找了个机会问询原因。
幻化郎对他说了自己的担忧，
他似懂非懂觉得有些不可思议。
红尘中的纠葛总让他感到陌生，
有时他甚至会像孩子般恐惧。
他的心里没有那么多计谋，
甚至没有对自己的保护。
他只是一味地承担和付出，
从来没有想过人世间的险恶。

如今幻化郎大哥需要他分担烦恼，
他却手足无措不知如何是好。

幻化郎当然知道流浪汉的秉性，
他不过是在回答流浪汉的提问。
他从不指望流浪汉能分忧解难，
更不指望流浪汉给出可行的建议。
他知道流浪汉只是个孩子，
孩子的心里其实没有红尘。
他眼中的红尘是个童话世界，
时时闪烁着水晶般的光泽。
那儿没有人间的计较和算计，
也没有人间的欲望和功利。
那儿只有树木花草和歌儿，
它们总是随着轻柔的风儿跳舞。

于是他拍了拍流浪汉的肩膀，
说自己能处理兄弟不用担心。
流浪汉看到他眼中的一抹笑意，
才终于将一颗悬着的心放下。

这一日，远方传来一个消息，
那欢喜国在一夜之间
逮捕了许多和平主义者，
听说娑萨朗竟收留逃兵，
正准备派人进行征讨。

幻化郎听闻后气血上涌，

怕什么来什么没有商量。
虽然他早就料到会有麻烦，
但事到临头还是乱了阵脚。
收留逃兵本就违法，
给娑萨朗造成了隐患。
若是欢喜郎真的派人来捉拿，
自己到底是交还是不交？
交出逃兵，人们会认为他出卖弟子；
而庇护逃兵，必将引发战争。
到时又会是血流成河。
姑且不说杀戮违背自己信仰，
娑萨朗的基业也会付之一炬。

幻化郎犹豫不决举棋不定，
一个个信众却慷慨激昂，
他们要誓死保护娑萨朗的兄弟，
与那发动暴力者斗争到底。
幻化郎急忙呼吁信众冷静，
他说修行绝非用暴力遏制暴力，
待他想一个两全其美的方法，
让那欢喜郎不再追究逃兵。

信众们这才陆续退去，
幻化郎却陷入了深深的焦虑。
只因他清楚这只是缓兵之计，
世上哪有两全其美的好事。
然而话已出口他不得不筹划，
几天来，他日里思夜里想，

分分钟都在想，可任他如何绞尽脑汁，
那智慧的灵光也全无闪现。
眼看日子一天天流走，
他仍一筹莫展毫无头绪。
为了那个"两全其美"，
他夜不能眠食不知味，
于几天之内青丝成霜。

他发现，当国王是天下第一等苦差。
他开始有些悔不当初。现在
他深切体会到，无尽的风光背后，
尽是难以言说的苦涩。
眼看那欢喜军一日日逼近，
信众们又开始了新一轮请愿。
他们要保护自己的权益，
他们绝不接受他人宰割，
他们要成立自己的武装力量，
同仇敌忾誓死捍卫家园。

那请愿的声势无比浩大，
数千人齐刷刷跪下，
黑压压一片声震逾天。
更有那些逃兵在背后煽动，
他们知道，一旦回去就是死路一条，
他们会被欢喜郎
斩首示众杀一儆百，
还会被宣示为叛徒，
被钉在历史的耻辱柱上。

于是他们表现出最大的激愤，
一声声口号带动了更多信众。
幻化郎被这股狂流裹挟，
一时间也感到晕头转向。
他不知道到底是自己做主，
还是信众们逼他决定。
他感到了一种漫天的孤独，
看眼前跪下的那数千人，
他们是万众一心全心全意，
自己反成了孤家寡人。

于是他再次感到被裹挟的无奈，
更有那发自灵魂的恐惧。
眼前的局面已完全失控，
想要抽身却又毫无可能。
忽想到自己之前的计划，
曾发心要成立自己的武装，
他惊讶因缘竟如此奇妙，
他只是一动念头便心想事成。
莫非他也有了内证功德，
可以让世间的万物随心转变？

这一想如同那霹雳划过脑海，
幻化郎的内心忽然产生亮光。
于是他重新发出新的愿望，
他要做一个纯粹的度众行者。
他已厌倦了万众瞩目的光环，
他希望能出现一个继任者，

接替他在娑萨朗的劳心费神。
他只负责在这里度众和教化，
确保娑萨朗不受到世俗染污。

要说这世上的因缘实在有趣，
随着幻化郎的愿望转变了方向，
那九天玄石也开始重新做功，
一晕晕清凉的波动笼罩娑萨朗，
幻化郎沸腾的名字开始冷却。
只因那石头只负责达成愿望，
并不去分辨是利众还是利己。
发出利己的愿望就变成野心，
发出利众的愿望则变成大善。
幻化郎从此走上度化众生的道路，
他将借助那九天玄石成就不朽功德。

再说那娑萨朗的难民们，
得到了幻化郎的默许之后，
纷纷成立起自己的武装。
为了对付不测的事件，
他们自发修筑了工事，
将四散的武器集中起来，
厉兵秣马随时准备迎战。

更有那兵士们提高了警觉，
他们本来就是战争的种子，
此时又重操旧业威风凛凛，
一个个拿起刀枪精神焕发。

他们是冲锋的兵也是领兵的将，
他们手握兵器训练百姓。
让他们建立庶民组织，
他们还抓典范树样板，
在童叟妇女中鼓励做事。

一时间娑萨朗里热火朝天，
到处都是保家卫国的气象。
人们的口号也喊得响亮无比，
仿佛又回到烽火连天的时代。

看到这一幕幻化郎更加担忧，
他觉得娑萨朗似乎就要变质。
暴力的火焰一旦被燃起，
信仰的慈悲便难以入心。
可是他没有办法阻止这股洪流，
只因那欢喜郎已经在磨刀霍霍。
幻化郎再次体会到国王的无奈，
很多事情明知不对却身不由己。

这一日娑萨朗响起了号角，
前方的关口出现紧急军情。
百姓们顿时一片大乱，
他们四散而逃毫无章法。
他们以为是欢喜军杀到，
事先成立的武装瞬间瓦解。
倒是那些投奔而来的士兵，
拿起了刀枪纷纷涌上前去。

他们本来是沙场老手，
他们深谙杀伐之道。
一股烈火在体内熊熊燃烧，
纵然经过那娑萨朗的洗礼，
暴力的火苗仍没有熄灭。
他们只是暂时压抑住习气，
如今遇到了侵略的助缘，
自然会理直气壮地爆发。

娑萨朗地势险峻没有城墙，
四面环山中间是一块盆地。
只有一条小路能通向山里，
两边是悬崖峭壁易守难攻。
士兵们登上陡峭的悬崖，
士气满满准备来一场大战。
却不料并未看到欢喜大军，
往远处一看顿时笑岔了气。
只见几个零零散散的毛贼，
骑着几头毛驴前来打劫。
他们知道修行人爱好和平，
常常对暴力逆来顺受，
于是认为娑萨朗是只肥羊，
只要有点胆量就能咬上一口。
却不料刚刚走到悬崖的关口，
无数的碎石和飞箭就扑面而来。
他们还没来得及发一声惨叫，
就倒在悬崖的旁边一命归阴。

那些熟练兵还意犹未尽，
他们握着弓箭连连叹息。
他们只想让那些毛贼再多来几拨，
他们早已在娑萨朗里憋得手痒，
射几个靶子权当改善生活，
却忘记了那天天喊的慈悲咒子。
可见无论声音多么响亮也没有入心。

随着娑萨朗迎来第一场胜利，
难民和信众们都雀跃纷纷。
他们对自己的武装更加自信，
感觉击垮国王的军队毫无问题。
更把那些士兵当成了英雄，
将一切杀戮当作是正当防卫。

幻化郎见此状忧虑更甚，
觉得娑萨朗就要变成另一个欢喜国。
他甚至产生离他们而去的想法，
以脱离红尘漩涡求独善其身。
可是他不忍心抛下信众和难民，
连日来和他们朝夕相处，
已让他对他们产生了感情。
他不想眼睁睁看他们在苦海里沉浮，
更不忍心看他们沦为炮灰，
于是他只好频繁为他们讲法，
时时提醒众人要爱好和平。
无论是哪种暴力都应该谴责，
即使得到胜利也应该懂得忏悔。

只是那些信众表面上听从，
内心却不以为然。
人类自私的本能十分强大，
很难在短时间内彻底洗清。
他们觉得你若不杀别人，
就会被别人砍下脑袋。
那时别说是打坐修行，
就算是活着也是种奢望。
于是他们对幻化郎阳奉阴违，
继续加强娑萨朗的武装力量。
他们俨然将这里当成了自己的地盘，
修行渐渐地变成了次要事情。

幻化郎看在眼里急在心里，
他已经没有办法控制局面。
眼看着命运的战车滑向悬崖，
以一己之力难以扭转。
情急之中他向着天空祈请，
祈求奶格玛师尊给他开示。
然而天空依旧晴空万里，
奶格玛并没有现身明空。

幻化郎低下头有一些心虚，
他知道自己的发心并不纯净。
当初为了那功利心建立娑萨朗，
如今果然身陷狂热信众的泥潭。
然而这烂摊子他不能不管，
只好在心里一遍遍地祈祷。
他祈求奶格玛加持娑萨朗，

为娑萨朗消除一切不吉祥的因缘，
不要被世间的战争拖入苦海，
更让那些信众都保持冷静。

幻化郎就这样每日发愿，
同时也忏悔自己的发心。
更时时提起警觉对治虚荣，
一时间智慧又压过了欲望。
流浪汉也陪着他一起祈请，
他知道和平才是真正的信仰。
更有对幻化郎的生死之情，
总是无条件地支持这位师兄。

随着那一波波愿力传入虚空，
娑萨朗灼热的气息开始冷却。
仿佛有一股无形的清凉之波，
柔柔地笼罩在娑萨朗上空。
那慈波熄灭了众人心中的热恼，
众人渐渐又恢复了平和的心态。

幻化郎对此感到不可思议，
他知道自己的修为几斤几两，
远远没有如此巨大的能力。
他低头暗暗思忖其中的因由，
应该是奶格玛师尊在暗中加持，
才让那些百姓熄灭了心中烈火。
于是他对着天空叩谢奶格玛，
发愿定然不会再放纵心中恶魔。

第六十三乐章

　　为拯救娑萨朗，娑萨朗的建立者离开了
娑萨朗，他先要让自己的心成为最大的一方
净土。转向了正途的行者，恢复了他的大力，
及时出现在正与怪兽搏斗的师兄面前。

第 162 曲　拯救

此后幻化郎离开了娑萨朗，
独自一人去寻求拯救之方。
他还想找到巫师将其消灭，
彻底终结那邪气的蔓延。
一路上他都在祈请奶格玛，
为娑萨朗消除那疾病瘟疫，
也让娑萨朗远离那战火纷争。
他感到他此时不再是一个人，
而是为一个群体而活着。
那是一种沉甸甸的责任，
幻化郎从未有过这样的体会。
他终于明白了度众的根本，
就在于这无我无私的公心。
度众的路上有无数障碍，
仿佛那连绵不断的山头，
翻过了一座还有一座。
而他的一生便是翻山越岭，
用走过的路程来证明自己。

一路上，他仔细观察沿途的事物，
吃惊地发现这里竟腐尸遍野。
其中有人也有各种动物，
看起来都像是死于瘟疫。

不知道这些动物
是不是也跟难民一样，
在到处迁徙躲避疫病？
无论如何，这无处不在的横死，
让幻化郎感到惊心触目。

那些腐烂的尸体四处散布，
它们成了蛆虫幸福的安乐窝。
亢奋的口号在唱响，
美味的全席在享用，
更有许多空中小姐，
翩跹着翅膀闻讯而至。
前世，它们是臭味相投的一家，
它们一起在粪坑里打滚，一起嚷嚷，
也一起为找到出路，在瓶子里乱撞。
如今，它们一个天上，一个地上，
距离的遥远并不曾隔断它们的同气相求。
此刻，它们一边吸食着腐肉的汁液，
一边讴歌美好的时代。

看着它们欣喜若狂的样子，
幻化郎一阵恶心——
什么美好的时代？
他只闻到呛人口鼻的恶臭，
还有风中隐约传来的哭声。
昔日的田园风光荡然无存，
活生生变成了人间地狱，
让人生不出半分的欢喜。

幻化郎看着那些腐烂的尸体，
忽然有种流泪的冲动。
他第一次体会到何为悲悯，
以前他独善其身，不管他人瓦上霜，
而如今，满腔的悲悯让他生起大力，
只想拉众生脱离苦海。

他还产生了一种沧桑的感觉，
觉得自己和那些尸体并无两样，
百年之后都是一堆枯白骨殖，
没人会在意它们当初的样子。
只有他活着时候做过的事情，
或许还能给世界留下些记忆。
但所有的事情也终归无常，
千年后也许连世界都已毁灭。
因此他决定放下所有的执着，
做而无做过好自己这一生。

他又想起那娑萨朗，
心里不由得一阵黯然。
他想收留全部的难民，
但能力有限也无法杜绝隐患。
理想和现实的差距
让他感到苍白和无力。
遂发下大愿要做更大事业，
只为那度众而不为功名。
他反复忆持自己发下的誓愿，

连走路的时候也不疏忽，
他踏一步，诵一句，心生欢喜。
他要让奶格玛作为他的见证，
生生世世都不再沉迷功名。

自从幻化郎的心念转向了正途，
那欲望宝石也变成九天玄石。
它将一股股能量射向法界，
回荡起更大的助缘为他助力——
他的神通恢复了，
他的法力恢复了，
天龙护法也如影随形。
幻化郎宛如驶入轨道的列车，
其证境和影响力皆迅速圆满。

幻化郎自己也感受到了变化，
他惊讶于自己进步的神速，
他相信与做事的功德有关。
于是他明白了做事的意义，
每日里起心动念只为利众。
他时时感到法界能量的回馈，
那种大力推动他前行，
甚至帮他扫清潜在的障碍，
让他的愿望能无碍地达成。

他丝毫没想起过九天玄石，
也从没意识到它的力量。
虽然他随身带着这块石头，

但他只把它当成另一串念珠。
他没有对它提出过请求，
它也不像空行石那般凌厉霸道。
它是默默无闻的劳动模范，
总是悄悄感知幻化郎的心念，
然后润物细无声地提供能量，
让他的心愿不知不觉圆满。

幻化郎此时还有一个心愿，
那就是铲除巫师。
他相信眼前惨状跟巫师有关，
不是瘟疫就是另一种诅咒。
可惜他一时理不清头绪，
打开宇宙系统也找不到线索。
巫师的行踪显得非常神秘，
似乎彻底清除了历史记录。
但他感应到某处邪气正浓，
他料想巫师定然在那里。

于是他动身前往邪气源头，
同时也做好了战斗的准备。
若是遇到巫师便将他刺杀，
若是找到瘟疫母体便把它捣毁。
他想用一种非正常的手段，
来消除巫师带来的灾难。

古书上也有这样的先例，
一旦消灭了瘟疫的母体，

那诸多的瘟疫便会终止。
某纪元发生过黑死病，
即是用镇压之法得以消除。
至今在各地还有那镇压之塔，
塔下镇压着黑死病魔主。

幻化郎听说过这个典故，
因此他决定效仿前人，
找到那魔主予以消灭，
将世界的灾难连根拔除。
一路上他重新燃起豪情壮志，
黑城堡一战的激情再次复苏。
一股股能量在他体内激荡，
每一个毛孔都充满英雄之气。
他感觉自己涌动着无穷大力，
为众生福祉他情愿独闯龙潭。

忽然他听到一阵鬼哭狼嚎，
其声音凄惨惨令人毛骨悚然。
更出现许多奇怪的鬼影，
聚到他的身边游荡。
幻化郎下意识地进入战备，
随时准备应对潜在的威胁。
他想观出金刚火帐保护自己，
又怕伤害了这些无形众生。
于是他说人不犯我我不犯人，
然后提高了警觉继续赶路。

耳边却忽然传来一个声音，
说出了那些幽魂的来历——
他们都是浩劫中的死者，
不知道自己已死还以为活着。
他们找不到亲人找不到食物，
神识中的病痛也仍然折磨着他们。
于是他们在红尘中四处游荡，
遇到过往行人便索取钱财药物。
索要不到，他们就会于瞬间变脸，
成为吸血厉鬼，扑向活人。

幻化郎闻听声音大为惊讶，
他不知道那声音来自何方。
谁知他心念一动声音立刻回复，
说自己是他的不共护法。
冤魂们正是忌惮他的存在，
才没有对幻化郎发动攻击。

幻化郎心中一震惊讶更甚，
不知自己何时收了护法。
有心再问那护法的来历，
耳边的声音却已沉入静默。
既没有说自己姓甚名谁，
也没有说自己来自何处。
仿佛刚才的声音是个幻觉，
让幻化郎一时间犹疑不已。

近日来他的证境与日俱增，

时时就有新奇的力量出现。
他已经习惯了这种状况，
也许那护法是另一种能量，
前来护持着自己不遇违缘。

于是他不再理会坦然前行，
既不管那护法也不管那冤魂。
他知道即使没有护法存在，
那冤魂也伤害不了自己半分。
因为那厉鬼本质上只是幻影，
属于功能性存在而非物质。
他只能让你产生幻觉，
然后从精神上将你折磨。
如果你窥破虚幻不执着幻象，
便不会有丝毫的实际损伤。
就像那年画上的老虎即使再凶猛，
也不可能真的跳出来吃人。
而幻化郎早就不再认假成真，
他把所有显现都当成本尊。
那些厉鬼在他眼里同样是佛陀，
这也是幻身修法的证量之一。

走着走着他又有另一个想法——
虽然那些厉鬼伤不了自己，
但任其自生自灭仍不合适。
只要怨气不散他们就会伤人伤己，
生生世世在苦海中翻滚不停。
何不祈请奶格玛师尊将其度化，

让他们前往净境得到解脱？
念头一起祈请之心也随之启动，
仿佛壮士屈臂般流畅自如。
幻化郎的心中响起了祈请，
耳边也充满了祈请的声音。
整个天地间充满智慧女神的歌声，
他被淹没在歌声的海洋里，
已分不出那歌声在心中还是空中，
也许那心中空中本是一体。

这种境界幻化郎从未体验，
刚开始难免感到有些意外。
他也知道自己已今非昔比，
离那大成就或许只有一步之遥。
然而越是如此他越是警觉，
生怕自己执着那些功能性呈现。
他明白执幻为实会陷入幻境，
进而失去正见走火入魔。

随着口中的咒语一波波传开，
九天玄石发出美丽的光晕。
那无形的光波向四周散去，
厉鬼冤魂一个个消失不见。
取而代之的是寻常百姓的灵体，
他们涕泪交加地顶礼叩拜。
他们赞颂着幻化郎大德的慈悲，
感恩大德让自己脱离这苦海往生佛境。
幻化郎见此状心中微微一动，

想要快步上前扶起那些鬼魂难民。
忽然警觉心起生出提醒，
告诉自己这同样是梦境。
于是他收敛了心神融万物于空性，
不去管那些冤魂的显现，
只管持诵着咒语砥砺前进。

忽然间周围越来越亮，
有一道白光自空而降，
渐渐亮成一片恍若白昼，
奶格玛出现在半虚空中。

幻化郎一见心生喜悦，
又怕自己陷入另一种幻境。
他已经许久没见过师尊，
因此才会怀疑出现了幻觉。
于是他露出喜悦之色忽然又犹豫，
说："恩师呀我是不是在梦中？"

奶格玛的笑声好似银铃，
丁零丁零仿佛金片在撞动。
随着那撞动生出了清凉之波，
一晕晕扩散开来又无相无形。
她一边看着幻化郎微笑，
一边说："那红尘本来就是梦境，
真便是幻幻便是真，
在智者眼中本是一味，
你何必区分梦也醒也。

你持诵着我的奶格玛心咒，
超度了无数的孤鬼冤魂。"

幻化郎一听好生惭愧，
不知道师尊是赞扬还是讽刺。
他的那点小功德和师尊相比，
简直是萤火之光比皓月之明。
更何况他还有一点心虚，
因为他建立娑萨朗的起点不纯——
他想要建立修行的幻化帝国，
并非单纯为了收容难民。
虽然他及时扭转了方向，
真心地想要庇护众生，
但面对师尊他还是惴惴不安，
觉得师尊定然能洞悉始终。
因此他站在原地不言不语，
任由奶格玛对他嬉笑褒贬。
自己做出一副乖乖受教的样子，
既不敢承认也不敢推卸。

奶格玛见状也收起笑容，
庄严了神色给予开示：
"幻化郎，我的儿啊，
你所做的一切我都知道，
虽然有些瑕疵但无伤大雅，
你不需要过于自责。
但你从此一定要记住，
心正行就正功德无量，

心邪行就邪沦为魔军。
一定要守好那信仰，
不要再被欲望引入邪道。
此时你已将那欲望转为动力，
因此娑萨朗具备了无量功德。
你自己的修为境界也连连增长，
见到这一幕我感到无比欣慰。"

听到这话幻化郎才松一口气，
叫一声："师尊，我的所为不足挂齿，
连日来的祈请都不见师尊回应，
师尊能否告知其中的因由？"

奶格玛闻言叹一口气，
她说她回了一趟家乡。
那儿的情况现已十分糟糕，
灾难频发每况愈下，
天人也在水深火热之中。
说到这里她皱起眉头，
她想起了她的白发母亲。
但愿她能够不失正念，
能在临终前实现往生。

然而她并没有说出这些，
她怕幻化郎胡乱介入危局。
金刚们的成长要顺其自然，
揠苗助长只会适得其反。
她只说地球上也十分危险，

同样出现了一种衰亡之相。
不仅仅是那邪气和瘟疫肆虐，
还有一场场残酷的杀伐战争。
更有无穷的灾难正在酝酿，
诸如那山崩海啸火山地震。
一切皆源于人心的不善，
更有一种法界里的黑暗势力。
若是不能抓紧时间善加解决，
地球的一切也会被无常吞噬。

幻化郎闻言也十分焦急，
询问师尊如何挽救危机。
奶格玛轻轻指了指方向，
说："那里便是巫师的所在，
巫师是那黑暗势力的根源，
将他铲除就能斩断邪气。
胜乐郎也正寻找巫师，
你们二人会合后更易行事。"

幻化郎谢过了师尊指点，
想到胜乐郎不由得一笑。
他知道那是真正的大德，
有他的帮助定然战无不胜。
更要借助他身上的光明，
将自己的污垢都统统净化。

幻化郎顿了一顿又出声提问，
说他最近出现了一些奇怪征兆，

感觉有巨大的能量在帮助自己。
想问问师尊那种能量的来源，
是否也因为自己的多行善举？

奶格玛闻言观察了一下，
却又露出笑容没有正面回答。
她让他只管做事莫管神通，
然后没等幻化郎继续提问，
那虹光身便消失在虚空之中，
留下幻化郎在原地独自回味。

只因奶格玛知道那九天玄石，
但她不想让幻化郎产生依赖。
一旦他的心里产生了这个概念，
从此便会对宝石牵挂不已。
更会把所有的心念和修为进展，
都归结于九天玄石的能量。
这本质上便成了心外求法，
会背离他修行的根本路径。
让他在做事中产生坚定自信，
反而能促使他在无知中进步。
久而久之哪怕没有那宝石，
幻化郎照样会有无边的大能。

只是这一切幻化郎并不知晓，
他愣了一会儿便按师尊叮嘱，
打开了宇宙系统搜寻师兄。
那胜乐郎的光明如星空皓月，
很快他便发现他们四人的行踪。

第 163 曲　怪物

次日午时，天晴气朗。
胜乐郎师徒在湖边休息。
武甲烤着刚钓到的鲤鱼，
武丙在为胜乐郎上药，
只见他一丝不苟动作轻柔，
肃穆的表情宛如给佛像描金。

在如今的武丙眼中，
胜乐郎已成了佛陀的显现。
师尊身体的每一部分，都是佛身。
他一遍遍擦拭那些受伤的部位，
为师尊涂沫上清凉的药膏，
就像给自己的灵魂注入甘露。
他为他包扎一条条绷带，
就像给自己承接方便的法门。

成就者的言行不离明空，所以
他认为胜乐郎的身体也是佛之显现。
它蕴含着法界的无量信息，
武丙不敢等闲视之。
就在这种虔诚信心的观修下，
他的修为境界与日俱增。

仿佛有无穷的力量潜藏湖底，
随时准备冲破湖面的屏障。

就在大家不知所措的时候，
一股水柱冲天而起直入云霄，
如同霹雳刺入空中鸟群。
一个怪物腾空而起，
它身形古朴如上古神兽，
它张大了巨口发出怒吼，
顿时天空充满了回音的震荡。
群鸟也被音波震落，
一只只跌入那饕餮大口。

众人惊慌，开始向后撤退。
空中的巨兽闻声也转过头来。
看到地上移动的四只小虫，
它的眼中露出嗜血的兴奋。
它吼叫一声便施展了身形，
如离弦之箭般冲向四人。
说时迟那时快武丁一个转身，
刹那间挡在了胜乐郎身前。
这几乎成了他下意识的反应，
他决不能让师尊受到任何威胁。
哪怕自己因此而失去性命，
他也不会有一丝一毫的犹豫。

另外两个弟子也训练有素，
立刻摆出架势准备搏命。

武甲投出了手中的剑，
如击在石上铿然落地。
那兽有厚如铠甲的皮
和庞如山岳的身，
它行动敏捷力大无穷，
能轻而易举撞倒大树，
将森林碾压成一片空地。

眼看武甲的攻击没有奏效，
反而激怒了怪物吼叫连连。
只见它瞪起铜铃般的眼，
晃动着尾巴接近了师徒。
情急之下武丙撒出了药粉，
那是一种能勾魂摄魄的异香，
只要吸入体内便会晕眩昏迷，
无论是人是兽皆灵验异常。
本以为这一击必能得手，
饶是那怪物刀枪不入，
也躲不过药粉的无相无形，
却不料怪物喷出了水柱，
犹如那洒水车般清除了药粉。
它还对着武丙打一个喷嚏，
一脸不屑和挑衅的神情。

武丁施展了盖世轻功，
想去袭击那怪物的要害。
他直奔它的咽喉和眼睛，
却被它的尾巴扫得连连后退。

那是一条铁鞭一般的尾巴，
它不可一世横扫一切，
所到之处如摧枯拉朽。
就连轻功好似风神的武丁，
也多次险些丧命。

胜乐郎见状发出命令，
让弟子们围成一圈不再进攻，
然后发出狮子吼声，
那怪物一惊也不再进攻。
双方于是陷入了僵持，
都防备着对方的突然袭击。

胜乐郎虽然伤势未愈，
但他修为极高心性镇定，
在危境中也依然从容不迫。
他仔细观察着怪物的特点，
以寻求解决危机的方案。

他见那怪物嘴大眼小，
浑身的鳞片如同钢甲，
更有那铁棍一般的尾巴，
还有粗壮灵活的四肢，
他忽然想起小时候
在父亲的藏书中见过它。
它属于半神家族，从远古而来，
它长年昏睡，只有奇妙的因缘
方能将它唤醒。它虽然

力大无穷刀枪不入，
却怕人间的烟火。
胜乐郎继续在记忆中搜索着，打捞着，
严峻的形势容不得他有丝毫马虎。
最后他确定眼前的怪物
就是书上的神兽，
于是告诫弟子们不要慌乱：
"此乃上古神兽，刀枪不入。
它天不怕地不怕却怕烟怕火。"

诸弟子一听精神大振，
知道了敌人弱点便可有的放矢——
首先由武丁去诱开强攻，
他的轻功最好并且身手敏捷。
其余人尽快在周边寻找燃料，
将诸多落叶及枯枝收集起来，
垒成了一个圆形的包围圈。

只见那武丁不断闪展腾挪，
几次堪堪躲过怪物的重击。
其形势已是十分危险，
只因那怪物的体力无比充沛，
武丁的体能却在危急中迅速消耗。
那怪兽似乎也看出了武丁的疲惫，
于是发出雷鸣般的阵阵暴吼，
移动庞大身躯排山倒海般扑将上来。
它的铁尾和钢爪也不休歇，
几次连击便毁掉了大片丛林。

武丁见那怪物对他泰山压顶，
急忙施展身法想要抽身而退。
却不料脚下踩到了石子，
一个趔趄便迟疑了半分。
那怪物发出震天大吼，
如恶虎扑食般盖住了武丁。
它的眼中闪出残暴的光芒，
还有一种终于得手的兴奋。
只见它疯狂地挥动利爪，
欲把武丁撕成碎片。

此时胜乐郎一声大吼，
那吼声带着雷霆震怒的声波，
更有那无穷的杀气裹天动地，
像霹雳般刺向了怪物的大脑。
那怪物被暴喝震得一愣，
武甲一个纵跃拉出武丁——
恐惧、生死、兄弟情义，
一切都是实在的，
一切又都是虚幻的。
在虚幻的一切里，武甲看到
唯有武丁的爱是真实的。
大敌当前，只有他
不顾个人安危保护师尊。
他让他无地自容也让他羞愧警醒，
他让他的心，在那一刻生生地疼。

他还记得自己曾在生死关头，
将武丙武丁和胜乐郎抛下，
他更记得自己甚至动过恶念，
想将同伴们杀人灭口。
虽然师兄们不知道他的心事，
他也并没有将那念头实行，
但那自私的污点却像一个烙印，
深深地烙在了他的心间。

于是，他成了最孤独的那一个。
他们说笑，他在沉默。
他们玩闹，他也在沉默。
他郁郁寡欢的心里，
已插满了自己射出的箭。
他要射死那些自私和小我，
他要迎来灵魂的蜕变与新生。

因此他一直在寻找机会，
想挺身而出来证明自己。
他不愿在阴影里过一辈子，
哪怕就此死去也是个英雄。
可是眼见那武丁陷入了危机，
他又下意识地想要逃跑。
但心中的善根发出了声音，
催他去救那遇险的师兄，
于是他陷入了犹豫和矛盾，
在进退两难中两腿发软。

恰好胜乐郎一声暴吼，
激发了武甲的英雄胆量，
他就像被一桶冷水迎头泼醒，
不想做连自己也瞧不起的懦夫。
于是他把握时机跨步上前，
将那伤重的武丁一把拉开。

这一切都发生在电光石火之间，
武甲的灵魂却经历了一场蜕变。
从此他踏上了完善自我的道路，
再也不是那个冷漠自私的小人。
他经过这场自我搏击，
更是激发了体内的潜能。
他挥动起武器代替武丁，
主动去吸引怪物的注意。
他只想将过去所有的耻辱，
都在这一战中尽数洗清。
他为此不惜舍去自己的性命，
也要做一个顶天立地的男人。

那怪物怒不可遏吼叫连连，
恨那武甲坏了自己的好事。
它眼看就要把猎物撕碎吞食，
却半路杀出个程咬金。
那武甲也同样连连吼叫，
他在喷发自己体内的火山。
他要将所有的屈辱都化作怒火，
将眼前的敌人烧成灰烬。

一人一兽顿时战在一处，
这一番争斗真是地覆天翻。
武甲奋发了前所未有的勇猛，
竟然让怪物也感到又疑又惊。
似乎眼前的人类不再是猎物，
而是一个身披金甲的战神。

此时胜乐郎们已做好了包围圈，
叫一声武甲快把它引入陷阱。
那武甲打得兴起根本没有听到，
依旧挥动着武器和怪物酣战。
虽然他刺不穿怪物的鳞甲，
但进攻的感觉十分酣畅。
更有那洗尽屈辱的淋漓，
让武甲陷入了一种癫狂。
他甚至想与怪兽同归于尽，
来证明自己无愧于天地。

胜乐郎见武甲已失去理智，
武丁也趴在旁边身负重伤，
他连忙叫武丙绕到怪物身后，
燃起那干草把它赶入包围圈。
只是那武丙答应得干脆，
上前驱赶的脚步却无比迟疑。
只因他的内心充满恐惧，
不敢靠近那怪物半分——
"你看那怪物多么勇猛，
它能将所有生灵都一招毙命。

何况我如今轻功还不如武丁，
此番上前岂不是找死？
但师尊的指示不能违抗，
现在到底该如何是好？"
他的纠结胜乐郎看得分明，
虽然形势紧迫不由分说，
但胜乐郎还是叹了口气。
生死关头最能看出一个人的心，
胜乐郎也看出了弟子们的差异。

此时却忽然听到一声怒吼，
那声音熟悉无比赫然是同门。
胜乐郎看到又一个身影加入，
他高举火把驱赶着怪物。
那怪兽见到火顿时心慌意乱，
再也顾不上和武甲搏杀。
只见它左冲右突意欲逃命，
想要回到水中好安住它的老巢。
可是那人步速之快如同幻影，
一个个火把围起了屏障，
那屏障天衣无缝滴水不漏，
牢牢堵住了怪物的退路。

胜乐郎见那身形极快，
有些熟悉却一时想不起来。
千钧一发之际他全神贯注，
都在应对那怪物造成的威胁。
因此他无暇思考来者姓甚名谁，

只好叫一声"感谢壮士相助"。
那身影也同样没有回应，
举着火把一步步驱赶怪物。

眼看怪物进入了包围，
胜乐郎点起熊熊大火，
待得怪物被围困在火焰之中，
他才得以看清那相助之人。
来人竟是那幻化郎师弟，
却不知他为何也在此处。
情况危急顾不上寒暄，
胜乐郎继续将注意力集中于怪物。
只见那怪物虽然被火焰包围，
却依旧在试图冲出那红色的罗网。
于是胜乐郎又持诵咒语，
请来了火神加大火势。
那大火顿时腾空而起，
一缕缕火焰织成了火笼。
饶是那怪物有冲天的本领，
也逃不出这城墙高的烈火屏障。

终于，它发出了绝望的惨叫，
其声凄厉犹如古兽遭屠，
其音苍茫充满难抑的悲愤，
那是英雄末路的绝望和哀鸣。

胜乐郎不忍心听到这种叫声，
那诵咒的力量便渐渐萎缩。

却不料远处回荡起新一波叫声，
那水中竟然还有它的同伴。
听到那叫声师徒忍不住大骇，
心想这一下可大事不妙。
念头未落忽见水柱冲起，
半空中果然腾起了另一只怪兽。

那怪兽见到同伴被困火中，
几次三番想要冲来相救，
武士们见状紧紧护住师尊，
准备和那怪兽拼死一搏。
却不料它并不伤人，
只是一阵阵吼叫呼唤同伴。
无奈那火焰太大靠近不得，
它只好在空中继续嘶鸣。
此时火中的怪兽已奄奄一息，
它停止了吼叫看着天上的兽。
它凶残的眼中盈满柔情，
一声声呜咽似乎是最后的告别。

那天上的怪兽仍在嘶鸣，
声音同样充满了凄凉和不舍。
更带着一股撕心裂肺的痛苦，
仿佛妻子不舍临刑的丈夫。

胜乐郎的内心一阵剧痛，
生离死别的痛苦再次上演。
他想起他生命中的女人所受过的痛苦，

那新疼旧痛互相缠绕，
它们冲破了记忆的闸门，
像龙卷风一样裹挟了他。
顿时，胜乐郎眼前一黑倒在了地上。

第六十四乐章

　　以战争来结束战争也许并不明智，但两位缠斗已久的国王，显然不需要这种明智，他们只需要一个了断。血腥的锯齿已经拉动，更有那第三方的阴谋，正悄悄上演。

第 164 曲　山雨

且不说胜乐郎去行刺巫师，
威德郎和欢喜郎也没有消停。
自打欢喜郎从昏迷中醒来，
他就开始策划发起决战。
虽然体内善恶的力量仍在纠斗，
但国家的利益总占据着上风，
他只想尽快结束这战争，
从根本上解除那纠结的痛苦。

那威德郎同样也马不停蹄，
自从上次刺杀失败，
他就积极部署加强国防，
他知道欢喜郎必然会报复，
他要做好准备随时恭候。

这一日威德郎正查看地图，
忽然心念一动有种不好的预感。
那是山雨欲来风满楼的气息，
说明即将有一场恶战要降临。
以前他最喜欢这种气息，
它让他热血沸腾精神抖擞，
也让他豪情万丈气吞山河。
那时，上阵杀敌是他的人生乐事，

看着砍下的头颅满地打滚，
他总会兴奋无比快感频生。
现在却莫名其妙变得心软，
一想到战争便觉得着实残忍。
威德国的子民越来越凋敝，
那国库空虚国家灾难不断。
无论是大瘟疫还是大饥荒，
都在威德国境内连续出现。
他知道这是穷兵黩武的后患，
每一次大战之后必有大灾。
可是他不愿意就此罢手，
只因他也被绑上了战车。
无数的野心家都想征服世界，
他一旦罢手就意味着束手就擒。
想到此，他莫名烦躁，
扔出了茶碗碎了一地。
那欢喜小儿真是烂打死缠，
这翻来覆去的日子没个尽头，
不知道何时才是那消停之日。
他边来回踱步边咒骂欢喜郎，
却全然忘记了自己当初，
也像今日的欢喜国王一样好战。
世界的局势虽然日新月异，
但欲望的剧情却亘古不变。
威德郎对这种生活开始厌烦，
但很多事情已没有办法。
他想着打吧打吧大不了一死，
不把这世界砸烂就不算完。

威德郎的预感果然灵验，
只见那密集郎脚步急促，
匆匆忙忙进来报告。他说
欢喜郎已集结大军，
浩浩荡荡朝威德国行进，
据说旌旗遮天杀声阵阵，
那阵势看起来很是吓人。
说罢他的表情鬼鬼祟祟，
猥琐中带着莫名的窃喜，
仿佛登徒子看到了美女。
并且刻意压低了声音问道：
"此次，我们打还是不打？"

威德郎很讨厌那种表情，
真是十足的狗头军师，他有着
狼的贪婪和豺狗子的嗜血。
只是威德郎自己也说不清，他是
讨厌战争还是讨厌密集郎。
他只觉得那张阴险的画皮之下，
是膨胀的个人野心。但他不知道
那里究竟藏着怎样的阴谋，
那派出的密探也毫无进展，
这更让威德郎疑虑重重。
他有一种超乎常人的直感，
总能嗅出密集郎贪婪的气息，
于是威德郎从鼻子里冷哼一声，
反问密集郎有何妙计？

密集郎察觉到威德郎的情绪，
他当然明白个中缘由：
一来威德国经过连年战争，
已经是国库空虚民生凋敝。
更有那邪气瘟疫的阴影未散，
一大堆麻烦摆在威德郎面前。
二来经过上次那寺庙之行，
威德郎产生了慈悲心肠，
时时希望能放下屠刀立地成佛，
对战争已不像以往那般狂热。

密集郎猜透了国王的心事，
便装成一条谦卑恭顺的狗，
说："依愚臣所见以和谈为上，
大力宣传欢喜郎的好战，
让他在国际上遭受谴责。"
说罢他垂下眼睛像一只绵羊，
恢复了和平主义者形象。

威德郎的冷哼变成了冷笑，
他岂能不知密集郎的伎俩，
且不说两国之间的深仇大怨，
就算他威德国想单方面和平，
欢喜郎也不会善罢甘休。
更何况现在的形势十分严峻，
只要他威德国稍有示弱，
无数的墙头草便会纷纷倒戈，

那时他将会四面楚歌孤立无援。
但他没戳穿密集郎的诡计，
只是那厌恶又增加了几分。
喜欢一个人的时候怎么看都顺眼，
讨厌一个人的时候做什么都讨厌。

眼下他还需要密集郎的辅佐，
密集郎虽然德行不足却才智卓然，
军事政治面面俱到，
提出的建议往往能出奇制胜。
于是他说："此仗不能不打，
国力虽减，但也不能任由敌人猖狂。
密集将军多想想如何打仗，
少把心思用在别的地方。"
最后这句话让密集郎心中一震，
他全身的汗毛于刹那间奓开，
他心跳加剧如战鼓擂动，
而大脑却成了冰封之海。
有一种恐惧瞬间占据了大脑，
他脑中一片空白不知如何应对，
全然失去了平时的敏捷思维，
两个眼珠乱转流露着慌乱。
他呆立在原地浑身簌簌发抖，
仿佛那戴罪之鬼等待判官发落。

威德郎的火眼金睛捕捉到异常，
他确信对面的这副皮囊之下，
定然藏了无数喧闹的小鬼。

他想发怒，他想暴吼——
任何人想挑战君王许可权，
都是自取灭亡。
但他终究没有撕破脸皮，
他要敲山震虎，他要
给点颜色，让密集郎自己涂染。

于是，他目光如箭直奔主题：
"将军可有事情瞒着本王？
如有隐瞒，此时坦白可既往不咎。"
这一问反而让密集郎恢复了冷静，
本有的理智瞬间回归了大脑。
如果事情真的败露，
威德郎绝不会等他主动坦白。
他会大发淫威将他投入大牢，
他会对他严刑拷打刑讯逼供。

然而眼前的局面仍十分凶险，
稍有不慎便会碎骨粉身。
于是密集郎收拢方方面面的线索材料，
将那精明的大脑飞速运转。
刹那间无数的想法快速划过，
他瞬间就得到了一个最佳的答案。
真不愧是足智多谋的读书种子，
脑细胞竟转出十二万分的超级速率。

只见他一脸惶恐跪倒在地，
鼻涕一把眼泪一把惶恐至极，

连连磕头连连认错，
等到将额头磕出几个血印之后，
才用那略带哭腔的声音坦白：
"微臣一时被贪欲蒙蔽了心智，
只想着立下战功连连升级。
上次想做护国大将军惹大王发怒，
心中一直觉得委屈，
只好去寻找更多机会，
想用汗马功劳博得大王垂青。
这一次本想摩拳擦掌，
给予那欢喜小儿迎头痛击，
然而大王刚才的出言反问，
我话到嘴边却不由得耍弄起心机。
这都是微臣的贪心作祟，
恳请大王重重地处罚！"

威德郎听到密集郎的回答，
叹了口气舒缓了脸色。
他早就发现密集郎野心勃勃，
却又装成了谦卑恭顺。
那葫芦里卖的不知是啥药，
此番解释倒是合情合理。
于是他走上前扶起了密集郎，
说："师兄你太工于心计。
你我之间本应该坦诚相待，
有话直说何必绕那些弯子？
想打仗立功原是将军本分，
想高官厚禄也是人之常情。

功必赏过必罚是治国之本，
我一向明察秋毫严格执行。
只要凭的是过硬的战功，
本王又怎会责怪你贪心？
只是眼下战火不断阴风四起，
还要委屈师兄再操劳些时日。
等消灭了欢喜小儿平定天下，
本王定然与你共享富贵洪福。"

密集郎闻言心中大为松缓，
他知道刚才的表演十分成功，
既消除了威德郎心中的顾虑，
又掩盖了自己的真实意图。
只是他仍然装出愧疚的表情，
连连请求威德郎对他降职惩罚。

威德郎看到密集郎继续作秀，
那厌恶的感觉又回到心中。
密集郎明明希望继续高升，
怎么会违背真心请求降职？
这种矫揉造作的表演他看了太多，
一眼就能识破那可笑的机心。
于是他摆摆手说："到此为止，
师兄你再也不要如此多虑。
还是先思考眼下的敌情和战局，
看有什么克敌制胜的奇谋正谋。"

密集郎察言观色也明白局面，

于是收起了愧疚连连点头。
叫一声："大王，感谢您宽宏大量，
且容微臣先行告退慢慢思谋。
那欢喜小儿虽然来势汹汹，
我威德帝国也绝非那无能的弱鸡。"
于是这一场君臣相斗就此平息，
威德郎暂时放下了心中的顾虑。
只要密集郎对他坦白了欲望，
他就可以牵住缰绳将其制约。
眼下还有更迫在眉睫的事情，
威德郎需要振作精神全情投入。

再说密集郎回到了府邸，
浑身都已经被汗水浸透。
刚才的局面九死一生，
稍有疏漏就会被抓到把柄。
好在他调用了全部的机智，
所有的脑细胞都超常发挥，
才能在不利情况下临危不乱，
想出那一番措辞来保全性命。
密集郎此时仍感到后怕，
端着茶碗的手臂止不住发抖，
抖落了一身茶水好个淋漓，
同样淋漓的还有那诸多的念头。
随着那手臂和腿脚的抖动，
他的脑中冒出很多想法。
他想脱离威德国远走他乡，
他想日后当收敛行为谨慎做人，

他还想鹬蚌相争从中渔利，
还有那些心腹也纷纷骚动，
总是询问他何时兑现承诺……
所有想法一时间山崩海啸，
全都涌进密集郎纷乱的心中。

欢喜郎大军却长驱直入，
沿途的小国纷纷归顺，
他们都是墙头的小草，
总是随着风向来变换立场。
也有些城市成了空城，
百姓士兵都出城逃难。
他们不敢得罪任何一方，
只好收拾行囊背井离乡。

欢喜大军如入无人之境，
行军之迅速如风中流云。
一路上士气大振所向披靡，
沿途如龙卷风过境般摧枯拉朽。
然而也并非完全没有障碍，
那些被威德郎驻军的国家，
果然进行了步调不一的抵抗。
这便是密集郎的高明之处，
当初他让威德郎派出军队，
协助归顺的盟友巩固国防。
此时欢喜军兵临城下，
它果然发挥了一些阻滞的作用。

那些盟友虽然也想投降求生，
但碍于国内有威德兵的力量，
只能硬着头皮进行抵抗。
然而那些国王也并非饭桶，
他们把威德驻兵派到第一线，
美其名曰让威德帝国做个榜样，
实则是让威德兵替自己送死。
驻军们无奈只能冲锋陷阵，
却因为得不到后方盟友的增援，
威德国也没有派出增援的部队，
于是变成了孤军与欢喜兵对抗。

在奋战中，将领的人格也格外鲜明——
有的顽强抵抗宁死不屈，
不怕被欢喜军踏成肉泥；
有的陷入绝境认为取胜无望，
便放弃阵地逃往威德国方向；
有的乘机煽动士兵造反，
说既然威德郎将他们抛弃，
就无须再为威德国效忠。
煽动者多是密集郎安插的势力，
人生的字典里从没有忠诚。
他们见风使舵争抢利益，
不惜朝三暮四更换主人。
但也还是有一些零星抵抗，
让欢喜军的推进受到了影响，
为威德郎争取了救命时间，
他方能集中精力部署迎敌。

欢喜郎这一战志在必得，
他几乎出动了全部精锐，
人头涌涌仿佛游动的蛇群，
浩浩荡荡绵延数十里之远。
他听从了老术士的建议，
下定决心先做一个战争狂，
不再理会心中仁慈的念头，
以免善恶力量在体内纠斗不休。
待平定天下后再谈那些仁善，
甚至可以带头去修佛修仙。

现在的欢喜郎好个杀气凛凛，
他将所有的衣服都换成黑色，
以此来提醒自己"我本恶魔"。
更把他父王的宝刀随身佩戴，
一想到那耻辱的跪拜便无比愤慨。
他发誓要把威德国踏成平地，
抓住那威德郎三千刀凌迟。

因此遇到那些抵抗的小国，
他二话不说便马踏敌营。
仿佛那铁棍横扫过草丛，
带出一股摧枯拉朽的气势。
敌人的身躯变成肉泥，
敌人的头颅堆成了山岳，
敌人的鲜血把大地染红，
敌人的意志被碾碎成粉末。

并且他还抄袭威德郎的做法，
凡是归顺的国家都要交投名状。
派出军队和欢喜军一起征战，
齐心协力共同讨伐威德郎。
这样既可以防止他们朝三暮四，
又增加了欢喜国的军事力量。

于是那些小国国王纷纷苦着脸，
刚送走一个威德郎要派兵驻防，
又来一个欢喜郎要共赴战场。
他们只想安安生生地过日子，
然而却如镜中花水中月。
那大国的斗争是烈火，总能
将小国如柴草般烧成灰烬。
而小国就像被猫抓到的老鼠，
要么被吞进肚里，要么
被猫当作玩物作践而死。
一些国王看不到和平的曙光，
只好自尽以身殉国。

然而还是有一些国家派出部队，
融入了欢喜大军的讨伐河流。
能苟活几日也多喘几口气，
总好过立刻被亡国灭种。
更有那投机主义者纷纷押注，
想在欢喜郎大胜时分一杯羹。
于是欢喜郎的军力瞬间大增，
如同滚雪球一般砸向威德国。

而这世上的因缘好个有趣，
大风往往始于青萍之末。
在五尺见方的密室里，
密集郎正运筹帷幄独谋善断，
那三分天下的构想横空出世。
如果再乐观一些，他相信
他可以一统江山。他要打场
漂亮的拉锯战，在你拉我扯中
反复消耗威德郎和欢喜郎的实力。
他还要乘机占领一些要冲城市，
作为自己的根据地。想到这里，
密集郎激情涌动豪情万丈，
他的眼中放出精光，仿佛
看到王冠金光闪闪，更有如山
的金银珠宝和如海的美女。

他已将所有的环节都思虑周全，
并且制定了详细的备用方案。
他深深熟谙狡兔三窟的道理，
给自己留下了失败后的退路。
随后，他又反复推敲反复思谋，
在确保万无一失后才去求见威德郎。

威德郎正在为决战准备，
听到密集郎献计好个欢欣。
他知道此人足智多谋，
想出的计策常常能克敌制胜。

于是赶紧让侍卫备好茶点，
欢迎密集将军登堂入殿共谋大计。

密集郎面见威德郎，看到他
双目深陷一脸倦容，再看到
案几上为自己准备的茶水点心，
心中不由得产生了一丝不忍。
他觉得威德郎待他也不薄，
何苦非要去抢那国王宝座。
然而猝然之下来不及改变，
他为此大梦已千般筹划，
如今箭在弦上他不得不发。
于是他收起了心中的愧疚，
一脸正气胸有成竹：
"欢喜郎这次发动举国之师，
只要粉碎他的攻势便一劳永逸。
微臣对这次战斗反复地推演，
想出了几个计策供大王参考。
欢喜郎这次志在必得，
一路上风卷残云吞纳小国，
他的士气必定高昂。因此，
我们不宜正面决斗，
而是应避其锋芒诱敌深入。
我们要采取迂回战术、
疲兵战术、敌驻我扰战术，
在沿途安排小股部队不断骚扰，
让他们无法速战速决。
而且他们毕竟远道而来，

一路上需要很多粮草给养，
我们要实行坚壁清野，
让他们在威德国得不到补充，
再派以精兵断其粮道，
便可不战而屈人之兵。"

威德郎闻言连声称赞，
这战略方针与他不谋而合。
威德国如今内忧外患，
实在不适合正面迎击。
且不说那邪气的阴影尚未消散，
便是兵力数量也不如欢喜国。
如果不采取避其锋芒的策略，
首战就会报销威德国的骨血。
只是那迂回战术十分危险，
以少敌多必须有足够的勇谋。
威德国将领多勇武之辈，
勇气可嘉但缺乏足够的智谋。
而那欢喜小儿又狡猾无比，
弄不好就成了白白送死。

于是威德郎斜眼看着密集郎，
因为只有他能担当此任。
这支插入敌人后方的利剑，
必须文武双全有勇有谋，
更要有那誓死不渝的忠诚。
他想让密集郎主动开口请缨，
看看他是不是真的忠诚。

密集郎看到威德郎的眼神，
当然知道这次的任务非他莫属。
本来这也是他计划中的一部分，
他的目的就是带上部分兵马，
脱离威德郎掌控。
于是他一脸决绝开口誓师：
"此战我密集郎义不容辞，
和欢喜郎周旋我轻车熟路，
定然会让他后方土崩瓦解。
到时候师兄在前方当头棒喝，
我在后方断其粮道配合夹击，
那欢喜郎首尾不能兼顾必然大乱，
我威德帝国便能一举平定天下。
若克敌制胜，我不求封赏，
只愿师兄原谅我上次的贪婪；
若功败垂成，也不用感伤，
大丈夫报国就应该战死沙场。"

密集郎这番慷慨激昂的陈词，
让威德郎感觉惭愧不已。
他发现自己的机心无处不在，
已成为应对万物的程序。
自己一直觉得密集郎内藏奸狡，
如今看来又是一番无聊的猜疑。
密集郎的这几句表态真诚至极，
更有那师兄的称谓脱口而出，
显然是做好了以身报国的准备，

自己的机心真是对他不起。

想到这里威德郎一阵感动，
他紧紧握住了密集郎的手，
又连连用力晃了几晃：
"我亲爱的兄弟啊，
放心地去冲锋吧。
我会全力以赴配合你保护你！
只要赢了这场战争，
你就是我威德国的首席宰相。
这一战决定威德国生死存亡，
关键时刻还是要靠同门兄弟。"

密集郎闻言心头猛然一震，
一种隐隐的愧疚再次油然而生。
虽然他的表演达到了预期效果，
此时却觉得有些愧对威德郎。
然而现在已经没有了退路，
只能继续演完那剩下的剧情。
只见他颤抖了几下便热泪盈眶，
低声说："感谢师兄的知遇之恩，
无论这一番决战能否活着回来，
有师兄这话便再无遗憾。"
说罢他双手一拱向威德郎告别，
然后决绝地转过身阔步离开。

望着密集郎远去的背影，
威德郎心中一阵怅然。

他当然知道这趟任务的凶险，
密集郎很可能有去无回。
他的眼前闪过密集郎过去的影像，
那单纯青涩的意气书生，
经历诸多变故，慢慢蜕变为
后来的威德国首席智囊。
更有那一场场出生入死的战斗，
终于铸就了一个智勇双全的将军。
他叹一口气，心中酹满惆怅，
眼看身边的兄弟一个个离去，
他更加诅咒这该死的战争。

再说密集郎也同样纠结，
刚才威德郎的承诺真情流露，
自己却欺骗了师兄试图谋反。
他内心的愧疚被威德郎的真诚撩起，
竟然有了一种放弃计划的冲动。
只是另一个密集郎却发出声音：
"天下的帝王哪有兄弟情义。
不管把话说得多么好听，
也无非是忽悠你为他卖命。
你这边在战场上献出血肉，
他那边乐呵呵享受金钱美女。
更何况那些心腹都等着你起事，
若是你一意孤行中止计划，
他们定然会恼羞成怒将你举报。
从你启动计划的那一天起，
你就已经没了中途放弃的权力。

只要让威德郎知道你的勾当，
首席宰相立刻就会变成首席宰人。"

就这样，在与真正的敌人开战之前，
两个密集郎已打得不可开交，
现实中的密集郎也左右游移，
翻来覆去地拿不定主意。
然而，两个时辰之后，
他决定按原来的计划行事。
只因那善念的情绪很快就会过去，
欲望的火焰却时时在燃烧。
威德郎的托付如一缕轻烟，
时间越久在密集郎的心中越淡。
他给自己找了无数的借口，
最大的借口是已经没有选择。
你看这形势迫人已没有退路，
只能等建国立业后再设法弥补。
今后的方向刚一确定，
他立刻感到彻骨的劳累。
整日里和威德郎斗智斗勇，
更有那些机关算尽的阴谋阳谋，
他的精神早已疲惫不堪，
此刻只想什么都不管倒头大睡。
于是他和衣倒在床上，
没过一会儿便发出鼾声。

这一晚密集郎做了一夜噩梦，
梦中他被威德郎粉身碎骨。

当锋利的鬼头大刀砍过他的脖子，
强烈的恐惧让他禁不住一声尖叫，
在尖叫声中醒来时，他已汗水涔涔。
他开始思考中止计划的办法，
然而，片刻之后，他又拽回了自己，
他摇摇头自我打气：无非是个梦境，
成大事者岂能被虚幻吓倒。
于是他翻一个侧身想继续睡觉，
故意显出一分不在乎给自己壮胆。
然而，他却翻来覆去涌出百般思绪，
再也没能如愿地睡着。

第 165 曲　谍计

第二天，威德郎颁发了国王令，
要实行"五光政策"——
拿光埋光藏光逃光烧光，
让欢喜军得不到任何补给。
同时派出密集郎率领精兵，
前去袭扰欢喜郎的主力部队。
又在沿途布下一道道陷阱，
避其锋芒诱敌深入。
他要在运动战中耗其兵力，
等到敌人强弩之末再迎头痛击。

这一番部署虽然条理分明，
但威德国上下却民怨纷纷。
只因刚刚消停了没有几天，
又要开始新一轮折腾。
无数的百姓背井离乡，
无数的家庭妻离子散，
无数的财产化作飞烟，
无数的田园荒成露野。
更有那劳苦不堪的兵役，
更有那倒毙路边的饿殍，
更有那无休无止的杀戮，
更有那前途渺茫的无助。

世界早就没有了安定，
人们也都麻木了心肠。
只有那麻木才能保护自己，
在千疮百孔的命运里不会感到痛苦。

威德郎登上城墙眺望国中，
看到国内一片凄惨慌乱，
到处鸡飞狗跳动荡不已，
仿佛大风刮起了野草。
好好的国家已满目疮痍，
一个个子民成了苟活的蝼蚁。
他们已失去做人的尊严，
都木着脸仿佛稻草之人。

威德郎忽然流出了眼泪，
这两行泪水让他自己也意外。
他不知啥时候变成了多愁善感的娘儿们，
时不时就哀叹民生之艰难。
在那种巨大怜悯生出的慈悲下，
他真想休兵罢战向欢喜郎求和。
无所谓这天底下到底谁是至尊，
只要能让百姓安居乐业。
然而他心念一转又生起警觉，
觉得自己不该懦弱，
不该如同那早期的欢喜郎像个女人，
在乱世中无缚鸡之力任人宰割。
于是他板起面孔走下了城墙，
继续动员军民做好准备打一场硬仗。

再说那密集郎率领了部分精兵，
前去袭扰欢喜郎的主力。
因为他心中的纠结还未落定，
强烈的愧疚让他无法下手。
他仍在考虑要不要中止计划，
更不会急于进行下一步行动。
况且过早部署容易走漏风声，
让自己无端地陷入危险之境。
他原本就想趁两国混战消耗其兵力，
自己且先去占几座城池。
到时候欢喜和威德都实力大减，
即使有心报复也奈何不了自己。
一旦有了根据地便招兵买马，
在乱世中建国立业三分天下。

于是他并没有立刻展开袭扰，
而是先将军队远远地驻扎，
然后派出探子前去刺探军情，
看那欢喜军到底有多少兵力，
他们的粮草又准备得如何。

趁着这一段打仗前的间隙，
密集郎想抓紧确定人生目标。
他现在优柔寡断瞻前顾后，
拖延下去必然会影响决策。
要么他忠心耿耿辅佐威德郎，
要么就彻头彻尾做一个叛变者。

大战之前每一个意图都必须明确，
不能让感情扰乱了理智。

这时只见空中飞来一只鱼鹰，
它在护城河上空来回盘旋，
突然它收拢翅膀疾速俯冲，
力大势猛如离弦之箭，
硬生生砸向护城河面。
随后又哗一声振翅跃起，
此时它已擒获猎物，那利爪
成了一条活鱼的穿心钢针。

密集郎看到鹰的俯冲之势，
又看到鱼的垂死挣扎，
心中忽然炸开一道闪电——
他再也不愿做仰人鼻息的爪牙。
这世界本就弱肉强食，
所有的感情皆掺和着利益。
如果他密集郎打仗怯懦畏缩，
那威德郎是否还会称兄道弟？
更别提那些宰相将军的职务，
那无非是他舍身卖命的筹码。

今日里，给你个帽子你就是宰相；
明日里，说你要谋反就逮捕立斩。
他想到之前威德郎轻飘飘一句话，
就将他从大将军贬到编撰处赋闲。
此时到了灭国关头又称兄道弟，

无非是让他自告奋勇赴汤蹈火。

想到这里密集郎冷哼一声，
他再也不要被别人操控。
既然刀俎和鱼肉总要选一，
那就抛去妇人之仁做豪强皇帝。
他不愿做那垂死挣扎的鱼，
他要效仿雄鹰去搏击。
你看那雄鹰俯冲而下的姿态，
其势大力沉又迅疾无比。
只因它瞅准了目标毫不犹豫，
才能抓得猎物享用美餐。

眼下的机遇真是千载难逢，
欢喜威德两国都竭尽全力。
只要他密集郎善于用势，
闪展腾挪一番便会成为新的英雄。
密集郎啊，密集郎，莫迟疑，
似锦前程就在眼前，
连扁毛畜生都知道果断，
你还有什么理由畏缩不前？
有朝一日你黄袍加身，
成为那千古风流的圣君王，
把人间的繁华美景都享尽，
才不枉这白驹过隙的好华年。
于是密集郎摔碎了茶杯，
下定决心要趁这乱世占城为王。

刚好他派出的探马来报，
说欢喜军的准备无比充分。
数十万的军队兵强马壮，
更有那粮草堆积如山。
沿途的小国迫于欢喜郎威势，
也纷纷给他贡献物资。

密集郎闻言心中一阵狂喜，
暗暗叫一声天助我也。
他不怕欢喜军兵强马壮，
就怕那欢喜郎准备不足。
他要把欢喜与威德的池塘搅浑，
为他天才的摸鱼计划做好铺垫。

他此刻唯恐天下不乱，
只想着让两国彼此消耗实力。
他早已看好了几座险要城池，
那里易守难攻物产丰富。
只要他带上精兵站稳脚跟，
那密集帝国就有了根据地。
就算对方再想兴起兵马讨伐，
也会因为连续作战而有心无力。
因此他要制造混乱掩护自己，
让欢喜威德对他无暇顾及。
想到这里密集郎露出了冷笑，
那笑容又于迎向探马的刹那凋零。
只因他此刻不能失态，不能让任何人
察觉他的反心。

于是他让那探马先行退出将军帐，
自己再进行精心的部署。

心中的大网越来越清晰，
密集郎将每一个环节都仔细敲定。
随后叫来将领去欢喜军沿途设伏，
并告诫他们，这次与敌人会面
与往日大不相同——
当他们走近，你们用箭矢欢迎；
当他们离开，你们也用箭矢相送。
在这场战斗里，真正的主角是箭矢，
它是你们身口意的总集代表。而你们
只是道具，记住，道具！
送它们出鞘后便要功成身退，
无论敌人如何挑衅也不要缠斗。
他还关切地拍着将军的肩膀，
再次叮咛，战士的生命高于一切。
这种安排既可以袭扰敌军，
也可以最大限度地保全自己。

这一个安排让将军感动不已，
更有那亲密动作所表露的含义。
将军顿时对密集郎五体投地，
觉得跟随这样的领导大有前途，
既可以升官发财还不用搭上性命，
更有那足智多谋几乎百战百胜。
于是他对着密集郎叫一声"遵命"，
还加了一句"誓死效忠密集将军"，

由此两个人达成了微妙的默契。

威德兵们也对密集郎心生感激，
只因以往的袭扰都是有去无回。
以少敌多总是会被敌人消灭，
化为那大战之前的一缕炮灰。
这次原本以为要派自己送死，
却不料密集郎如此爱惜士兵。
这种仗打得毫无风险，
那些威德兵一个个十分感激。
只见那将军也确实能干，
立刻选定了快马和小股精兵。
在欢喜军的沿途设下埋伏，
每次放一阵冷箭就拍马而回。

欢喜军又急又气又无可奈何，
威德军嘻嘻哈哈仿佛老鼠逗猫。
更有那心中对密集郎的敬佩，
觉得大将军的计策果然高明。
早就闻听密集将军足智多谋，
都希望今后还能跟随这智多星。

再说那欢喜军遇到敌军的袭扰，
一时间被折腾得狼狈不堪。
那明枪易躲，暗箭难防，
虽然大部队没有受到重创，
但每一次放箭都会有所损失，
对付这种偷袭还真是麻烦，

犹如那老虎拍蚊子无处使力。
也像有顽劣孩童总在背后捣蛋，
大人再气恼也无可奈何。
你若不理他就时不时放箭，
你若追击他就跑成了一股烟。
犹如那睡觉时耳边嗡嗡的蚊子，
喝两口血就飞走惹一肚子心烦。

随着威德军的袭扰越来越有效，
欢喜军常常气得破口大骂，
而威德兵却在远处幸灾乐祸，
他们吹着放肆的口哨，
开着气焰嚣张的玩笑，
仿佛那老鼠拔了大猫的胡须。

还有那夜晚的火箭袭击，
更让欢喜军防不胜防。
时时被点燃帐篷和粮草，
常常要半夜爬起应对敌情，
将士们个个都成了熊猫眼，
他们气极败坏又无计可施。
不几日，号称虎狼之师的
欢喜军便士气低落精神萎靡。

于是，他们的心中都憋有一股气，
想埋伏在远处抓几个俘虏。
他们要剥其皮喝其血吞其髓，
却不料敌人偃旗息鼓销声匿迹。

而一旦他们放松了警惕，
那冷箭和火箭又会变成暴雨。

欢喜郎猜测军中必有奸细，
却一时间找不到具体的线索。
他已经看出了威德军的意图，
想用疲兵战术消耗他的实力。
这种阴损之计不似威德郎风格，
如果猜得没错应是密集郎所为。
只是那密集郎前一阵刚派人投诚，
此时为何又对欢喜军用此毒计？
欢喜郎思来想去不明白原委，
遂派出密探与密集郎联络，
又嘱咐那密探要多加小心，
密集郎那种小人绝不可轻信。
于是，欢喜郎的使者打扮成威德兵，
悄无声息地混进了威德国境内。
他果然在一处要塞上看到这鸟人，
正带领着一群将领部署城防。

那使者在军营大门上刻了记号，
那是密集郎和欢喜郎约定的标记。
只要密集郎一看到这种信息，
就会在指定的地方会见来者。
那使者对威德兵充满了火气，
刻字的时候特意增加了力量，
仿佛那城门是敌军的身体，
那一刀一刀都在戳向敌军。

密集郎看到约定的标记，
不动声色来到相约之地。
他还刻意带了几个随从，
他怕欢喜郎派人刺杀自己。
他早已开启了化学脑子，
转转眼珠想出个两全的方案。
他故意把一些情报写在纸上，
想要放到隐蔽处让使者来取。
这样既可以避免跟使者接触，
也可以和欢喜郎互通消息。

果然那使者远远看到密集郎，
却因为他带了随从不敢接近。
密集郎也看到使者的身影，
只因他身上有那约定的标记。
于是密集郎假装弯腰提鞋，
趁人不备把纸团塞进脚下泥土。
又站起身来对使者眨了眨眼，
便带着那一帮随从摇摆而去。
这使者终于明白密集郎意图，
便悄悄地上前取出那纸团，
然后快马加鞭回到欢喜军营，
送上那纸团给欢喜国王审阅。

欢喜郎打开密集郎的纸团，
上面写了一些威德军的情报，
还说自己现在身不由己，

威德郎已对他产生怀疑，
在身边安插了众多耳目。
他只好先打些小仗作为掩护，
以备将来产生更大的用处。
他还让欢喜郎别理会沿途袭击，
直接加快进度攻打要塞。

既然明白了威德郎意图，
又有密集郎的情报垫底，
欢喜郎也便安心落意。
他下令军队全速前进，
遇到袭击也不要理会，
继续向那敌国要塞挺进。
士兵们闻讯终于恢复精神，
重新变得士气高昂生龙活虎。

而因为知己知彼，欢喜军很快
逼近了威德国的第一道要塞。
这里是威德郎必救的战略要点，
如果一味退让，威德国就会门户大开。
欢喜郎料想威德郎此番必会反抗。

终极之战眼看就要展开，
欢喜郎却反而不再心急。
他看着眼前的城池，心里一阵漠然，
并没有即将取得胜利的激情和兴奋。
倒是军中频频传来吼声，
想必是将军在激励一众士兵。

那景象虽然在身边却像隔了很远，
自己和他们仿佛在两个世界。
只有他知道，他的好战并非本意，
他只想用突进来换取最终的和平。
如今必须踏着尸体和血泊前进，
他心底仍有一种反抗和厌倦。
只是他有心拒绝善念的来袭，
于是将那新仇旧恨又重温了一遍。
待得一阵怒火上涌，他终于感到安全，
然后发泄般斩断了身边的一棵大树。

怒火平息时，他想起了过去的密集郎，
那密集郎昔日里与他为敌，
谁能料到如今却发挥了另一种作用？
这乱世真是风云变幻莫测，
眼前人是敌是友太难评断。
再想到又一个读书种子已经堕落，
他的心中不免有些悲哀。

当年，密集郎和他还有些相似，
两人都是一样的书生意气。
他们都喜欢读书，都反对暴力，
都想凭一己之力倡导和平。
而如今，他们都身陷世俗泥潭，
浑身都沾满了机心和功利。
而那密集郎似乎比他陷得更深，
为一己私欲不惜卖主求荣。

这进一步破坏了欢喜郎对他的印象，
即使此战能统一天下，
欢喜郎也不打算起用此人。
只因这样的小人没有一丁点忠诚，
今日能背叛他人，明日就能背叛自己。

第 166 曲 要塞

没几日欢喜军便抵达要塞，
和威德军展开激烈争夺。
欢喜郎想联络密集郎内应，
于是派轻功高手潜往威德营。
但密集郎推说自己身不由己，
只能在战斗中寻找机会。

那欢喜郎闻言不疑有他，
觉得密集郎被监控合情合理，
换成自己也不放心此人。
他诡计多端又贪图富贵，
别说自己不会对其任用，
即使真要将他派往前线，
也必然会派人监控钳制，
以防他在前方生出变故。
却不知那密集郎已调出精锐兵力，
要消灭他欢喜郎的先锋部队。

这次可不是小打小闹的偷袭，
而是真刀真枪的血肉搏杀。
但谁胜谁负密集郎并不在意，
他只想两家的主力部队同时消耗。
两虎相斗必然两败俱伤，

这才会有他密集郎的可乘之机。
被人监控自然也是密集郎制造的假象，
它可以麻痹欢喜郎不生怀疑，
也可使将来有个回旋的余地。
这计谋面面俱到毫无破绽，
也只有密集郎才能想出。
密集郎为了建国大业，
已几日几夜不眠不休，
红红的眼睛里布满血丝，
着实操碎了无数心神。

再说那欢喜军到了要塞城下，
这一场大战真是天昏地暗。
威德军凭借天险顽强防守，
欢喜军舍生忘死一波波冲锋。
刹那间战场上横飞着血肉，
那活生生的士兵一个个断气倒下。
而死者的灵魂依旧挥舞着利刃，
在另一个空间里继续厮杀。

渐渐战斗进入了白热化，
欢喜军久攻不下，
那昂扬的士气开始衰落。
欢喜郎见状大吼一声，
借着那云梯和高超轻功，
冲上城墙与敌人厮杀。

欢喜军们见国王躬行表率，

更是奋发了空前绝后的英勇，
他们或冲上云梯，或者
抬着沉重的巨木，
像海啸一般撞向威德国城门。

那些威德兵也好生了得，
他们的骨髓里住着战神，
无数的滚油和火把兜头浇下，
更有那密如暴雨的箭镞飞石。
一时间战场上到处是鬼哭狼嚎，
欢喜军的攻势受到了阻滞。

但那一个个欢喜兵仍前仆后继，
只因国王正孤身作战凶险万分，
于是他们顾不得自身被砸成肉泥，
一波波冲向城门如惊涛拍岸。
然而那坚固的城门却屡攻不破，
全军将士都心急火燎。

只见那欢喜郎也确是一条好汉，
他身陷敌军的重重包围，
但临危不乱心思镇定。
看到那四面八方刺来的兵刃，
他挥动起宝剑旋转着身体，
编成了一道光网水泼不进。

随即那战斗越来越激烈，
威德军都知道包围了欢喜国王。

他们从四面八方赶来，
都想活捉那欢喜国王，
立下威德国第一奇功。
到时别说封官晋爵不在话下，
其丰功伟绩更能耀祖光宗。

于是欢喜郎陷入重重包围，
无数的寒光织成了险境。
更有破空而来的暗箭飞刀，
在他的身上划出几道鲜红。

眼见那威德军越来越多仿佛潮水，
自己的部队却还在城外，
欢喜郎知道再不抽身必遭屠戮，
于是边打边寻找脱身的缝隙。
这一看他顿时暗暗心惊，
自己已被围困在人海中央。
一层层威德兵如那重峦叠嶂，
已将四面八方堵了个水泄不通。
城下的欢喜军仍前仆后继，
他们看到了国王身陷凶险，
顾不得自身被砸成肉泥，
发起那攻势如惊涛拍岸。

只见欢喜郎突然发一声大吼，
双臂一展震荡起惊天的气势，
脚下猛蹬顺势腾身而起，
刹那间已飞至威德兵上空。

他旋即施展了身法如同鬼魅，
踩着威德兵的肩膀左冲右突。
这一下威德兵纷纷看傻了眼，
他们从来没见过如此轻功。
连弓箭手的瞄准也跟不上那身影，
射出的箭矢纷纷插入队友胸中。
只能任由欢喜郎一路向前，
眼看就要突破重围杀出城外。

那欢喜郎也真是艺高人胆大，
虽然明知道自己处境凶险，
却仍然顺手砍下几个威德兵头颅。
一时间整个战场都安静下来，
所有人都呆看着欢喜郎大显神威。

那欢喜郎如同空中飞鸟，
从上千威德兵包围中成功脱身。
他张开斗篷跳下了城墙，
发出一串串笑声好生嚣张。

欢喜军发出海啸般的欢呼，
举着兵器高喊国王威名。
那雄壮的气势撼天动地，
高昂的呼声地动山摇。

威德军惊骇地立在城墙之上，
心理上已被欢喜郎彻底征服。
那敌军国王不知道是人是鬼，

威猛无比如战神附体。
千刀万剑伤不了一个飘忽人影，
惊天的大功瞬间化为泡影。
因此他们没有击退敌军的兴奋，
反而一个个神色黯然落魄失神。

再说欢喜军虽然第一战失利，
但他们的士气却没有受损。
只因那国王的一场英勇表现，
让将士们的信心空前高涨，
欢喜军的士兵们开始摩拳擦掌，
等待国王下令再打第二场战役。

欢喜郎却按兵不动等待时机，
因为那威德郎的要塞十分坚固，
虽然竭尽全力也能将其拿下，
然而造成的伤亡不可估量。
他还想等待更好的攻城机会，
比如密集郎在城内的策应之举。

这一日欢喜郎果然收到一支飞箭，
赫然是密集郎送来的地图。
上面标明了粮草和兵营的位置，
让欢喜郎趁夜间予以定点清除。

欢喜郎收到那地图心中大喜，
叫一声密集郎真是雪中送炭。
虽然对他的行径看不上眼，

但此人的作用却不容小觑。
于是他立刻安排士兵组装投石车，
又趁夜间搭好塔楼让弓箭手就位。
一夜之间做好了数十台设备，
欢喜郎看到这一幕热血沸腾。
他知道这一战欢喜国必然胜利，
一是自己的士兵士气十分高昂，
二是有密集郎那样的奸细配合。

眼看东方的启明星开始闪烁，
漆黑的夜空渐渐有了光亮。
欢喜郎令士兵们立刻展开攻击，
按照地图上的标定抛石射箭。
果然听到了城内鬼哭狼嚎，
只因大部分敌军还在兵营睡觉。
忽然天上砸下了牛头大的石头，
无数威德兵顿时变成了肉泥。

欢喜郎听到那惨叫心中大喜，
他已经感觉到自己胜券在握。
他的心中涌出一种豪情壮志，
满腔的热血急待抒发，
于是几个纵身又施展轻功，
登上了塔楼亲自往城内射箭。
只见那火箭如同一线线流星，
将漆黑的夜空撕成了无数碎片。
每一支火箭都带着魔鬼的狞笑，
卷着呼呼的声音飞向敌军粮仓。

只听到哭的哭喊的喊乱成一片，
无数的威德兵血肉横飞四散奔逃。
仿佛那大火烧着了老鼠的窝巢，
瞬间撵出了一窝疯狂逃窜的鼠仔。

欢喜郎在塔楼上看到城内情景，
连日来的憋闷瞬间消散一空。
只见他仰天大笑后军旗一挥，
塔楼下的士兵便潮水一般扑向敌营。
守城的威德兵已乱了阵脚，
一个个顾此失彼毫无斗志。
那军心已随着大火溃散，
那自信也被巨石砸飞。
威德兵早已成了无头的苍蝇，
只想着逃命而无心反击。

因此那欢喜军如同狂风暴雨，
瞬间就登上了威德军城墙。
一个个如狼似虎来势汹汹，
把多日来的憋闷肆意发泄。
他们的全身激荡着愤怒和勇猛，
只想砍瓜切菜般将威德军剁成肉泥。

当这一天的太阳升起的时候，
要塞里已经结束了惨烈的战斗。
到处是威德兵的尸体七零八落，
还有那一缕缕战火在四处残喘。
黑烟裹着战死的灵魂随风飘荡，

化成了冷风发出呜咽的声音。
这又是一场绞肉机般的战斗，
从此这威德要塞就更换了主人。

欢喜郎在城墙上看到这一幕，
又是满腔豪情又是于心不忍。
他一方面因为胜利无比喜悦，
另一方面看到惨状又天良显发。
于是体内的善恶力量又开始纠斗，
他急忙提醒自己要坚定决心。

待得平静下来他仔细观察，
却发现城中没有密集郎身影。
清点威德军守兵也不过寥寥千人，
作为威德国要塞这太不合理。
欢喜郎原以为这里至少有万人，
这时不禁感到分外诧异。
于是他让士兵们务必提高警惕，
防止那威德郎耍什么花招。

果然有消息从后方传来，
威德军竟然去断欢喜军粮道。
这显然是要命的一招，
如同那打蛇打在了七寸上。
若是这一下切断粮草补给，
欢喜军势必会弹尽粮绝。

欢喜郎大叫一声："奸贼误我！"

他明白中了密集郎的阴谋。
他把那要塞做成了钓饵，
目的是出兵去袭击欢喜郎后方。
欢喜郎明白军情十万火急，
但心中却没有失去镇定。
他调兵遣将依然有条不紊，
显然是战场上的老手精英。
他留出一部分士兵防守要塞，
又亲自点起了兵马驰援后方。
一路上他都在诅咒密集郎，
发誓要将那诡诈小人碎尸万段。
于是他一次次挥动马鞭发出呼喊，
让士兵们加快脚步杀向敌军。

只是那些士兵刚刚历经一战，
体力还未恢复又要长途奔袭，
一个个累成气喘吁吁的老狗，
只觉得浑身痉挛队形凌乱不堪。
更有那盔甲穿在身上重如千斤，
更有那兵器扛在肩上犹如山沉，
更有那双腿踩在地上绵软无力，
更有那汗衣贴在背上发臭发黏。
那该死的战争像转动的齿轮，
今日里你杀别人杀得痛快，
明日里就要被别人杀得狼狈。
无数的生命就在反复的拉锯下，
被锯成了一缕缕粉末消散于虚空。

谁知大军还未赶到枢纽，
半途中就遭到了威德军伏击。
这可不是小打小闹的袭扰，
而是扎扎实实的主力围攻。
只见那威德军占据了有利地形，
无数的飞箭标枪飞向欢喜军。
瞬间空中落下箭雨，
欢喜郎的队伍顿时狼嚎鬼哭。

原来这又是密集郎想出的诡计——
首先以要塞为饵引开敌军主力，
然后包围敌军粮草佯作攻击，
最后以此为铺垫实现真正目的，
对那匆忙赶到的援军进行伏击。
而且为了给今后留下余地，
能继续对欢喜郎虚与委蛇，
密集郎自己并没有亲自出面，
而是派几个将军在前线指挥。

这次饶是那欢喜郎临危不惧，
一时间也不免乱了阵脚。
幸好部下们举了盾牌飞扑向前，
才解了那欢喜郎的性命之忧。
只听到头顶上一阵叮叮当当，
欢喜郎不由得惊出一身冷汗。
回过神时他气得咬牙切齿，
明白自己又中了密集郎圈套。
这密集奸贼也未免太过阴毒，

难道他的投诚也同样是谎言？
然而自己已身陷箭矢之海，
将士们更是一片片倒地。
如今就算让怒火烧去了理智，
自己也是无计可施徒唤奈何。

然而他毕竟是身经百战的王者，
很快就恢复了镇定指挥兵马。
令士兵不要管两边伏击的箭矢，
只管举起盾牌发力前冲。
只因这一处地势对欢喜军不利，
越是挤成一团伤亡就越惨重。
更不要想着从下而上地冲锋，
那无非是白白给威德军当回靶子。
眼前的威德军绝不是小股部队，
那密如暴雨的箭镞分明是主力。
因此先竭尽全力冲出绝境，
再杀他个回马枪拼死一战。

于是那欢喜兵纷纷掩头鼠窜，
没有人还能想起身体的疲劳。
一个个都像被启动了最大潜能，
如同那脱枪的兔子般发力狂奔。
他们已感觉不到盔甲的沉重，
只觉得身上有东西在呼扇呼扇晃动，
不知道是兵器盔甲还是行囊，
反正总有零碎在拍打着后背。
他们的胸中像有火炭在燃烧，

那头脑也在发晕天旋又地转。
他们已听不到外面的声音，
只能听见自己的一声声呼吸。

那呼吸早已跟不上脚下的动作，
眼前的景物也不断地飞速后退。
只觉得天上地下都是死神，
射出了一支支魔钩勾魂索命。
尽管举了盾牌能遮挡些箭镞，
却挡不住那发自心底的恐惧。
还有些飞箭躲过了盾牌，
如毒蛇般钻进那缝隙里撕咬。
于是欢喜军的奔逃混乱不已，
你冲我撞更有无数人被踩踏。

经过那一阵不太体面的奔逃，
他们最终还是跑出了绝地。
欢喜郎一马当先带头冲出峡谷，
活着的士兵们紧跟其后。
只见他们一个个满头大汗，
很多人已站立不住瘫坐在地。
欢喜郎环顾周围发现损失惨重，
这次的战况真是凄惨无比。
很多人还沉浸于刚才的恐慌，
脸上有一种惊魂未定的紧张。
还有一些人露出了欣喜神色，
那是大难不死后的庆幸。

他们也确实应该庆幸，

因为很多战友已变成尸体。

他们受到了幸运之神的眷顾，

最终才能逃出那死神的领地。

可怜那些不被眷顾之人，

已永远失去了宝贵的人身。

有些人甚至不知道自己已死，

其灵魂依旧在疯狂地奔逃。

他们至死仍记得要效忠国王，

哪怕已是鬼魂也要不离不弃。

于是他们高喊着凄厉的号子，

仿佛一阵阵怪风刮向那欢喜国王。

欢喜郎当然看不到那些冤魂，

他只感到愤怒的大火在胸中燃烧。

当即整理了队形就要反扑回去，

和那可恨的威德军决一死战。

而那威德军却已偃旗息鼓，

以急行军的速度撤离了战斗现场。

留给欢喜郎的只有满地的死尸，

还有回荡在山谷中的一阵阵嘲笑。

欢喜郎见此状气得浑身发抖，

脸色铁青咬碎了一口钢牙。

他眼前的图像突然开始扭曲，

只因那怒火已烧焦了他的大脑。

浑身的气血也像海啸一般翻涌，

喉头一甜大口鲜血猛地喷出。

他眼前一片漆黑又摇摇晃晃，

随后便轰然倒地人事不省。

第六十五乐章

书生密集郎已彻底堕落为阴谋家，看他将那厮杀的双方玩弄于股掌之中，一出出鹬蚌相争的好戏，无数人的鲜血，一场场令人窒息的血雨……

第 167 曲　心机

欢喜郎再次睁开双眼的时候，
已经躺在了威德国要塞。
他感觉浑身疲惫头脑晕眩，
那胸口更是闷痛沉重，
心中也充满了郁结。他知道，
那是气急而发的症状。
他深深地吸了口气，他告诫自己，
要放松一些，再放松一些。

再看身边，那些御医
个个都满头大汗局促不安，
周围还有无数双关切的眼睛。
他们都知道国王的情况，
那旧病再加新伤实在是凶险。

等到欢喜郎平复了情绪，
御医又让那御厨做了些参汤。
欢喜郎一勺一勺地喝进肚里，
才感到恢复了一些气力。
随后他传令军中将领，
想听听前线的汇报。
将领汇报说粮道已被摧毁，
军队损失颇多，但好在

没有动摇根本，稍作休整后
就可继续征战报仇雪恨。

欢喜郎点点头不露声色，
他问有没有密集郎的消息。
说到"密集郎"三个字，
他的心中顿起怒火——
那名字是魔鬼的开关，
只轻轻一按，就能让他愤恨不已。

他突然想起不死仙人的那个弟子，
被他升为副将的那人。
如若那人还在他身边，
欢喜军此次恐怕不会如此狼狈。
只可惜在他修那邪法的时候，
此人反对无效然后离去。
欢喜郎想到此不由得叹一口气，
随即平复心情听将军回复。

只见那将军呈上一封密函。
他说因为注明"绝密"，
也因为要"国王亲启"，
密函还是初时的模样。
欢喜郎一看那熟悉的字迹，
心中的愤恨刹那间再次爆燃，
那种电击般的感觉让他
直想把写信人碎尸万段。

只是他强忍着心中的怒火，
他不能在臣子面前失去镇定，
更不能被情绪操控误了大事。
于是他用略微颤抖的双手，
拆开了信件，那种被耍弄的感觉，
再次洪水般袭来淹没了他——
说什么被监控他身不由己，
说什么那攻击并非他本意，
说什么那策划源于其他人，
说什么这报信已竭尽全力……
那奸贼居然还信誓旦旦再次承诺，
说要在后续的战斗中继续效忠。

欢喜郎读完密函发出一声冷哼，
心中的怒火稍稍得以平息。
本想把那信件撕得粉碎，
转念一想又命人端来烛火，
将密函放在火上烧成灰烬。

虽然密集郎在信中说得天花乱坠，
但欢喜郎却再也不会相信——
你看他城府极深阴招不断，
像毒蛇一样阴险又像虎狼一样凶狠，
分不清他是真投降还是假投降，
真真假假中就让自己吃了大亏。
然而好在也确实如那信中所说，
自己占据了要塞也算有所斩获。
随后他下令重新部署军队，

让士兵们驻扎在要塞原地休整。
他要在这段时间重建运粮栈道，
积聚了实力后再向威德国讨债。

再说那密集郎此时好个得意，
他的这番闪展腾挪无比高明。
既让欢喜郎攻下了威德国要塞，
又用威德兵消耗了欢喜军实力。
而他则保存了实力毫发无损，
还占领了沿途投降的小国。
当然，那些小国早已被折腾一空，
如今只是无根的浮萍墙头的草，
今日里威德郎来就投靠威德郎，
明日里欢喜郎来就归顺欢喜郎，
他们早被掏空了家当，
已经瘦骨嶙峋疲弱不堪。
以前他们还会象征性地打上几仗，
现在见到军队便打开城门。
乱世中他们死猪不怕开水烫，
给谁杀都是杀再也无心反抗。
于是密集郎趁火打劫浑水摸鱼，
终于拥有了自己的根据地。
如今他有人有枪还有了地盘，
已具备称王称霸的条件，
只等那登高一挥振臂一呼。

密集郎登上城墙环视着全城，
到处是破败不堪和冷落萧条，

更有那残垣断壁中的战火，
时时冒着黑烟随风飘散，
然而密集郎心中像吃了蜂蜜。
一切都是他深谋远虑的战果，
每一个步骤都符合预期有条不紊，
因此他充满了自信和成就感，
更有那豪情壮志在体内激荡，
仿佛看到他未来的密集帝国——
到处是宫殿台阁鳞次栉比，
到处是行人川流车水马龙，
到处是战士和兵强马壮，
到处是美女和酒池肉林。
更有那老人的满脸幸福，
更有那孩童的书声琅琅，
更有那男人的辛勤劳作，
更有那女人的安乐知足……
那世界里有金银财宝和美色美声，
也有那浩瀚的书籍和高僧大德，
还有那琴棋书画映照着阳春白雪，
更有那柴米油盐衬托着芸芸众生。
哦！好一个伟大的太平盛世，
就在他密集郎的手中冉冉诞生。

密集郎就这样展开了幻想，
一时间无数的念头喷涌而出：
高尚与卑劣同在，
向往和欲望共存。
他放逐了自己信马由缰，

直到属下一声悠长的"报——",
才将他从幻想中拖拽出来。
他当然知道眼下的条件还不成熟，
他像个胜券在握的钓者，
静等那鱼儿把鱼钩衔牢。

密集郎决定韬光养晦，
继续夯实建国称帝的基础。
他恩威并施树立个人威信，
在军队中提拔亲信排除异己，
他还轻徭薄赋收买人心，
让百姓都拥护他的领导政策。
更有那对威德郎的频频捷报，
说重创了欢喜军并收服小国。
这连环的招数他使得风生水起，
犹如在乱世中升起一颗新星。

那藏在欲望宝石中的阴影，
此时也露出了满意的笑容。
他成功地占据了密集郎心智，
驱动着他的躯壳为自己做事。
自己的魔性加上密集郎的头脑，
简直是英雄配宝剑所向无敌。
只见法界中腾起一波波恶能，
卷动起血雨和腥风袭向人间。

再说那欢喜郎正在休整部队，
与密集郎一战让他损失颇重。

好在他也占领了第一道要塞，
有了一个根据地可供立足。

这一日他登上城墙俯视要塞，
感觉天下就像一个大大的棋盘。
那些忙碌的人们无非是棋子，
连他自己也只是其中的一枚。
虽然他能操控诸多的棋子，
但本质上却无法改变命运。
他不知道下一战胜负如何，
只觉得有一股大力在推动着他，
总是让他身不由己。

在外人眼里，他坚定而自信，
其实他对前途也感到迷茫。
他想那威德郎也是同样的货色，
只顾着烧杀掳掠而忽略了灵魂。
他多想能够预知战争的结果，
如果是他欢喜国最终能胜，
他将不惜血本与威德国一战。
如果最后是威德国统一天下，
他现在就缴枪卸甲去牧马南山。

他也很想找一个先知占卜未来，
可迈出脚后又总生犹疑——
他怕先知会暗中捣鬼，
他怕先知的证量不够，
他怕先知会胡言乱语，

他怕先知会背叛投敌，
他甚至还怕那结果不符预期，
怕自己陷入消极而失去人生的意义。
于是他像个胆小的赌徒，
只顾着疯狂下注却不敢揭开骰盅。
他试图用赌注的力量去压倒命运，
让它不得不呈现自己期望的结局。

随着欢喜军一日日恢复状态，
威德郎也没有停下备战的步伐。
他知道欢喜郎的力量受到打击，
源于那密集郎巧妙地诱敌。
于是他在沿途设下更多陷阱，
等待着一步步瓦解敌军。

对于密集郎他也更加信任，
觉得他先用要塞作为诱饵，
再派奇兵袭击欢喜郎后方，
还顺便收服了沿途的小国，
这行云流水的招式十分高明，
不愧是威德国的首席智囊。
因此他想让密集郎继续指挥，
和欢喜郎的侵略军周旋到底。
然后他满含期望地发出王令，
放出那送信的白鸽向密集郎飞去。

密集郎很快派人回复信件，
却没有再用那白鸽传书。

他说他最好驻扎在原地，
因为他想和大王两面夹击，
一个打头另一个打尾，
让那欢喜郎顾首就顾不了尾。
这一计让威德郎更加叹服，
同时也对那密集郎生出顾虑。
自古有大才者必有大志，
他们一旦心生反意，
必将造成难以挽回的损失。
因此威德郎十分纠结，
他既需要密集郎的计策辅佐，
又不得不防范他过于强势。
于是威德郎派人送去了金银犒赏，
以此对密集郎进行笼络，
更在那暗中加紧了监控，
若发现谋反苗头便格杀勿论。

密集郎也知道威德郎用心，
他接到那犒赏微微一笑，
先是向来使谢过了国王大恩，
然后又分出一些金银送给来使，
说是补偿他这一路送信的辛苦。
虽然他丝毫不提自己的真实目的，
来使却心知肚明地点了点头，
他知道将军之所以送自己金银，
无非是让他在威德郎面前美言几句。

等到那使者返回之后，

密集郎以自己的名义分发赏金。
连那威德郎派来监控他的密探，
也被他用金钱美女收买。
这世上只要是人就有人性弱点，
密集郎早已洞悉这个秘密。
他像一个疯狂成长的政治魔鬼，
一旦被启动潜能便爆发出魔性无限。

第 168 曲　抢夺

再说那欢喜郎恢复了元气，
点起兵马继续深入敌国。
沿途却依旧有无数的奇兵骚扰，
用的也还是那老一套招数。
这一次是威德郎亲自用兵，
没有了密集郎的通风报信，
欢喜军又陷入困境不堪其扰。
他们明明清楚对方的策略——
对方想诱敌深入，
再施以游击战术，
却苦于没有良策予以应对，
只能加强防范收紧队形，
扑向威德国下一个城市。
那欢喜郎一向长于政治，精通
用兵之道也洞悉对方策略，
故而始终盯着自己的目标。
既然威德郎敢把他放进家门，
那他便将计就计攻城略地。
于是欢喜军像中箭的野猪，
专门瞅准了威德郎要害冲去。
宁可豁出几块细碎的皮肉，
也要把威德国撞翻在地。

照这样的应对策略干上几仗，
欢喜郎的版图就越来越大，
沿途的城市虽然也有抵抗，
但经过连年的杀伐征战，
它们早已金玉其表败絮其里。
文治武功的欢喜郎一到，
它们便不堪一击随风而倒。

接着欢喜郎恩威并用，
公布了他的"凡是"好牌——
凡是抵抗者，必将屠城，
男女老幼格杀勿论；
凡是归顺者，必将优待，
官居原职酬劳翻倍。
这一招"凡是"拳打得漂亮，
一时间威德国将领人心动荡。
有的已露出犹疑的迹象，
还有的表面宣称誓死效忠，
背地里却和欢喜郎眉来眼去。
于是欢喜郎的扩张势头越来越猛，
威德国的沦陷速度越来越快。
到后来，欢喜郎已看不上普通城池，
专挑威德国的战略要塞。

这时的欢喜郎真是志得意满，
他从未如此深入地蚕食过敌国。
他长驱直入所向披靡，被一种
唯我独尊的成就感包围，

更有一种踏破敌营的豪情壮志，
仿佛多少年的新仇旧恨都化为火焰，
在威德境内熊熊燃烧，
他感到前所未有的酣畅淋漓。

欢喜郎一路挺进一路观察，
发现一个个百姓面黄肌瘦委顿不堪，
所有城市面貌萧索一律灰塌塌，
可见常年的杀伐已耗空国力。
更有质疑官府的声音泛起，
动摇着威德国的根基。
因此欢喜郎更有了必胜的信心，
他挥师北上迅速逼近都城。
离都城越近，他越发认为威德国
根本就是纸老虎，它看起来
张牙舞爪十分恐怖，
但只要轻轻一戳便会轰然倒塌。
他看到胜利正在招手，
甚至看到了统一天下的时刻。

再说威德郎看到要塞连连告急，
自己的袭扰似乎不见效力。
眼看对方军队逼近了都城，
沦陷区域也越来越大。
他急得日不能休夜不能寐，
满嘴的水泡满眼的血丝，
那精神也时而萎靡时而亢奋，
满脑子盘绕着如何退敌。

经过那连日连夜的思考判断，
威德郎终于决定改弦更张。
眼前的形势已不同以往，
他只能放弃引诱正面迎击。
他更不能一味地撤退诱敌，
若是失去了所有的要塞，
就等于将整个国家拱手相让，
于是他决定组织反击。
威德郎先发出八百里加急文书，
传给密集郎让他策应。
首先切断欢喜军的粮草补给，
再配合自己消灭欢喜军的主力。
那传书的信使跑了三天三夜，
沿途累死了十二匹快马，
才终于来到密集城。
只见他一边大吼着十万火急，
自己要马上面见密集将军，
一边风驰电掣般奔向中军帐。

密集郎此时正在查看地图，
使者便将文书递到他的面前，
脸上表情像是祖坟被掘，
连连催促将军发兵救急。
密集郎看过了威德郎的命令，
先是露出不易察觉的笑容，
紧接着正起脸色劝慰使者，
说他这就点兵执行命令。

说罢他马上叫来将领，
让他们整顿部队准备出击，
又安排使者去驿站休息。
使者却想赶快回去复命，
便拒绝了密集郎的热情建议，
然后要了干粮换了快马，
扬起马鞭呼啦啦赶回都城。

望着使者远去的背影，
密集郎终于露出了笑容。
此刻威德国已经告急，
他的计划已成功了一半。
而眼下的威德国虽然国土沦陷，
但战斗的主力却依旧蓬勃，
在欢喜郎的横冲直撞下，
他们一再隐忍，退让，
已经憋屈得没了理智，迫切要一雪前耻。
因此自己只要和威德郎配合，
两面夹击必将大胜。
只是这不符合他的利益，
他要做一只智慧的黄雀，
让威德和欢喜继续厮杀。
他要等他们两败俱伤之时，
再猛然出手平定天下。

想到这里他浑身发飘，
这一切顺水顺风皆如他所料，
每一个步骤都在设计之中，

如同按照他写的剧本上演剧情。
他仿佛已看到了金碧辉煌的宫殿,
还有那金光灿灿的龙椅,
更有那闭月羞花的美人……
一切他渴望拥有的东西,
在他的幻想中,
一齐向密集国王奔涌而来。

于是他实施了第二个步骤,
派出兵马袭击欢喜郎后方。
然而他依旧采用游击战术,
并不和欢喜军进行决战,
只是做出一副努力战斗的样子,
让威德郎绝不会怀疑自己。
因为他要保存实力,
不能让革命火种熄灭于初期。
同时他启动更险恶的计划,
联络了自己的一个心腹将军,
让他直接叛变献出要塞,
逼威德郎出动主力部队争夺。
这样就可以把战争变成绞肉机,
还能将威德郎的视线从这里引开。

那守将收到密集郎的密令,
果然未战先降献出西部第一要塞。
不过他早已被欢喜郎吓破了胆,
即便没有密集郎授意也正想投降。
密集郎的指令只是一个理由,

让他的献城更加心安理得。
奸诈之人的盟友往往也奸诈，
贪婪之人的心腹往往也贪婪。
他们都想保住性命攫取利益，
从不会真正地效忠任何一方。

威德郎得知有人未战先降，
丢失了西部的重要防线，
气得直把络腮胡子掀翻。
在这全民抗战的节骨眼上，
要塞的投降无异于催命，
对士气也会造成很大的负面影响。
于是他暂停原有计划，
马上点兵点将前去抢夺要塞。
他要扼杀欢喜军的气焰，
他要狠狠惩治那投降的叛徒，
他不能让那百年的基业倒塌。

上路时威德郎破釜沉舟，
只留下足够奔赴前线的口粮，
把多余的粮草抛在身后。
他以实际行动表明立场，
要么赢得胜利要么战死沙场，
让将士明白他必胜的决心。
士兵们也被这情绪影响，
都想和欢喜军一决雌雄。
况且，连续的诱敌深入让他们憋着一股火，
终于等到了发泄的出口。

于是他们把兵刃磨得锋利异常，
要用它去砍下敌人的头颅。
他们吼起保卫家国的营歌，
像下山的猛虎般杀向要塞。

不几日到达了要塞城下，
只见那城头已换了旗帜。
欢喜郎的蓝旗替换了威德郎绿旗，
正迎着大漠之风猎猎作响。
见此状威德郎发一声怒吼，
他不顾长途奔袭身体已劳累，
凭着一股怒气焕发出神威。
那些士兵也如同天神附体，
眼睛里迸发出冲天的杀气。
他们鼓起拼死一战的决心，
像那惊涛骇浪扑向海岸，
真是气吞万里如虎。

城上守将见威德郎杀到，
更看到威德军震天动地的士气，
还未开战便已经惶惶不安，
只想着怎样再次弃城而逃。
这就是胆小鬼的思维逻辑。
他宁愿在乱世中苟且偷生，
也不想战死沙场光照千古。
只见他转了转眼珠定下计策，
要化装成士兵投奔密集郎。
既然当初的献城是他的主意，

此时他就应该为自己善后。
于是那守将让士兵继续死守，
自己却乔装打扮潜入水道逃逸。
他暗暗佩服自己的机智，
大丈夫能屈能伸更能审时度势。
虽然水道的气味腥臭无比，
但为了保全性命他在所不惜。

却不料这贪生怕死的举动，
弄巧成拙助了威德郎一臂之力。
原来那威德军也正潜入水道，
想找机会在敌人内部开花。
他们在水道中狭路相逢，
守将不敢相信眼前的境遇，
他有心转身逃回要塞，
腿却抖成了晃动的筛子。
地面也成了海上的木船，
随着心中的恐惧颠簸。
他身形摇了几摇便瘫坐在地上，
眼前一黑心想我命休矣。

那些威德兵也看到这个逃兵，
有人认出是要塞的守将。
于是他们上前几步，
三下五除二擒拿了此人。
那守将被俘虏后脸色蜡黄，
气息奄奄犹如失了魂魄。
身体也瘫软成一摊泥水，

知道自己的末日已经来临。
他后悔自己当初的算计，
算来算去却算没了卿卿性命。
事到如今，他只求速死，
少受酷刑便是老天慈悲。

他被人拖出水道去面见威德郎，
一路上听到无数士兵在唾骂。
他感到大脑被糨糊糊住，
黏稠稠的一团无任何思绪。
他只知道自己将面临死亡，
那可怕的大口要吞掉自己。
所有的富贵和荣华都变成梦境，
机关算尽到头却一场空寂。
他一把眼泪一把鼻涕，
神色昏惨惨如一具行尸走肉。
随着脚步慢慢挪动，
他被人半拖半拽进了中军帐。

威德郎已提前得知了消息，
正坐在龙椅上等这叛贼。
他钢牙紧咬虎目圆睁，
一根根胡须像竖起的铁钉，
表情狰狞仿佛罗刹恶鬼，
握着宝剑的手臂也暴出青筋。
他的双眼更射出霹雳般的光芒，
恨不能将这叛贼生吞活剥。

那守将见到了威德郎的凶相，
闷哼一声便倒在了地上。
随后一摊黄水从脚下缓缓溢出，
竟然是被吓破了心胆屎尿齐流。

威德郎见那守将如此无用，
心头的怒火再次熊熊。
这样的人怎能当上威德国将领，
竟然还把守着西部的第一要塞。
记得这人是密集郎推荐，
密集将军也算瞎了狗眼。
威德郎发出雷霆般的暴喝，
仿佛是晴空响起的一声霹雳。
他质问守将为何要背叛于他，
可知未战先降要受到的刑罚？
那守将嘴唇翕动了几下，
忽然七窍流血身体抽搐，
随即像一块破布般瘫软。
侍卫们见状急忙将他扶起，
又伸出手去试探他的鼻息。
那鼻孔里分明没有了进出的气息，
此人竟被威德郎的暴吼活活吓死。

威德郎骂一声没用的东西，
上前狠狠地踢了一脚。
只听一阵骨骼碎裂之声，
那尸体软塌塌无任何反应，
其灵魂却被踢得四分五裂，

散碎在虚空之中不断哀号。
威德郎看着尸体仍不解气，
下令将叛贼拖出去喂狗，
军师却立刻出言阻止。
他提议将叛贼拖上战场，
当着那守军的面予以斩首。
他要瓦解要塞守军的意志，
挽救受叛贼蛊惑的士兵，
让他们认清形势放下武器，
他要兵不血刃地收复失地。
威德郎闻言捋着胡须点头，
说一声军师的建议果然高明。
随后派人把尸体拖出了军帐，
搬到那两军的阵前再杀了一回。
随后威德郎觉得仍不解气，
骂一声狗贼死得便宜。
却不知若是没有那一声暴喝，
他便能探出密集郎的阴谋。

也许冥冥之中确实有种能量，
在帮助密集郎遣除所有危难。
瞧那欲望宝石正发出光芒，
在密集郎的心里七彩流动。
随着那彩光的一波波煽动，
密集郎的灵魂也被吹向天空。
他莫名其妙产生更大的野心，
更有那灵魂深处的酥麻快感。
他的精神醉于一种欲仙欲死，

仿佛那交媾中的男女高潮迭起。

随着那守将的人头落地，
要塞的士兵们开始骚乱。
他们大多是威德国的士兵，
要和战友打仗早纠结不已。
那罪魁祸首既然已被诛灭，
有人便心生退意想打开城门。
然而那城内还有部分欢喜兵，
他们看到眼前的局面如临大敌。
若是那威德国士兵开始暴动，
己方人数较少定然无法平定局面，
出于心虚他们更加声色俱厉，
逼迫威德军对要塞严防死守。
他们还举刀砍杀了几个犹豫之人，
想杀鸡儆猴树起威信。
却不料这一下激起了公愤，
众士兵瞬间发起暴动。
他们本来是被胁迫才投降，
敌人的残暴更惹来怒气。
于是城内喊起阵阵杀声，
威德兵士纷纷扑向欢喜国驻军。
有人更迅速打开要塞的城门，
迎接更多的兄弟战友合力同心。

第 169 曲　死亡的磨盘

威德军终于夺回了要塞，
遏制了欢喜军的凶猛攻势。
这一仗打得得心应手如臂使指，
它是机缘的巧合，也是因缘的必然。
那些守军皆是昔日的兄弟，
他们曾一起上山打过老虎，
也曾一起在浑水中摸过小鱼；
他们曾一起在月下思念恋人，
更在那战场上生死与共。
他们不愿意自相残杀，
而欢喜军又立足未稳，
加上那叛国者的怕死逃逸，
诸种因缘都在帮助威德郎顺利破城。

首战告捷威德郎心中大喜，
他以为欢喜郎就在城中。
他金口一开，便是一道圣旨：
即日起捉拿敌国国王欢喜郎，
提供线索者，赏金千两；
缴获人头者，赏金万两。
一时间要塞城里鸡飞狗跳，
到处都是威德兵在掘地三尺。
他们都想立下那盖世奇功，

\ 398 \

成为威德国史上的功臣。

威德郎更是志得意满豪情激荡，
他想最好能一战便平定天下。
那种亢奋生出一波波晕眩，
好似喝了美酒般醉醉醺醺。
尽管如此，他却始终记挂着欢喜郎下落，
时时询问处处跟进。
一日，威德兵抓来一敌国将领，
他说驻守在这要塞城的部队
只是尖兵部队。
真正的主力正快马加鞭，
飞奔在赶来的路上。他说，
欢喜国王就在那主力之中，
国王定会发动反攻血洗要塞。

威德郎闻言沉吟不语，
只见他面色凝重如乌云遮空，
兴奋也变成恒久的失落，
被一种高空坠落的失重感包围。
然后他走向地图，
盯着他的万里河山。
智慧的风渐渐吹散了心头的云，
他布满血丝的双眼开始发亮，
重新燃烧起战斗的火焰——
既然欢喜郎会带上主力扑来，
自己就索性在这里会他一会，
他要用那战场上的厮杀来证明，

真正的天下之主舍我其谁!

于是他恢复了国王的威猛和自信,
下令三军将士立刻准备迎击。
要塞城内随即掀起新一轮革命,
士兵们挖壕沟放拒马热火朝天。
方才的胜利让他们士气高涨斗志昂扬——
那欢喜军是狼,他们就是虎;
那欢喜军是铁,他们就是钢。
更有那胆大者,竟挑起敌兵的尸体,
悬挂在城墙上耀武扬威。

几天后的日中,要塞城外狼烟滚滚,
欢喜郎的大部队杀到气势汹汹。
他们也知道威德郎就在要塞之中,
他们也想一战定乾坤彻底终结。
只见那要塞卷起了腥风血雨,
欢喜威德两国的士兵都誓死冲锋。
一次次地防守和一次次地进攻,
就像绞肉机疯狂地搅碎着肢体。
各种攻城的器械和守城的装备,
此时也变成张牙舞爪的怪兽,
张开大口吞噬着无数的生命。
更有那一桶桶滚油和一个个火把,
像流星雨一般直落下来,
无数的哭喊叫嚷在天地间回旋。
飞鸟不忍见,闭上了双眼;
走兽不忍见,逃离了现场。

欢喜郎指挥着部队不惜血本，
威德郎指挥着部队血本不惜。
两国王棋逢对手纠缠在一起，
都想和对方做个彻底了结。
他们是多年的冤家对头，
他们知己知彼熟门熟路。
他们各自祭起了各自的法宝，
如同那狮子遇到了老虎。

只见那欢喜军发起一波波冲锋，
更有那抛石机和火箭的攻势。
无数的大石头仿佛天降冰雹，
砸向那要塞城中的威德军。
威德军也立刻反扑不甘示弱，
他们除了用滚油火把，
更有那百步穿杨的强弓硬弩，
编成了死亡的火线射向敌军。
于是城内的威德军被砸成肉泥，
城外的欢喜军被射成蜂窝。
两个国王以秒杀的速度，
疯狂地消耗着彼此的兵力。

随着那战场上的厮杀越来越激烈，
两国的战斗已进入了白热化。
士兵杀人杀红了眼，
将领指挥也红了眼，
一阵阵血肉横飞和厮杀喊叫，
一片片肢体四散和鬼哭狼嚎。

这本是地狱才有的景象，
奈何已蔓延到红尘世间。
而两位国王却仍嫌进展太慢，
巴不得亲自下场，
推动那战事快些有定论。
欢喜郎又想纵身而起直捣黄龙；
威德郎也想和他来一场大战。
他们都被各自的豪情激荡，
都想撕碎对方赢得战争。
然而各自的属下却紧紧抱住国王，
他们都怕国王被敌兵围困。
于是一边团团围住了国王护其周全，
一边呼喊着大敌当前不可冲动。

这场大战打了三天三夜，
欢喜郎的军队不停地冲锋，
威德国的守军也顽强抵抗。
双方继续在要塞城僵持，
变成了怪兽咬住彼此的喉咙，
就看谁先撑不住松开牙齿。

只是两个国王的意志虽然坚强，
士兵们的血肉却十分脆弱。
只见那大战尚未结束，
战场上已躺满了伤亡的士兵。
那些死者仰面向天面目狰狞，
仿佛那灵魂仍然在质问老天——
都说上天有好生之德，

为何要让这战火大灾降临人间？
那些伤兵都流血断肢惨不忍睹，
鬼哭狼嚎的声音响彻天地。

此时欢喜郎听闻那遍地哀号，
心中的善根又开始显发。
他派出几波人马前往营救，
却被威德军的飞箭予以射杀。
终于在几次营救的行动失败后，
他只能眼睁睁地看着那些伤兵，
在战场上流血断肢疼痛而死。
那一声声哀号就像是一把把钝刀，
一刀一刀地剜下他心头的肉。

威德郎也同样好不到哪里，
战场上的威德兵也已血流成河。
他的救援人马同样遭到飞箭，
白白给战场上增加了许多尸体。
他看到那些四散倒地的年轻人，
渐渐从凄厉地哭号到低声呻吟，
又从呻吟到有气无力地抽搐，
最后一眼留给满含热泪的阵地。
威德郎只感到那种眼神如同霹雳，
瞬间将他的灵魂炸得四分五裂——
他们多么渴望有同伴前来营救，
而不是任由其血流成河。
那近在咫尺的阵地却远在天边，
他们有多期盼就有多么失落。

然而他们依旧还想着求生，
依旧希望能有奇迹出现。
他们拼命打起最后的精神，
希望能坚持到同伴的前来。

威德郎太理解这种期盼的心情，
他看着那些伤兵泪流满面。
他们忠心耿耿舍生忘死，
他却在关键时刻抛弃了他们。
虽然阵地离他们不到百步，
此时却变成不可逾越的天堑。
天堑的这边是希望和绝望，
天堑的那边是愧疚和不安。

在那个瞬间威德郎甚至怀疑，
发动这战争到底有什么意义？
这狗日的天下谁做帝王都一个鸟样，
干吗和欢喜郎荼害这无数的生灵。
他多想变成那飞鸟飞到战场上，
一个一个地将伤兵衔回故乡。
让他们能在亲人的身边享受温暖，
而不是在这荒野里变成野鬼孤魂。

一时间整个战场忽然陷入了死寂，
两边的军队谁也不发一兵。
他们都被眼前的凄惨景象震撼，
又都顾忌对方的箭矢，
他们谁也不敢贸然营救，

于是伤兵仿佛变成了诱饵，
一声声哀号也成了钓钩，
谁若是慈悲战胜理智贸然救人，
就会被等待的一方乘机射杀。

一阵阵秋风从战场上吹过，
风中带着母亲和妻子的呜咽。
那些伤兵的脸上终于露出微笑，
他们仿佛看到了久违的家园。
家园里有妻儿有兄弟还有父母，
更有那可口的饭菜和甜蜜的笑容。
他们多想把自己变成飘逸的灵魂，
飞回那梦中没有战火的家乡。
于是那冰冷的画面开始变淡，
他们在逐渐的淡化里闭上了双眼……

也许是连上天都不忍心旁观，
也许是连魔鬼也焕发了天良，
战场上忽然吹来一股清凉的风，
安抚着那一个个受伤的灵魂。
紧接着那风又化为绵绵细雨，
替他们清洗那血肉模糊的残肢。
更有一声声闷雷传向了远方，
告诉某一个所在这里的悲惨故事。
于是那个所在听懂了雷声的意思，
马上派出了人马赶往这人间地狱。

第六十六乐章

　　厮杀后的战场，满眼凄惨，充耳尽是呜
咽之声。那一群人来得静悄悄，他们乘着净
境的圣光而来，带着生命与救赎的希望而来。

第 170 曲　圣光

第二天一早，随着太阳的冉冉升起，
远处的地平线上出现了一面白旗，
它朝着战场的方向缓缓移动。
随后，一队手举白旗的人马也现出了身影。
他们步伐缓慢却坚定无比，
在万丈霞光的恢宏背景下，
他们的身上似乎也笼罩着一晕圣光。

这一队人马好个奇怪，
他们不是士兵，也没有刀枪，
却向着战场的方向挺进；
他们不是百姓，也没有劳动工具，
却携带着另类武器——
简易的担架，破损的救护箱，
一些疙里疙瘩装满药品的包袱，
看样子，他们是专门来救治伤兵。

到了战场，他们便有条不紊开始忙碌，
满脸的宁静与祥和，
更有一种被惨状震撼的悲痛。
他们的眼里噙满泪水，
开始从容不迫营救伤患——
他们小心翼翼翻动每一具躯体，

全神贯注辨认存活的气息。
他们动作轻柔一丝不苟，
像极了慈母呵护那幼子。

他们没有分别也不分敌友，
眼中只有需要救治的兄弟。
他们浑身散发出慈祥的气息，
让人看一眼就感动无比。

他们的出现就像上苍的赠礼，
无形中改变了战场上的气息。
两军将士都呆若木鸡地看着他们，
一时间竟连那战斗都忘记。

威德郎闻听消息觉得十分奇怪，
便上了塔楼去一看究竟。
救人的那些面孔大多很陌生，
倒是有三个人他认识。
一个是寂天，一个是流浪汉，
还有一个过去的逃兵。
那逃兵就是上次的刺客，
自从被欢喜郎告知了两国历史，
他便失去了信根郁郁寡欢，
整日里失魂落魄像具尸体。
威德郎本想把他发配到别处，
但是他突然消失了踪影。
想不到他竟加入了寂天的队伍，
这倒也是一种不坏的去处。

只见那刺客像换了副皮囊,
他满脸的专注透露出慈悲,
那昔日的杀气已消失无影,
举手投足间尽是修行人的淡定。
他从容组织全面协调,
带领众人在死人堆里,
仔细寻找那尚存的一息。
他竟有一种独特的气场,
能让人一见就心生崇敬。

那队伍里的其他人也一样,
都有一种特殊的气息。
那气息穿越战场蔓延到阵地,
让人生不起攻击之意。
也许这就是大爱之波,
它超越民族超过国家,
在它的波及之处,
宇宙万物都是一体,
所有生命无不是父母子女和姐妹兄弟。
威德郎也感受到那大爱之波,
于是他产生了强烈的保护欲。
他叫士兵喊话给敌军,
说来者都是救人的菩萨,
双方先休战半天救命要紧。
哪个人要是放上一箭,
他祖坟里埋的就是老叫驴。

这一喊惹出了一阵狂笑，
剑拔弩张的气氛一扫而空。
欢喜军本来也不愿放箭，
伤兵中也有他们的兄弟。
他们叽叽咕咕地商量一番，
忽然齐声高喊如地动山摇，
他们说谁要是乱放冷箭，
祖坟里埋的就是威德郎！
喊罢阵地上笑声爆起，
更有那敲锅打盆的叮叮当当。

这句话要是平时喊出，
威德郎必然会气血上扬，
还会立刻抽出宝剑扑向敌营，
和那欢喜军拼一个你死我活。
此时他却听出了戏谑的味道，
心里生不起半点杀意和怒气。
他甚至怕一不小心擦枪走火，
伤了那一群菩萨心肠的好人。

欢喜军在骂战上讨了便宜，
都静了心去看那稀奇。
于是战场上没有了杀戮之声，
只有一个个身影在忙碌。
他们抬着那简易的担架疾行，
在战场和营帐之间往返。
一时间阵地上空盈满了祥和，
一种温暖的气息在四处流溢。

欢喜郎也感受到慈悲的气息，
浑身激荡着暖流热泪盈眶。
他想到自己久远的过往，
一幕幕都是沧桑的记忆：
那时，他不会冲锋陷阵，也不愿奋勇当先，
他常会拉一支队伍去前线救援；
那时，他诅咒战争的罪恶，
也向往和平的曙光；
那时，他宁愿挥刀自尽，
也不愿伤害敌国的士兵。
而如今，世事颠倒造化弄人，
他居然活成了自己最厌恶的模样。
他一手拿着战刀一手拿着玉玺，
用无数的头颅堆成万里河山。

然而岁月啊又如此相似，
另一群人又走上了战场。
他们手无寸铁赤膊上阵，
一手拿着绷带一手抬着担架，
正实现着自己当年的愿望。
他们为疗伤而疗伤，不问因缘；
他们为救人而救人，不问出处。
他们的眼里没有打仗的士兵，
只有一个个需要救治的伤患。

欢喜郎滚出了一滴热泪，
对他们生出由衷的钦佩，

也对岁月发出莫名的感慨，
他心潮起伏思绪如波，
体内善恶的力量又开始胶着。
忽然他感到一阵阵晕眩，
眼前开始发黑，天平开始失衡，
他赶紧返回了中军大帐。
他知道眼前是你死我活的战场，
容不下自己的儿女情长。
更回顾自己发兵时的意愿——
他发愿做个意志坚定的恶魔，
他发愿用战争消灭战争，
彻底让百姓摆脱苦难。
于是他再次提醒自己，统一天下之前，
他必须要硬起心肠。

眼见战场上的营救快要结束，
威德郎心念一动派出随从，
将那刺客请来了中军大帐。
他想问问他们从何处而来，
也想知道旧臣为何背叛。

那刺客本来不愿面见威德郎，
在他心中威德郎就是个骗子。
什么崇高什么正义都是谎言，
目的就是让士兵们为他卖命。
自己却曾经对他那么崇敬，
甚至将他的话语当成了信仰。
想起那段杀戮的日子真是脸红，

幸好自己如今走上了正途。
但眼下的救援需要更多物资，
他思量片刻还是答应见面。
跟那威德郎本人没有关系，
他只是想帮助那些伤患。

威德郎仔细端详着刺客，
发现他确实已截然不同，
慈悲柔和盈满了身心，
再也感觉不到一点戾气。
威德郎对此十分惊讶，
还未开口首先露出了微笑。
先是感谢他带着人马营救伤兵，
又问那些人马是从何处而来？
他们的组织者是不是寂天？

威德郎的本意是先抛出话题，
缓解那大眼瞪小眼的尴尬。
却不料刺客闻言立刻提起警觉，
怕国王对娑萨朗横加干预。
他在心中一遍遍提醒自己，
眼前的人不是正大光明的国王，
他是骗子，是阴谋家，是为了
达到目的可以颠倒一切黑白的恶魔。
他很想与威德郎对质，
揭穿威德郎的机心和伪装。
但最终他战胜了自己，
他知道，不管别人有何意图，

都是别人的事。而他自己，
要坚守一个行者的坦诚。
他简单纯粹，表里如一，
他对你好，他会掏心掏肺；
他对你反感，他全部写在脸上。
于是，他开始讲他自己的故事——

自从行刺欢喜郎的任务失败，
他便失去了信仰六神无主。
他忽然发现用生命捍卫的东西，
却原来是政治编造的谎言。
于是他离开了威德国去寻找信仰，
他想为人生重新找一个意义。
最后终于找到了娑萨朗，
那是一片真正的净土。
从此他发愿利益更多的人，
让更多的人能有机会进入解脱之门。

威德郎闻言挑起了眉毛，
刺客这番话尖刻锐利好似毒刺，
一根根地扎向了他的心头。
那刺客曾经对国家忠心耿耿，
此时却说保卫家国是一个谎言。
于是他面露不悦语气威严，
说："既然如此那就人各有志。
念在你营救伤兵的分上，
我不追究你叛国之罪。
只是你不可动摇军心，

否则定将你碎尸万段。"

那刺客闻言淡然一笑,
他发现自己的处世不够圆滑。
他只是陈述事情的来龙去脉,
却不想刺伤了威德郎自尊。
若是按他以往的性格,
话不投机会半句都嫌多,
可那救助的物资十分匮乏,
无数的伤兵还在等待救援,
他不能就这样掉头而去。
于是他拱拱手说:"多谢大王,
鄙人还有个不情之请——
那医疗物资十分匮乏,
许多伤兵得不到有效治疗,
可否请大王发一发那悲心,
支持一些医药和担架?"

那刺客刻意用了"鄙人",
而不是"微臣"或"属下",
威德郎听出了其中含义,
他明摆着不愿再做威德国子民。
威德郎的心中怒火突起,
但同时也有一种怪异的感觉,
像是有一把巨大的笤帚,
将陡然生起的怒火,
刹那间扫得干干净净。
他不知道那笤帚是从何而来,

也许是自己灵魂深处的慈悲之心。

只见那威德郎转了转眼球，
说："既然你的信仰如此高尚，
何需再求助于我一个暴君？
阁下已不是我威德国臣子，
我凭什么给你医药物资？
除非你继续效忠于我。
我倒要看看你所谓的信仰，
是不是重过那些伤兵性命。"

那刺客闻言陷入了纠结——
想得到物资便要重返牢笼，
想洁身自好就要见死不救。
这两难的选择让他十分纠结，
于是索性站在原地不言不语。

威德郎看到刺客的反应，
不由得为他的窘态感到好笑。
随后又莫名其妙地一阵失落，
于是他悄悄地叹了口气。
他不想再为难这个青年，
这无非是个单纯的信仰者，
虽然不善言辞但心地善良。
就算他背叛自己去了娑萨朗，
也只是为了他心中的梦想。
想到这里，威德郎有些嫉妒，
平民尚能决定自己的命运，

他身为国王却身不由己，
被命运的洪流裹挟得东来西去。

于是威德郎发出了笑声，
说："我只是试探你的信仰。
即便你不愿意效忠威德国，
我还是会提供物资救援。
且不说伤兵里有我的士兵，
就算是单纯的善举本王也会尽力。
身为泱泱大国的一国之君，
我并非你想象的那般无耻。
国王苦衷比海深，
三言两语说不清。
去吧！去行你的善积你的德，
也为我威德王消些业障。"

那刺客闻言又陷入迷乱，
不知这威德郎到底是恶是善。
他的世界观总是非黑即白，
而人性偏偏有那么多侧面。
但至少在这一刻，
他对威德郎难以再生出反感，
于是他没有再说什么，
只是点了点头便转身离去。

第 171 曲　洗刷

寂天一行前脚刚离开，
欢喜郎后脚便发动了猛攻。
他不想被那善行动摇心志，
他要做一个十足的恶人，
否则那善恶力量一旦纠斗，
他所有的努力就会付诸东流。

只见那战场上的血渍未干，
又密密麻麻铺满了新尸。
一波波欢喜军仿佛滔天巨浪，
在威德要塞的城墙上撞成碎片。
欢喜郎的意图已十分明显，
就算硬撞也要将威德国撞翻。
他誓要以这一战彻底平定天下，
为此他不惜付出一切代价。

那威德郎的斗志也同样坚决，
他也不想再拖泥带水。
遍地的伤亡让他无比痛心，
他决定与欢喜郎一决雌雄。
王命一下士兵们展开激烈的厮杀，
一柄柄利器搅动出血雨腥风。
他们的眼睛全被仇恨的火焰染红，

他们只顾冲锋不顾防守，
只想和对方同归于尽。
在疯狂的砍杀中，他们个个
都把自己当成了有九条命的狸猫，
都鼓起了十万分勇气，
在那刀枪箭雨中迅速化为肉泥。

或许连老天也看不下去，
这人世间怎就变成了屠场。
于是它挥一挥无所不能的手臂，
试图阻止这场尸山血海的惨剧。
只见天空忽然下起暴雨，
电闪雷鸣宛若末日降临。
原本晴朗的天空转眼间漆黑如墨，
核桃大的冰雹也纷纷砸下。
只希望能砸散两军的仇恨，
或制造障碍迫使双方休战。

然而苍天有情人却无情，
在那仇恨和欲望的灼烤下，
从国王到士兵都杀红了眼睛。
他们不怕自己粉身碎骨，
只想把对方打入地狱。
他们也不觉得这是血腥杀戮，
因为这时的血肉横飞，
能换来那统一天下后的众生和平。
他们已停不下血肉横飞的杀戮，
浑然不觉得早已背离初衷。

他们没有追问，统一天下之后
是否真能就此和平？

大雨滂沱，天地悲歌。
那厮杀从黄昏一直持续到子夜，
苍天想拉住众生不要堕入火海，
众生却执意向前如同那扑火飞蛾。
于是他们在僵持中对抗，
在生存和死亡间互不相让。
那攻击也便从黄昏开始，
持续到次日子夜还未停息。

然而人类的体能终究有限，
随着那暴雨的连续不止，
山坡之上布满了泥泞。
欢喜军已经打了一天一夜，
体力早已透支一波又一波摔倒。
他们纵然有生吃敌人皮肉的恨意，
也无奈身疲腿软跟不上心中豪情。

于是欢喜郎下令停止攻击，
撤回了战场上所有的士兵。
但这并不意味着战争的终止，
等到那暴雨停止，
他还会卷土重来，
誓要杀得威德军片甲不留。

虽然双方都撤回了士兵，

但那大雨却依旧没有停歇。
它乘着呼啸的狂风泼向要塞，
在天地之间狂奏了一曲哀乐。
哀乐里有无数士兵的灵魂，
他们都张着空洞的嘴巴哭泣。
哭声中还有一曲曲悲歌，
唱着那些活人听不到的心事——
"我多想回到人间重新活上一回，
命运却剥夺了我的一切。
天地仁慈，让暴雨清洗这斑斑血迹，
可是雨之精灵啊，
尸体上的血迹容易冲洗，
人心中的五毒你如何清洗？
你可知道，
只要那欲望的火苗没有熄灭，
就算你搬来三江之水，
也洗不尽人间的罪恶血腥。
然而你还是洗吧，
你全心全意地洗。至少这冲洗
可以消去血迹，
还大地以干净，
也让活着的哥们稍作休憩。"

那暴雨好生卖力，
它一直下啊下啊不曾停歇。
眼看已下了一天一夜，
连雨神也累到抬不起眼皮。
可是那人心中的杀气还未熄灭，

他只好强打起精神再勉力支撑。

却不料老天的好意，
反倒助长了欢喜郎的恶行。
你瞧那欢喜郎的眼珠正滴溜溜转，
他正想着怎么借这雨幕，
无声无息将威德郎置于死地。
在他那颗充满杀意的心中，
所有因缘都是屠杀的道具。
暴雨如此，士兵们也是如此。
说到底他的不惜一切代价，
也是在用士兵的生命作为筹码。
他将士兵当成私有财产任意挥霍，
却忘了自己其实没有这个权力。
正如此时，他看不到士兵们在大雨中呻吟，
也看不到满身伤痛的士兵
在雨水的寒意中瑟缩着身体。
他只想让士兵们透支生命
为自己换来最终的胜利。
反正士兵们已经恢复了一些气力，
有了气力就能打仗，就能杀人，
大战在即，谁会在乎那寒冷和暴雨？

欢喜郎思量片刻已有了主意，
他的脑袋里装满了阴暗的妙计。
他派出一些精兵强将绕到山后，
试图切断威德军给要塞的补给。
他把这场暴雨变成了绝佳的掩护，

那些精兵强将不负重望，
个个忠诚勇猛，
他们是夜色和暴雨中的猎豹，
更有那铁打的意志。

他们跨过了泥泞不堪的山道，
直达目的地接近了要塞后背。
守卫粮道的士兵们全都疲沓不已，
此刻正在抱怨这鬼天气真是麻烦。
更有许多士兵在汪洋中大睡，
虽然浑身冰冷又潮湿难耐，
但大战中能有片刻睡眠早心满意足。
忽然士兵们感到脖子一凉，
睁开眼睛的时候世界正在滚动。
紧接着一阵晕眩和昏暗入脑，
他们又闭上了莫名其妙的眼睛。
随着那一颗颗人头悄无声息地落地，
欢喜军迅速地占领了要塞的补给。
他们如狸猫般安静又像猎豹般凶狠，
威德国的守兵还未察觉便一命归阴。

第二天大雨依旧没有停歇，
它似乎想彻底终止这场战斗。
然而人类欲望的火焰无处不在，
总能在善缘中找到恶缘的缝隙。
随着粮草线被欢喜军奇袭占领，
要塞顿时陷入对饥荒的恐惧。
威德郎见状想要组织反击，

却因为那小路泥泞寸步难行。
大部队无法集中力量前往攻打，
小股士兵就算到达也会很快被杀。
一时间威德郎无计可施，
只想让这场暴雨立即停止。
然而越盼望却越事与愿违，
雷电一直在闪，
大雨没有丝毫减缓。
放给密集郎的飞鸽也飞不出去，
眼看这要塞就要变成一座孤城。
于是威德郎在心中暗暗做出决定，
如果第三天大雨还不停歇，
他便冒雨和那欢喜郎拼死一战。
与其被饿死在要塞之内，
不如战死在决斗的沙场。

此时娑萨朗的人马也并不安分，
只因寂天一直在观察两军的战情。
刚一得知要塞城被切断粮道，
他们便想组织起人手前去送粮。
尤其是那刺客更力主此事，
他担心旧日的战友会陷入饥荒。
虽然他已将战争的意义完全否定，
丝毫不想介入任何一方的阵营，
但他的心中还有过去的情谊，
他并不能将往日的一切全部抹去。
况且上一次威德郎袒露心迹，
那刺客又觉得国王也有苦衷。

任何人坐上龙椅都是一样,
不得不被许多因缘裹挟。
更何况他操持过娑萨朗事务,
知道若是没有纯粹的信仰支撑,
在世俗中很难做到不身陷污泥。
他忽然理解了威德郎的做法。
因此他这一次想投桃报李,
感谢威德郎赠送物资,
同时帮一下过去的兄弟。
却不料这次的善行并不顺利,
半路上遭到了欢喜军的堵截。
他们不但掳走了救援的粮食,
还将送粮的人马统统抓去。

欢喜郎认出了这个刺客,
说:"你若是去营救伤兵我不管你,
但你要是给威德郎送粮便是罪行。
按理说我应将你斩首以绝后患,
但念你曾经营救过我方伤兵,
希望你能认清形势好自为之。
我必然会战胜威德小儿,
只有以暴制暴平定天下,
百姓们才能安居乐业。
以前我凭一腔热血谋取和平,
但躲不过命运的精心安排。
这次我决定顺从命运,
用暴力和强权来换取和平。"
他挥挥手让士兵放了刺客,

叫他别再来蹚这战争的浑水。

第三天的早上雨息天晴，
欢喜军马上发起攻击。
威德郎命令大开城门，
亲自带兵与欢喜军厮杀。
因城中粮草已所剩无几，
与其被困死不如主动出击，
向欢喜军发动疯狂的冲锋。

只见两支军队如两股海啸，
瞬间撞击在一起血肉横飞。
欢喜郎和威德郎都亲自上阵，
各带领着侍卫奋勇杀敌。
他们都想靠近对方来一场决斗，
可人潮人海如汹涌的大浪，
他们被冲得忽东忽西，
走到哪里跟谁战斗全由不得自己。
这与他们的人生何其相似，
他们总是给裹挟得身不由己，
总是无法决定自己的命运。

战场上充满撞击的声音，
战场上到处是肢体肉泥，
战场上的杀气激荡着法界，
又让那命运之神发动了恻隐之心。

要塞城的山体"轰"一声坍塌，

惊醒了两支酣战中的队伍。
湿泥如巨浪席卷了树木和建筑，
也裹走了一部分欢喜军士兵。
也许是连日的大雨冲垮了地基，
也许是神灵在干预人类的血腥。
被湿泥吞没的士兵们如同蝼蚁，
不断挥舞着手臂发出嘶喊。
只有面临死亡时灵魂才会恐惧，
但命运的磨盘已轰隆隆压来，
生命瞬间变成了一缕缕轻烟，
有再多的醒悟也已无济于事。

眼见那山体要塞坍塌一半，赫然出现
一个巨大的空隙。
双方都被这景象震撼了心神，
大脑出现了片刻的空白。
欢喜郎仿佛霹雳刺入了脑海，
一个闪亮间忽然改变主意。
他见威德郎已经杀红了眼，
继续战斗只会同归于尽。
于是他在混战中发出命令，
所有士兵全力向要塞发起冲锋，
先行占领敌国的战略重地，
确保自己不至于玉石俱焚。

再看那威德郎杀红了眼正在酣战，
忽然见欢喜军改变了队形，
他瞬间便明白了欢喜郎意图。

于是飞快地转动起大脑应对，
他针对当下的情形权衡利弊，
明白继续决斗必然会两败俱伤。
但如果他转身回去争夺那要塞，
也因为粮道被断而失去了意义。
为今之计只有将计就计，
把那要塞城让给欢喜郎占领，
自己率军先离开这绞肉机，
退到附近的城池休整兵马，
等恢复了元气再决一胜负，
不必死守此地做那意气之争。

想通了这一点威德郎悬崖勒马，
他也对混战中的将士们发出命令：
威德军全力向山坡的下方集结，
不要管那些冲向要塞的敌军。
于是两支军队如同交错的火车，
一个向上一个向下高速前进。
只是那威德郎在突围之中，
依旧不忘顺手砍杀几个敌兵。

这要塞城一战终于结束，
双方的兵力都折损过半。
最终欢喜郎占领了要塞城，
威德郎也撤到附近的城池。

只是那战场上又是血肉四散，
娑萨朗的人马已营救不及。

他们仿佛那海边救鱼的孩子，
只能一条一条地扔回海里，
但那些伤兵堆积成尸山血海，
躺在战场上一片一片地死去。

眼见娑萨朗营救人手严重不足，
那刺客又想去向欢喜郎求助。
因为他看出欢喜郎天良未泯，
更何况战场上还有他的士兵。
欢喜郎脸色冷峻却同意相助，
派人将伤兵送往难民营医治。

但欢喜郎的帮助也有条件——
他派出士兵对难民营严密监控，
并要求治愈的威德兵不再从军。
或是去那娑萨朗里念经修行，
或是去那欢喜国里充当劳力，
总之不能再行使暴力参与战争，
更不能再回到威德郎阵营。
对此那刺客倒是认可，
他发现无论欢喜郎还是威德郎，
内心的深处皆有善根。

此次胜利让欢喜军士气高涨，
而让威德军感到了沮丧。
他们在西部的要塞一旦失守，
也就为敌人打开了都城的门户。
更有那临阵交锋时对方的勇猛，

也让他们感到震惊和恐慌。
他们忘不了欢喜兵是如何猛挥刀斧，
砍下了一个个威德兵的头颅。
他们更发现欢喜军开始变得可怕，
作战风格与以往大相径庭。
那一个个士兵冲锋陷阵赛过猛虎，
仿佛被天神赋予了超常能力。
每当想起威德兵们就感到后怕，
于是一个个垂头丧气像败阵的公鸡。

威德郎也觉察到了士气的低落，
他想改变这面貌却收效甚微。
士兵的厌战情绪时时流露，
这让威德郎感到十分担忧。
其实他本人倒不惧怕，
仍抱有必胜的信心。
因为他是在本土作战，
占据了天时地利与人和。
那欢喜军虽然看似胜利，
实际上却只占领了一座孤城。
双方损失的士兵也相差无几，
只要好好谋划仍然有胜机。

此时他又想到了密集郎，
那颗埋在欢喜郎背后的钉子。
不知道他的断尾行动进行得如何，
于是威德郎派出了使者前去联络。
那使者还没到达密集郎的城池，

密集郎的密探便汇报了这次战役。

密集郎露出满意的笑容，

躲进密室继续谋划他的大业。

第六十七乐章

这幻化系统好个神奇，惹得不专一的弟
子心猿意马了，可它的妙处岂是如此简单？
圣者的三昧真火已在幻化系统中燃起，死不
了的巫师，这次还会有命运的转机吗？

第172曲　幻化系统

胜乐郎们正昼夜兼程，
继续赶往巫师所在。
幻化郎时时打开造化系统，
随时确认那邪气的根源。

武丙看到造化系统很是羡慕，
也想跟幻化郎师叔学习。
他天生是一个好学的种子，
喜欢把各种好东西装入脑中。
他博览群书喜欢武术，
更精通山医命相卜，
他博学多能堪称奇才，
是学问的杂货铺，更是专长的聚宝盆。
他有极强的求知欲，每见好东西，
他便两眼放光心生贪念，
总会想方设法让自己拥有它们。
然而他也有很重的机心，
当着师尊的面，再向他人学习
总让他感到心虚难安，
仿佛是对师尊的信心不够，
对修行的法门三心二意。
还有那一师一法一本尊的教诫，
也绊住了他博采众家之长的脚步。

然而他看到造化系统的神奇功能，
实在是心痒痒意难平如小猫舔舐。
于是他给自己找了无数借口：
学会了造化系统，他就能
传承法脉护持正法；
学会了造化系统，他就能
协助胜乐郎普度众生。
况且，那幻化郎本是他师叔，
他们是同一棵树上结出的果子，
并不违背一师一法一本尊的原则……
这些借口变成了一块块石头，
砸碎了武丙对教导的专一。
虽然他内心里仍然发虚，
但在道理上已说服了自己。
然而他并不愿意直接开口，
他怕被师叔拒绝，更怕
在师尊面前暴露自己的不专。
于是，他开始调动他全部的脑细胞，
想找一个巧妙的办法求得造化真经。

正在这时，敦厚的武丁向他走来，
武丙一见他便计上心来——
你看那武丁傻气的模样最缺心眼，
他没有防范也不懂分辨；
你看他只要是说得过去的道理，
便毫不筛选全盘接受；
你看他空有着成人的身子，

却只有孩子的单纯心思。
他最容易被蛊惑、欺骗和利用，
他将是他实现梦想之路上，
天赐的最便捷工具。

于是，兄弟俩凑一起推心置腹，
伟大的理念被哥哥向弟弟灌输：
活到老学到老，永无止境；
特长多爱好广，方便利生；
神通大方便多，护持正法；
博众家采万长，集大成就。

这一番理论云山又雾罩，
直听得武丁点头如捣蒜：
"我博学智慧的武丙师兄，
感谢你这一番诚心教导。
你们是大山，我就是丘陵；
你们是江河，我就是溪流；
你们是牡丹，我就是蓬草；
你们是狮子，我就是兔子。
我愿为你们鞍前马后竭尽所能，
也愿为你们赴汤蹈火鞠躬尽瘁。"

武丙见前期的铺垫已做好，
这才图穷匕见切入主题。
他说："幻化师叔修为深厚，
更有那造化系统无所不能。
如果我们也能进入这系统，

今后的修行便会大有裨益。"

只见武丁毫无心机连连点头，
说："可惜我们没有福分，
那造化系统是幻化师叔的独有，
我们只能远观而不能拥有。
遗憾万分！万分遗憾！"

武丙闻言露出了兴奋眼神，
他看到自己的目的已达成一半。
于是就着武丁的话继续引导：
"未必未必！平日里你最是勤勤恳恳，
幻化师叔对你总另眼相看。
师弟可以恳求师叔教你，
顺便也带上我们沾些光做事。"
为了不引起武丁的警觉，
武丙刻意模糊了求法的概念。
瞧这番话，他说得在情在理贴心贴肺，
仿佛真的在帮武丁划策出谋。

然而那武丁还是心头一震，
他面露难色沉默不语。
并非是师兄的机心他有所觉察，
而是他不愿去张口求人。
那求来的人情是欠下的债，
压在那心头就是沉重的山。
他怕给对方增添麻烦，
也怕被拒绝后情面难堪。

他怕欠下情日后难还，
更怕养成习惯成为自然。
他始终信奉他的"五不"哲学：
冻死不攀缘，饿死不化缘，穷死不求缘，
随缘不变，不变随缘。

于是他支支吾吾回复武丙：
"这样的请求好像也不妥，
人家勉强答应便会为难他，
人家耿直拒绝就会尴尬我。
我们有妙法，老实去修吧。
其他好事情，看看就行啦。"

那武丙见武丁不愿开口，
眼睛一转又想到新的理由：
"我的好兄弟，你不必多虑。
求法是功德，当积极获取。
没有须菩提，请求我世尊，
哪有《金刚经》，流传万世长？
成就者是钟，不敲不会响。
不问他不答，一问即答十。"

看武丁仍在犹豫，武丙加大力度：
"说不定你就是第二个须菩提，
你金口一张，千古因缘遂成。
如果师叔不传，即是因缘未到。
如果因缘到了你却不求，则错失法缘。
为了那法脉传承你也要开一次金口，

尽到心意后再说那结果随缘。"

那武丁闻言仍是沉默，
他知道师兄的话言之有理。
那经书无一不是开口求得，
区区一造化系统又为何不能？
武丁心思单纯做事率真，
他根本没想到反问武丙为何自己不去，
更不会想到师兄对他用心机。

于是师兄弟俩商量好了策略，
由武丁去向幻化郎提出请求，
让他们也能进入造化系统，
以此来增加他们修行的助缘。
然而那武丙还是百密一疏，
他没料到武丁一向没有心机，
对任何事情都不会谋划。
只见武丁下了决定不再犹豫，
立刻去帐篷里拜见幻化师叔。
他没有选择开口的时机，
也没有筹备合适的字句。
他一向心口如一知行合一，
不懂得婉转迂回也不会顾全颜面。

只见那武丁找到幻化师叔，
先是扑通一声跪倒在地，
随后直杠杠提出自己的请求，
希望师叔能够教导他和武丙，

让他们能跟随师叔，
也进入那造化系统一起学习。

幻化郎一见顿时有些发蒙，
没头没尾地来这么一出，
让他一时间有些摸不着头脑。
于是他满脸好奇地看着武丁，
问他为什么想进造化系统。
武丁于是将来龙去脉重述了一遍。

这一说那幻化郎顿时了然，
心想武丁这孩子也过于淳朴。
明摆着武丙把他当枪使，
他还浑然不觉懵懵懂懂地前来。
其实平心而论他十分喜欢武丁，
武丁天性质朴又没有心计。
真正做到了视师如佛毫不怀疑，
又能下苦功夫扎实地用功。
他是那修行悟道的上根利器，
收他做弟子也算一桩上好因缘。

至于那武丙则不谈也罢，
浑身的习气还自我感觉良好。
他小聪明耍心机利用他人，
还贪多求大无一不取。
他完全忘记了修行的本质是为道日损。
那博采众家之长的理论也纯属扯淡。
以他目前的阶段只能深入一门，

待彻底打通之后才能融会贯通，
否则只会变成那杂货铺博而不专。

因此幻化郎对武丙看不上眼，
却对那武丁暗暗动起了心思。
他觉得能遇到上根利器的弟子，
是法脉传承的幸运。
多少珍贵的文化因后继无人，
而在人类历史的长河中销声匿迹。
若有因缘收下武丁，传下
他那一身绝学也实属幸事。

然而这武丁是胜乐师兄的弟子，
更有那一师一法一本尊的教诫。
这棵智慧的华严树，
不宜过早地开权分枝，
他该把根基再扎得深些，再深些，
等他们有了坚实的心性基础，
再根据那因缘传授法门。

于是幻化郎的眼球转了一下，
先是满含慈爱地看了一会儿武丁，
仿佛在看一件未经雕琢的美玉，
又露出了笑容并且语重心长：
"武丁啊，我的好孩子，
你还是先跟着师尊专心学习。
胜乐师尊的修为远高于我，
切记不要得陇望蜀三心二意。

更有那似是而非的理论不要相信，
以免打乱了你自身的心性程序。
等深入一门见到了智慧泉水，
才能谈博采众家之长海纳百川。"

武丁原本提完要求便心中惴惴，
他生怕自己过于唐突让师叔为难。
因此小心翼翼地观察师叔脸色，
只要稍有难色便即刻收回请求。
却见师叔满面笑容又语重心长，
那些教诲也发自过来人的肺腑。
这让武丁既敬佩又感恩，
于是他连连点头表示信奉受行，
又对师叔躬身施了一礼。

武丁退出帐外时，那武丙已急不可耐，
他双眼放光连连询问求法的结果。
原来他一直都等候在帐篷之外，
他急于想知道师叔是否应允，
心中像有十六只猫来回挠抓。
他仔细倾听帐篷里对话的声音，
却因为有篷布阻碍而朦朦胧胧。
情急之下想把耳朵贴在帐篷上，
又怕被过往的武甲和胜乐郎发现。
于是他干瞪着眼在帐篷外来回踱步，
只等着武丁出来后公布结果。

那武丁见武丙如此求法心切，

心中也不由得一阵感动。
他的字典里没有心计和阴谋，
只觉得师兄实在是太过好学。
要说那好学平时看来也算优点，
然而在修行上却是另一种歧路。
武丙师兄定然还浑然不知，
幸好幻化师叔指出了其中的错误。
于是他想也没多想就尽数相告，
只希望师兄弟们能够共同进步。

他说："幻化师叔没有答应请求，
反而要我们集中精力一门深入，
只有在一个法门上彻底学透，
见到了智慧光明才能融会贯通。
师兄你再也不要动什么心思，
好好在胜乐师尊的门下修学。
师叔说师尊的修为远高于他，
只要深掘一井必然会获得甘泉。"

那武丁毫无机心告诉了武丙，
本意是希望能和武丙一起进步。
但武丙却听出了另一种酸意，
于是脸色一沉不再言语，
讪讪然转身离开了武丁。
武丙的心里打翻了五味瓶——
失落、郁闷、尴尬、不服，
种种情绪交织混杂。
他觉得自己真是丢人，

求法不成反被批评，
碰钉子也罢了，连那武丁也来教训自己。
他沉默寡言闷闷不乐，
而唯独忘了反省自己，
也忘了体悟师叔的教言。

这场求法的风波就此打住，
从此，他们谁也没有提起。
为师尊疗伤的继续疗伤，
跑前跑后的一如继往。
那幻化郎更是无心人一个，
像什么事也没有发生。

这一日幻化郎又打开系统，
武丙在一旁默默观察，
他看似漫不经心不以为意，
其实调动了十二万分专注。
对于这个法门，他是下意识地眼红，
他想发现它的神奇所在，
却怎么也看不出有何玄妙。

只见那幻化郎口诵咒语目视浩瀚苍穹，
据说他能在虚空中看到光屏，
然后在荧幕中查询一切信息；
他的心灵有无限长的手臂，
能在光屏上更改法界程序。
但外显上却这样平常，如同一个成年人
像抟泥小儿般痴迷游戏。

你看他凝望虚空怔怔发呆，
口中还念念有词，遇到陶醉处
那专注的样子多像瑜伽冥想。

这一切都像天窗中吊下的苜蓿，
让这个名叫武丙的驴子心驰神往。
只见他一边偷看幻化郎进入系统，
一边给胜乐郎师尊的伤口上药。
他醉翁之意不在酒，甚至
一不小心就触到了师尊的伤口。
胜乐郎浑身一颤轻声呻吟，
武丙赶紧收回了眼神诚惶诚恐。
他怕师尊看穿自己的心思，
总是如履薄冰般察言观色，
胜乐郎摇摇头表示没什么大碍，
又意味深长地长叹一声，
他岂能不知道武丙的心思，
只是他并不说破以免武丙难堪。
他知道幻化郎已经批评了他，
自己再多说也没什么意义。
该说的都说了能说的也都说了，
只要心性不改很难领会教言。
甚至还会想当然地曲解涵义，
将批评当成了认可南辕北辙。

过去曾发生这样一件事——
武丙依止之前学神通法术，
依止之后，就将那些神通都供养了师尊。

但武丙仍时不时就画符念咒，
测试自己的神通是否还在。
测试的结果总会如他心中所愿，
当初的功能依旧还能使用。

武丙对这现象十分不解，
找了个机会前来询问。
胜乐郎只是淡淡一笑，
说它已经变成了武丙自己的东西。
胜乐郎的本意是批评武丙，
那功能仅仅是自心影像，
本质上也是一种执着。
就像狗以前喜欢吃屎，
依止后发愿不再吃屎。
后来它私下里偷偷一试，
却发现自己还能吃屎。
真正的修行是毫无执着，
把干净的自己交给师尊。

而师尊说变成了他自己的东西，
武丙听来却成了认证。
他以为师尊已认可他的神通，
于是时不时就卖弄一番。
他的心中装满了虚荣，
总是想要贪多求快。
他牢牢盯着本门的主干法要，
只因它的名声十分广大，
修成后有无比的神通大能。

这跟他对原有神通的执着，
其实是同一回事，
可惜他听不懂师尊的点拨。

胜乐郎说若不从心性入手，
单纯的教言很难生发作用。
在那颗充满习气的心里，
批评也会变成炫耀的资本。
于是他理解了老子的感慨，
多言数穷不如守中，
要在无声之处行不言之教。
因此他只在源头上发出光明，
或在关键之处提点一声，
平时让弟子们自己领悟。
他从来不会揠苗助长，
只因那弯路也是营养。
真正的修行不是形式的圆满，
而是修行路上的老实前行。

虽然有的弟子缺点很多，
但他懂得反省不找借口。
发现不合教导的地方立刻忏悔，
因勇于承认错误而得到升华。
如同一块包裹着石皮的美玉，
将自己交给师尊去千雕万琢。

然而有些弟子虽有优点，
却不懂反省且多嘴多舌。

明知不合教义还要一错再错，
东窗事发再用借口去掩饰。
这类弟子则像顽石，
师尊就算砍上千刀，
也见不到哪怕一粒火星。

胜乐郎也有点力不从心，
发现他离最高境界还有距离。
圣人虽不言却以万物作为载体，
对这境界他还没有窥其堂奥。
也许那需要强大的心性力量，
需要彻底地融入光明，
需要用朴实无华的行为和殊胜内证，
才能诠释圣人以万物为载体的精要。

他常常忘了身在何方，
是千年之前还是千年之后。
他的世界里有一个个故事，
无数的画面在同时呈现。

再看那幻化郎查询了造化系统，
告诉胜乐郎山头的邪气已更加浓密。
目前恐怕已经到了关键时刻，
巫师正在大肆吸食众生精气。

胜乐郎闻言紧皱了眉头，
他悲悯那些被吸食的众生。
他很想找一个有效的办法，

尽快阻止这魔王的逆天恶行，
然而一时间却有些束手无策。
对于巫师，他有点无计可施，
只因那金刚火焰无法远程攻击，
施行诛法又需要诸多的介质，
而胜乐郎的身边不具备这些因缘。
旁观的武丙又提出建议，
他问师叔能否用那造化系统，
让胜乐师尊亲自进入去观察。
这一说让胜乐郎的眼前一亮，
他仿佛获得了来自天堂的灵感。
自己怎么从来没想到这种方法，
或许搭配起来真的能有大用。
于是他对武丙露出了笑容，
夸他足智多谋很有创意。

武丙闻言却有些不好意思，
本来他是想说问问师叔，
能不能带师尊和他自己，
一起进入那宇宙造化系统，
后来话到嘴边却改了口。

幻化郎点了点头说不妨一试，
只是进入那系统需要身份识别，
他先凭自己的身份进入，
让胜乐郎再进入他的意识，
便可通过他进入那系统。

第 173 曲　远程攻击

胜乐郎和幻化郎开始联合，
在无我无念中提起警觉，
先将脑波变成了媒介，
继而将对方请入中脉莲轮，
那信息通道于是打开，
达成意识界的心灵感应。

幻化郎开始持诵经文，
那是打开宇宙系统的古老咒语。
它的声波仿佛上古时代的风雷，
携带着一股久远的气息，
从亘古而来，辽阔而苍茫。
两个脑波开始了数据传递，
就像风吹云散，胜乐郎的眼前
也从一片混沌逐渐变得清明——

你看那邪气密集的山头，
正萦绕着无数无量的冤魂。
他们生前，都是被巫师
吸食了精气的百姓。
他们苦大仇深，
他们怨气冲天，
他们飘荡而来凄厉哭号。

他们这时已具足五通，
当然知道谁杀死了自己，
于是便雾霾般笼罩了整个山头，
层层叠叠，久久不散。

胜乐郎不确定巫师到底身居何处，
便想找一个办法驱散浓雾。
当他心念一动，眼前便随之一亮。
那是一块半透明的荧幕，
上面写着四个字：
三昧真火。

幻化郎看到此吃惊不小，
造化系统竟有了这等功能？
之前它只能查询和修改，
现如今它居然有了导引，
这系统发挥的功能因人而异，
看来强强联合果然威力无比。
幻化郎不由得信心大增，
但同时心里也泛起了酸涩，
同为奶格玛弟子，他们修证的境界
居然有云泥之别。
再说若是与胜乐郎搭档，
那造化系统便成了共享。
他的心中顿时有了一份失落，
怕从此失去骄傲的资本。
诸多的酸意一时间浮起，
在幻化郎的心头蠕蠕而动。

随着幻化郎机心的出现，
那造化系统的显像变得极不稳定，
图像开始失真，杂波也来凑热闹，
使胜乐郎的操作很不顺畅。
既然他们的脑波已经相通，
他当然清楚那干扰来自何处。

好在胜乐郎的心性已澄然明澈，
所有的蝇营狗苟都被连根拔去，
他虽然能感受到幻化郎的种种琐屑，
还有那些细微的习气，
却再也不会被它们牵动心神。
他还于下意识中发出清凉，
一晕晕一波波传输于无形。

幻化郎终于感受到了清凉，
那是一种灵魂的安详，
所有的鸡零狗碎于瞬间消融，
他没了烦恼纠结，没了患得患失，
只剩下恍兮惚兮的朗然光明，
他融化在里面好个逍遥。
他的灵魂仿佛被甘露洗过，
比雨后的青天还要清明。

这一份清明稳定了造化系统，
两兄弟达成一味心心相印。
二人同心其利断金。

三昧真火出自心中，
其势汹汹直奔青山，
火光熊熊罩住了青山，
却不去伤害诸多的生灵。

山上的邪气果然越来越重，
胜乐郎更加断定有巫师藏身。
正邪双方皆有护身之法，
顾名思义是为了保护自身。
正方多用金刚火帐，
邪方多用邪气护身。
若是火帐的力量大过邪气，
邪气便如朝阳升起雾气消融；
若是邪气之力大过火帐，
那火帐便如遭遇暴雨骤风。

只是那邪气有致命弱点，
修炼久了会损耗阴德，
且有诸多的负能量沾染身体，
不但那受者会瘟症染身，
修炼者也会体弱多病。
他们只有不断吸食众生精气，
才能不被那阴气吞噬。
然而，这又加重了阴德的损耗，
如此这般陷入恶性循环，
只能眼睁睁看着自己滑向深渊。

那巫师没有证得空性执幻为实，

他将胜乐郎的火焰当成了真实的存在。
他还下意识地扇动起邪气来保护自己，
正是这个细微的动作被胜乐郎察觉。
于是，胜乐郎掀起了更猛烈的火焰去焚烧巫师，
还在火焰中射出无数的降魔杵，
他想一鼓作气将其诛灭。

巫师顿时心神大乱，
他以为胜乐郎的队伍已攻到眼前。
他看到漫天的大火和降魔金刚，
瞪着铜铃般的大眼喷射闪电。
一道道闪电都是索命的咒子，
裹着晴空霹雳刺入心中。
那烈火炽如岩浆，让他五内俱焚；
那雷电震耳欲聋，令他魂飞魄散。
一声霹雳便是一柄利剑，
刺入巫师的大脑疯狂搅动。
只见他疼痛难忍满地打滚，
于是顾不上元气尚未恢复，
拼命鼓荡起残存的法力，
卷起了更加浓密的邪风。

他清楚地记得前几次斗法，
每当他陷入绝境末路穷途，
就会有一股力量助他生还。
他相信，只要自己命不该绝，
必会有一线获救的生机。

于是，他手忙脚乱，一心二用。
一边鼓荡着冲天的邪气，
一边祈请他的魔王本尊。
一声声嘶吼撕心裂肺，
一句句咒语浸透渴盼焦灼。
他呼唤着本尊的加持和法界大力，
希望自己能够度过此劫顺利逃生。
只见青山的上空瞬间风云诡谲，
光明和黑暗在天空中角逐。
法界中正邪之力都在涌入，
在那造化系统里斗起了法力。
然而胜乐郎已经彻证空性，
他的火焰源自宇宙的大道虚无。
他能从一空中生出万有，
源源不断仿佛大海卷起浪花。
虽然具备铺天盖地的威能大力，
但胜乐郎本人却没有消耗。
于是他安住于无执无舍的境界，
鼓起一波波空性之火。

巫师的邪气却是有为之法，
需要不断凝聚能量和五大精华，
因为他没有破执更没有证悟空性，
他始终在现象的层面忙碌不停。
所以他的力量会消耗自身的元气，
时间一久，便会元神耗竭体力不支。

一个是日渐损耗一个是源源不竭，

因此有为之力总是斗不过无为之法。
只见随着那大火一波波翻腾，
巫师的邪气已渐缩成一团，
他大汗淋漓脸色青白，颤抖的身体
仿佛支撑着整座泰山。
虽然他还在顽强抵抗，
但心中的绝望已如火苗蔓延。
"天要亡我？""气数已尽！"
他时不时就听到这样的声音。
你看那遍及天地的烈火，
它如海啸般汹涌，而自己的气息
却成了风中的蝉翼，
更有那金刚霹雳如泰山压顶。

不知道是天意还是巧合，
一声声惨叫响彻天空。
那是被巫师害死的冤魂，
这一批隐形的众生，
正被那金刚大火焚烧得无处藏身。

他们是火中的纸片，
身体的扭曲由不了自己。
那种灼烧之苦仿佛地狱的炮烙酷刑，
他们惨叫哀号挣扎抗衡，
他们想找到逃生的方向，
却发现那四处都是火龙。
他们绝望，他们疯狂，
那一声声惨叫惊天动地。

胜乐郎动了恻隐之心，
那些无形众生像是他的父母，
那些挣扎和惨叫都让他疼痛，
大火的炙烤也像在灼烧他的心。
他下意识地撤去了金刚火焰，
退出造化系统又一次功败垂成。

这时那巫师已支撑不住，
两眼一黑昏死在山洞。
他知道自己又逃过了一劫，
却无力睁开那沉重的眼皮。
他的身体彻底虚脱如同烂泥，
只剩下意识里的渺渺冥冥。
他感到自己被无边的黑暗包裹，
灵魂像落入漩涡一般被吸入深渊。

幻化郎禁不住叹息，
虽然胜乐郎修为远超于巫师，
却因为慈悲而功亏一篑。
这仿佛成了既定的剧情，
一次次让巫师绝处逢生。
尽管胜乐郎心知肚明，
狠狠心便能大功告成，
但他却不能接受这狠心的代价，
慈悲和善良早成为他的本能。

而巫师每次都会拉上许多众生陪葬，

看起来就像在做某种试验。
既然他的试验屡试不爽，
他一定已经知道胜乐郎的弱点。
幻化郎越想越觉得如此，
这样的事情绝非出自偶然。
而今，只有在肉体上将他彻底消灭，
才能赢得那最终的较量。

经过这一场青山斗法，
巫师知道自己已完全暴露，
他需要尽快恢复自己的元气，
在胜乐郎赶到前撤离青山。

为了能抢占先机，胜乐郎们决定
轻装而行加快速度，
在巫师恢复元气之前争取刺杀成功。
武甲和武丁即刻便收拾齐整，
只有那武丙被物累拖住。
药材茶具武器装备，
更有一路随行的书籍，
每一样都是他的心头之宝，
左摸摸右看看，
哪一样他都不想舍弃。

可是如果不丢弃便身负重担，
赶不上大家轻快的步伐。
武甲和武丁都心无挂碍，
只等着下令便即刻上阵，

只有武丙好似搬运之驼，
他坐在物累里左右为难。

武甲见状走过来劝慰，
他说修行的本质是破除执着，
带着这些无用的东西怎能解脱？
老祖宗说损之又损方能达无为之境，
而不是捡一路揽一路什么都放不下。
该舍时即舍，既舍便大舍，
权当是修行的路上调伏心性。

武丙正心情郁结难以选择，
武甲的劝说成了火上浇油。
他脸色涨红音高八度：
"你站着说话不腰疼，
轻装上阵谁不懂？
没有药品，拿什么治病？
没有锅碗，拿什么做饭？
没有武器，拿什么上阵？
少在我面前充有学问。"

武甲闻言，愠怒骤然升起，
真是狗咬吕洞宾，不识好人心。
但他硬是憋住了情绪，
为了金刚师兄的精诚团结，
他吞下了这口怨气。

武丁却走上前和风细雨，

说他可以分担些物品。
这简单的一句如三月的春风，
轻轻一吹，绽放了十里桃林。
武丙阴沉的脸色顿时转晴：
"还是咱武丁兄弟仁爱厚道。"

那武甲见状也开了心窍，
他感动于武丁的善良和敦厚。
他从武丁的身上又学到美德，
雪中送炭的行为远远好于说教，
既能帮助对方解除烦恼，
又不会引起对方的反感。
行善要设身处地为对方着想，
而不是说一些无关痛痒的劝慰之语。

那武甲从此升华了心性，
好似那破土而出的竹笋。
他从生活中学会发现优秀，
像海绵吸水般汲取营养。
他发现过失毫不姑息立刻改正，
对自我的打碎也更加彻底。
他学会将周围的一切当作镜子，
清除自己的无明习气。

再说那巫师也明白自己处境，
那一番斗法让他能量大亏。
斗法结束后直接陷入昏迷，
渺渺冥冥分不清南北东西。

醒转后他支撑起虚弱的身体，
望着那洞口的方向长叹一声。
既有再一次大难不死的庆幸，
更有那致命危险逼近的担忧。
巫师整天惶惶不可终日，
虚弱的身子烂泥般瘫软。

他还对刚才的斗法感到奇怪，
按常理即便是发现他的所在，
那金刚火焰也无法远程攻击，
因此他才以为胜乐郎近在咫尺，
现在看来恐怕不是这样。
他并不知道，胜乐郎的空性之力
已和幻化郎的造化系统实现双运，
能够超越时空进行远程打击。

慌乱了片刻他渐趋稳定，
开始整理思绪寻找生机。
想到自己屡屡大难不死，
他觉得世上定有他存活的因缘。
因此他重燃希望暗下决心——
与其坐以待毙不如放手一搏，
哪怕只有万分之一的希望，
他也不能就此放弃。
只是想到那真火仍心有余悸，
他认为对方的修为已登峰造极。
自己如果不抓紧时间恢复元气，
必然殒灭于下一次的火焰打击。

于是他像那野狼在荒原中哀号，
倾尽心力发出了如下大愿——

"愿大地之母赐我以力量！
愿无量众生赐我以大能！
愿五大之源赐我以精华！
愿法界诸贤赐我以功德！"

虽然巫师是邪恶势力的载体，
那祈请词却和正道十分相似。
只因在邪法的世界里自己就是正道，
在魔鬼的世界里自己就是圣贤。
于是这愿望凭借殷切的念力，
传向了法界当中的黑暗势力。
只见那势力随之掀起了波浪，
一波波能量涌动着汇入巫师。

有什么心就会跟什么能量相应，
回应巫师的必然是魔鬼的势力。
虽然正道不齿那巫师的罪行，
在魔鬼眼中他却是如法弟子——
你看他的信心多么虔诚，
你看他的修行多么精进，
你看他的发愿多么宏大，
你看他具足大力如海浪滔天。

当然，那大力同样源自信心，
无论邪法正法都是如此。

只要具足信心刻苦修炼，
就会达成相应，得到传承中本尊的加持。
所有修行的原理都大同小异，
根本的区别在于发心。

发善心有大愿便是菩萨，
鼓吹欲望损人利己就是魔君。
出发点的不同决定了本质，
更决定了行者能否到达究竟。

巫师的祈愿收到了回应，
忽然见一队人马出现在眼中。
原来是欢喜军抄了近路，
比胜乐郎更早接近了巫师。

第六十八乐章

　　巫师从胜乐郎的慈悲心里捡回了一条命，当他遇见那烂腿的老乞婆时，慈悲心的火花竟也在心中闪了一下。但也仅仅是闪了一下。那要命的狼群和骇人的干尸已布满了青山。

第 174 曲　采气

只因巫师和胜乐郎的斗法，
在法界之中产生了能量波动。
这信息被老术士及时地捕捉，
他正在千方百计寻那巫师，
遂派了欢喜军前往迎接。

老术士心灰意冷年事已高，
他已看破世事不愿介入纷争。
如今他只有一个愿望——
与老伴朝朝暮暮安享晚年。
年轻时他志在四方心怀天下，
太多的分离让她形单影只。
年老后他才发现壮志难酬，
老伴的人生却已过去大半。
现在他没什么远大理想，
就连那善恶也懒得去管。
他只想把巫师送到欢喜郎身边，
自己便可卸甲归田去陪陪老伴。

他一直在关注巫师的动向，
却不料巫师忽然下落不明。
经过这一场正与邪的较量，
他才终于暴露了自己的行踪。

老术士看到信息大喜过望，
仿佛已经看到老伴的笑，
还有那热腾腾的饭。于是，
他立刻飞鸽传书通知附近的军队，
让他们进入青山仔细寻找。

只见那欢喜兵个个兴高采烈，
因为找到了巫师便可立下大功——
按照欢喜郎事先公布的悬赏，
谁能找到巫师就赏千两黄金。
于是他们焕发了前所未有的热情，
连山上的老鼠洞也不放过。
在一阵吆五喝六的忙碌之后，
他们找到了巫师藏匿的山洞。
众兵士看到巫师双眼放光，
一个个眉开眼笑侍奉殷勤。
他们端茶倒水生火做饭，
将巫师当成亲爹一样供奉。
在他们迷蒙热望的眼中，
眼前这人不是欢喜国巫师，
而是一堆会说话能移动的黄金，
他们生怕他会再次消失。

巫师见到他们也同样眼放精光，
他的脸上显出贪婪的神情。
他眼里他们也不是援兵，
他从未指望凡人的救助。
他需要的也不是侍奉，而是能给他

提供生命之能。
仿佛他们是一只只鲜活的肥羊，
一声声咩咩叫着请他享用。

只是虚弱的巫师已手无缚鸡之力，
如何才能安全地将他们榨干？
若是行事不当激起众怒，
自己定敌不过孔武有力的兵痞。
既然不能力敌那就只好智取。
他小眼睛一转，便想出一个阴毒的主意。
只见他正襟危坐面色慈祥，
一脸和气地叫来那军队的头领。
他说自己闭关成就了胜法，
可以加持众生得到无量福报。
无论是健康还是财富，
所有的愿望都能于瞬间达成。
接下来要劳烦他们千里护送，
以是因缘他们可以得到他的赐福。

那小头目一听喜出望外，
不但有那护送巫师的千两赏金，
还有这神通广大的加持赐福，
自己定是前世种下了天大的善因。
他赶紧集结队伍整合散兵，
感恩这首席大法师的慈悲之心。

士兵们闻言也欣喜非常，
他们纷纷想着自己的愿望——

金钱美女，高官厚禄，
健康长寿，百战不死……
最好所有的一切都能够圆满，
把世间福报尽数揽入怀中。
于是他们像那焦急的色狼，
团团围住了巫师好个欢心。
一个个脸上生起十万分虔诚，
就等那巫师满足自己的愿望。

只见那巫师端坐在人群中央，
满脸的庄重仿佛一尊活佛。
他先是对士兵们面露慈祥，
用富有磁性的声音娓娓而谈，
那众多的士兵都放松了警惕，
生起了无伪的虔诚之心。

而要实行巫师的妙计，
有几个条件必须具足：
一是自己的灵能亏欠，
有足够的空间予以蓄存；
二是对方在四十九步之内，
太远的距离力不从心；
三是对方必须毫无防备，
对自己有着全然的信任；
四是对方对自己全然接纳，
接纳时那魔钩才会入身。
这诸多的条件需要同时具备，
巫师的勾摄才能顺利达成。

那巫师深谙众生都是欲望的产物，
只消用福报利益引诱，
他们定然会纷纷上钩，
但他仍把那诱饵进行了包装，
让它看起来更加冠冕堂皇。

第一和第二个条件他当然隐瞒不讲，
只是在第三和第四上做足了渲染。
他说："所有的加持都需要信心，
只因那能量会沿着信心光道，
进入你们的身体里发挥作用。
没有信心便没有加持的力量，
你们所求的愿望也就无法实现。"
这一番说辞确实光明正大，
只因那正法的修行方式也是如此。
弟子们有信心才有加持和摄受，
没有净信的基础只能空手而回。

那巫师的相貌好个庄严，
说出的道理又符合经典。
士兵们就生起了虔诚信心，
闭上了眼睛观想巫师身形。
他们甚至还怕自己观想不清楚，
错过了稀世难逢的加持美梦。

待得时机成熟，巫师开始持咒，
刹那间一个个光团从欢喜兵体内飞出，

进入了巫师的顶轮。
那些光团都是欢喜兵们的命气，
被巫师的魔钩伸入了体内钩走。
那魔钩其实也是一种能量，
也会产生功能性的作用。
有人看见了魔钩，却怕
丢失福报而任由它为所欲为；
更有人欢呼雀跃地迎接它，
希望凭它的勾摄富贵无边。于是
百十个欢喜兵呈百十种姿态，
在魔钩的诱惑下集体归阴。
那巫师吸取了生命能量，
即刻在体内转化消融。
犹如采集到矿石还需要冶炼，
才能变成真正的精华为己所用。
只见他闭着眼睛引动气息，
一缕缕烟雾从额头上升起。
直到那些光球全部融入命脉，
巫师才睁开了眼睛容光焕发。
他苍白的脸上终于有了血色，
生命的活力已重回他的躯体。
只见他伸伸胳膊又踢踢腿脚，
并且在心中暗暗试探那法力。
等到身上传来回应，
他才终于感觉到踏实。

他冷笑着看了看地上的尸体，
仿佛看着一堆啃过的骨头。

但不知为何心里突然一阵愧疚，
那陌生的感觉让他皱了皱眉头。
多少年来良知一直没有出现，
巫师已彻底忘记了它的存在。
难道它仍然躲在心底的某处，
自己也有那个叫灵魂的东西？
想到灵魂他突然回过了神，
顿时觉得自己真是可笑透顶。
他明明是魔王还谈什么灵魂，
他的灵魂早就被打进十八层地狱。
一定是斗法时受到胜乐郎影响，
心智没恢复才会有这种念头。
他朝那尸体狠狠地啐了一口，
用厌恶来掩饰内心的发虚。

随后他稳稳地站了起来，
像英雄伫立于青山之顶。
新鲜的命能鼓荡出蓬勃的朝气，
正在巫师的体内汪洋恣肆。
他突然发出震耳欲聋的大笑，
那刺耳的笑声惊走了幸存的飞鸟。
他觉得自己又恢复了强大，
怒涛般的力量在体内游走。
他叹道强壮的士兵果然好用，
瘦弱的平民根本无法相比。
早知道这样就向欢喜郎申请，
叫他多派些亲兵来此处接迎。
回去后再推说发生了意外，

反正死几个士兵国王也不在意。

巫师虽得意却没有忘形，
他一边想一边逃出了山洞。
他知道胜乐郎在赶来的途中，
万一逃遁不及就有性命之忧。
逃走之前他专门撤掉了邪气，
他猜想一定是邪气出卖自己。
这次他要收敛气息隐去足迹，
趁胜乐郎没到另找地方藏匿。
但他不会离开这座宝山，
因为这里满是他的冤亲债主，
那冤魂才是他最好的护身符，
有了他们胜乐郎就不能放开手脚攻击。

幻化郎猜得没错，
巫师已经看出了胜乐郎的弱点，
他知道胜乐郎很慈悲不忍伤害无辜。
这种障碍对他来说就像是福音，
只要好好利用就能顺利保命。

此时的巫师正志得意满，
胜乐郎的慈悲障是他的福音。
他感到阳光灿烂花朵鲜艳，
掬一捧山泉水也无比甘甜。
他的心情从未如此轻松愉悦，
那些欢快的灵魂正在体内歌唱。
他们说他真是伟大又聪明的巫师呀，

将人类的欲望制成了无所不能的缰绳。

他沿着那青翠的山路又走了一段，
忽然看到一个肮脏的老乞婆。
只见她走一步晃三晃表情痛苦，
走近了才发现，原来她的腿上
已长满了溃烂的肉疮。

也许是巫师在那一刻心情太好，
也许是他想试试恢复后的法力，
也许是刚才那片刻的愧疚之心作祟，
竟然让他产生帮助乞婆的想法。
于是平时总想着损人利己的他，
那一刻却莫名其妙，
在满心的喜悦中开口打了声招呼，
说："兀那婆子，
你过来让我看看你受伤的破腿。"

只见那乞婆看一眼巫师哼哼唧唧，
一步一步地挪动到巫师的眼前。
她丝毫没有因为有人招呼而改变，
那双混浊的眼睛仍显得麻木。
像早已失去人类的思维意识，
只是个任凭生活宰割的木偶。

她将那条伤腿伸到巫师眼下，
又把乞食的破碗伸到巫师面前。
眼中依旧是毫无变化的混浊，

仿佛给不给东西都没什么两样。
巫师嫌弃地看一眼破碗，
碗里还残留着腐臭的食物。
他下意识地想躲避那臭味，
便随手捡条木棍推开对方。
再把那木棍也丢向了远方，
拍了拍手生怕它弄脏自己。
隔了三尺再去看那乞婆，
以及那条受伤的左腿。

然而这一看更是让他反胃，
他忍不住一阵翻江倒海连连作呕。
只见那溃烂的伤口已经生蛆，
白花花的蛆虫在烂肉中拱动。
更有那粘连在一起的皮肉筋骨，
流淌着白的黄的红的各种黏液，
还散发出冲天的臭气直冲口鼻。

巫师被熏得立刻站起，
皱起了眉头连连后退。
虽然他是个修习邪法的神棍，
却有着喜欢卫生干净的习性。
但是他皱眉犹豫了片刻，
仍想帮那乞婆解除痛苦，
这念头像微风中的烈火，
哪怕是腥臭肮脏也无法平息。
他想反正只是举手之劳，
权当试一试刚刚恢复的法力。

他不愿像胜乐郎那般伪善，
总给自己找伟大的理由。

于是他在附近找了一块瓦片，
用瓦片盛上清冽的泉水。
然后他紧皱眉头聚精会神，
对着那瓦片和泉水念念有词，
还竖起了剑指在水中划动，
再把泉水泼向乞婆的伤口，
大喝一声"急急如律令"！
然后他对那乞婆骂道：
"带着你的臭肉烂疮滚开吧！
遇到我也算你上辈子的造化。"

那乞婆闻言依旧面无表情，
缓缓地站起身活动了一下。
果然如巫师所言发生了奇迹，
伤口上的蛆虫纷纷脱落，
细皮嫩肉又覆盖了白骨。

巫师见状极为满意。
他昂首挺胸迎风而立，
他在静等乞婆向他行礼。
虽然他对她的肮脏感到厌恶，
但还是希望得到她的感恩。

只是那乞婆还是个傻婆，
疼痛不觉得痛苦，健康也不觉得幸福，

依旧是满脸的麻木配上一对混浊眼球，
转过身走一步晃三晃离开了巫师。
只留给巫师一个摇摇摆摆的背影，
和风中那破烂不堪的衣衫布缕。

这一下巫师像暴怒的狮子，
他觉得自己的法术白白浪费。
更有心想追上去惩罚那乞婆，
想到她的脏臭又望而却步。
最后他在原地愣了一会儿，
还是摇摇头心想算了算了，
好鞋不能踩到臭狗屎上，
权当自己也做了一回善事，
体验一把慈悲为怀的感觉。
虽然他这样自我安慰，
心里还是觉得有些发堵。
那慈悲的感觉真不好受，
远不如邪恶快意恩仇。
想救谁就救谁随心所欲，
想杀谁就杀谁率性而为。
更有那功名利禄的勋章，
在欲望的征途上大放光芒。

眼下的慈悲却有诸多顾忌，
行善不图回报被害不能报仇。
更要五体投地为他人服务，
就算被挫骨扬灰也不能嗔恨。
这不是常人能够承受的事情，

怪不得那胜乐郎一脸苦大仇深，
也怪不得他总是在关键时刻，
屡屡怕伤及众生而功亏一篑。

巫师就这样在心中发出感慨，
从此他再也不发那慈悲之心。
众生都像那老乞婆般忘恩负义，
你越是慈悲他就越是蹬鼻子上脸。
面对这种无可救药的劣根动物，
只能用魔鬼的屠刀去彻底毁灭。

巫师想到这里又生出恨意，
刚才的好心情瞬间不见，
太阳和鲜花又变成灰暗一片，
他的心中又充满了邪恶阴毒。
那阳光微风也变成一种骚扰，
他只想赶紧找个地方躲避追杀。
却不知自己因为这一次偶然救助，
也和那法界的善能量结下因缘。

后来有人猜测那乞婆是智慧女神化现，
此番出现全为测试那巫师的心性。
这样的故事当然不是没有可能，
很多成就者都因此得到了胜缘。
但即使那乞婆不是智慧女神化现，
为她解除痛苦也同样会种下善因。
因此巫师将在多生的业报受尽之后，
以这桩善因而得到救度。

再说胜乐郎经过那一次合作，
也渐渐能进入法界系统，
因为它只是幻身的一种妙用，
其基础便是生起次第。
虽然他有心再用一次远程攻击，
却怕金刚火焰会伤害冤魂苦主，
所以他一直只是进行监控，
在无可奈何中选择曲线救国。
但他的监控非常严密，
时不时就会更新那信息。
他必须掌握巫师的最新动向，
才能尽量不错过刺杀肉身的时机。

这一日胜乐郎突然发现了异常，
那邪气魔帐已消失不见，
青山恢复了往日的清明。
他不解之中暗自心惊，
这状况要么是巫师已死，
那邪气之源一命归阴；
要么是他完全恢复了功力，
已无需靠邪气保护自己。

路上也出现了一个插曲，
他们遭到了野兽的攻击。
按理说平原上少有野兽，
却忽然出现了一群豺狼，
瞪着绿眼要伺机发起突袭。

第 175 曲　群狼

胜乐郎们遭遇狼群的时间，
是一个忙碌的晚上。
当时他们一行五人走了一天，
已是饥肠辘辘疲惫不堪。
于是，武丁找来柴火，武丙拿出锅盆，
想烹制一顿晚餐犒劳大家。

忽感觉一阵阴风由远而近，
三个老江湖久经阵仗，
顿时嗅出了危险的气息。
武丁拎起家伙前去察看，
见营地四周没啥异常，
却仍是感觉有无数双眼睛，
像暗箭一样躲在隐秘处。

那武丙痴迷于造化系统，
像是得不到心仪玩具的孩子，
踮起脚望橱窗，日里想来夜里盼。
这次终于逮到机会，
就提议师叔打开那系统，
来看看周围有没有危险。

幻化郎闻言微微一笑，

武丙的心思早写在脸上，
他分明就是那馋嘴的猫呀，
时不时就想一饱眼福。
但那造化系统不能常启，
因为每次启动都会消耗能量，
他于是拒绝了武丙的提议。

这时忽听到一声惨叫，
武丁站在了他们面前。
他手中倒拎着一只豺狼，
那豺狼喉咙上插着一柄短刀。

胜乐郎见状皱起眉头，
武丁虽然性格忠厚质朴，
对自己和师兄都谦恭义气，
但他的草莽气实在太重，
动不动便会刀光剑影。
更看到那豺狼在垂死挣扎，
四肢抽搐浑身颤抖，
脖颈处冒着汩汩的血泡。
胜乐郎也像被割破喉咙，
感到一种异样的疼痛和窒息。

于是他声色俱厉训斥武丁：
"你虽然忠厚朴实勤劳能干，
但江湖杀气仍存溢心中。
那短刀疾如风雨快如闪电，
不知造下了多少杀业。

修行的本质是慈悲之心，
即便是野兽想伤害于你，
你也要心存善念不生杀心。
它们虽有捕食的本能，
你却不该要它们的性命。
即便是出于防卫迫不得已，
也要忏悔这杀戮行为。
只因杀生是第一重罪，
杀业的果报是堕入地狱。
何时你尊重所有的生命，
才能契入真正的修行。
无论对友对敌，你都要心存善念，
修行的根本是正见出离，
再加上一颗真正的慈悲心。"

胜乐郎这番话落地有声，
那武丁闻言如噤音的寒蝉。
他浑身一阵阵冒汗，
心中又一阵阵忏悔。
他从小受到的教育便是以牙还牙，
又在江湖上拼杀了多年，
已练成一招毙命的绝技。
别说是几只图谋不轨的野兽，
就算是活蹦乱跳的人命，
在他的手下也消失了无数。
这曾是他骄傲的资本，
江湖皆知武丁快刀的威名。
如今师尊对他严厉指责，

要他放下屠刀心生慈悲，
他才终于醒悟自己的错误。
此时他如同醍醐灌顶，
诺诺连声里提高了警觉。
虽然那习气很难清除，
但他视师如佛极有信心，
不给自己找任何借口。
他默默地立下誓言，
决不再纵容自己杀生。

武丙闻言却动起小心思——
师尊平时极少发怒，
对弟子们批评也多温和，
如今对武丁却如此严厉，
显然是没把武丁当成外人。
想到此，他心底忽泛起一阵酸意，
嫉妒胜乐郎没把武丁当外人，
那种呵斥本是一种待遇，
说明武丁已成了法器。
他于是有一些失落，
便冷着脸色不言不语。

却听得幻化郎叫一声不好，
说那豺狼都喜欢成群结队。
它们性情凶残又团结一致，
你杀一只会招来一群。
果然话音未落危机显现，
暗夜里，一大片绿灯于瞬间亮起，

无数的黑影，开始在黑暗中跳舞。
它们仿佛地狱的使者，
喷出了一阵阵冲人口鼻的腥臭。
来自那尖牙的涎液淋漓直流，
更有那一声声低沉的嘶吼，
带着一种杀气令人汗毛直竖。

师徒们见状提高了警惕，
谁都不想命丧狼口。
武丁下意识中抽出短刀，
念头一顿又送回鞘中——
他想到师尊才说的戒杀，
心中生起了对治的警觉。
他时时观察下意识的程序，
控制自己一击毙命的冲动。

胜乐郎突然明白了原委，
这是那巫师招来的恶能。
想来巫师已经恢复了法力，
因此才能调动这野兽。
他当然懂得随缘任运，
遂放下了恐惧应对当下。
他叫弟子们不必惊慌失措，
说野兽比敌人更容易对付。
让大家多想想驱赶之法，
切勿再进行肆意的杀戮。

武丁不愧是上等根器，

他想到戒杀的同时便想到对策——
那寻常的野兽都怕火焰，
燃烧的木柴定能将它们驱赶。
于是没等其他人做出反应，
他已回身抽出木柴冲入兽群。
他本是风神的后代，天赋异禀不怕受伤，
因此凡事总是不假思索就一马当先。

只听那兽群开始混乱，
一声声嘶吼中夹带一声声惨叫。
看得出武丁的身形极快，
仿佛虎入羊群般直撞横冲。
那火把仿佛霹雳闪电，
专门抽向豺狼的后腿屁股。
豺狼被抽得连连嗥叫，
一盏盏绿灯闪到远处。
那火把却像长了翅膀，
豺狼的屁股上仍是一片火烧炽热。
只因武丁的轻功可谓独步天下，
那身法如同暴风和鬼魅，
豺狼们闪躲不及畏惧不已。
只能瞪起阴飕飕的眼睛，
发出色厉内荏的嘶吼。
于是武丁所到之处野兽连连败退，
像被火焰灼烧的昆虫四散逃飞。

武丙看着武丁大显神威，
觉得这场打斗精彩无比，

但与此同时心中也泛起酸意，
不甘心那武丁比自己能干，
在师尊面前出尽了风头。
他觉得大家同出一个师门，
所以心中忿忿不是滋味。
却不知胜乐郎根本没这个心思，
自己又枉做了一回小人。

只见那狼群被武丁连连追打，
纷纷惨叫着退到远方，
武丁这才收起了火把，
意犹未尽地返回营地。
他虽然身上沾满了腥臭，
更有一股被烧焦的气味，
但浑身上下没一处血迹，
并且面不改色毫不喘息。

幻化郎在旁边连连叫好，
眼中露出羡慕的神气。
武丁本领高强还能知错就改，
既保护了自己和众人也没杀生害命。
他多想也有这样一个弟子，
能后继有人该是多么欣慰。

胜乐郎也是满脸赞许，
他确实对武丁的成长感到欣慰。
除了本领他更关注心性，
想找个机会让武丁再度提升。

这一夜虽然危险随行，
但那些狼都长了记性，
只远远跟随不敢再靠近，
唯恐再被火把烧焦屁股。
那些烧伤的豺狼更是龇牙咧嘴，
看到武丁就浑身发抖。
着实被武丁打掉了嚣张气焰，
不敢再轻易发起攻击。
所以只要篝火不在夜色中熄灭，
师徒五人就不会有危险。

胜乐郎安排弟子轮流值班，
其他人裹上衣服原地休息。
随时能应对不测的危险，
又能在黑夜里保存精力。
到天亮还要再加快脚步，
继续赶往巫师的所在。

第 176 曲　干尸

第二天一早，天刚蒙蒙亮，
胜乐郎醒来时吃惊不小。
那火堆已烧成了灰烬，
值夜的武甲和武丙却鼾声如雷，
唯独不见勤劳的武丁。
胜乐郎心中顿时一沉，
莫非武丁已葬身狼腹？
但又转念一想，以武丁的身手，
不至于马失前蹄。

这时见武丁从远处走来，
背上扛着臂膀粗的木柴，
那饱满的额上挂着涔涔的汗珠。
他轻轻悄悄地走向大家，
再轻轻悄悄地卸下了木柴。

胜乐郎见状生起一阵感动，
明白是武丁再一次舍己为人，
替换了两个贪睡的师兄。
他熬到了天亮驱赶了群狼，
又找来木柴做自卫的火把。
他知道那野兽不会善罢甘休，
它们会跟踪他们，观察他们，

会趁火打劫，还会见缝插针。
豺狼的本性不仅狠毒，
更有一种卓越的坚韧。

胜乐郎心念一动观察缘起。
他发现武丁在团队中的这些时日，
随着一件件小事的不断累积，
馍馍渣已攒成锅盔，
小土丘也成了山岭。
他已经积累了圆满的资粮，
可以进一步修学妙法。
于是他竖起食指放在嘴边，
顽皮地向着武丁连连嘘嘘，
还眨眨眼摆摆手指向远方。

武丁对胜乐郎的暗示心领神会，
他蹑手蹑脚跟在了师尊身后，
二人一前一后走向前方，
那清晨的露珠带着清凉的璀璨，
映照出两个坚定的身影。
草妹妹弯下了腰肢，点头致敬，
昆虫小弟轻碰触角，传递讯息。
那热恋的知了也忘乎所以，
尖叫着奏响伟大的开幕序曲。

胜乐郎见远离了熟睡的三人，
便停下了脚步看着武丁。
叫一声："武丁我的心子，

你已经可以观修胜法，
大成就需要大福报因缘，
无福报便毫无成就可言。
你勤恳地做事积极付出，
那资粮便是你成就的物料。
更可贵你的行为没有所求，
三轮体空生起了功德。
只有福报因缘功德三者皆已具备，
才能在信心的照射下证入究竟。
如今你的诸多条件都已经具足，
为师便传你本门妙法。
你当好生观修勿生懈怠，
更不要效仿武丙四处卖弄。"

武丁心头一热泪水盈眶，
感恩师尊对自己的认可。
他自小像丑小鸭一样被人忽略，
已习惯了自己的不存在。
他从不指望能出人头地，
只希望能做个螺丝钉，
师尊需要时可随时使用，
这样他便已心满意足。
但师尊却始终在关注自己，
所有的冷落都在打磨自己心性，
让自己在无欲无求中飞速成长。

想到此他猛然跪下，
对着师尊开始叩头。

他边叩边涕泪交流。他觉得
有千言万语要对师尊诉说，
却化作泪水无声地流淌。

胜乐郎扶起了地上的武丁，
用慈悲的声音抚平其情绪。
又诵起那来自法界的咒语，
传以那生生不息的薪火……
然后他们静悄悄回到营地，
装作一切都不曾发生。
胜乐郎依旧是平静如水波澜不惊，
武丁却强忍着澎湃激动。
他体内还涌动着方才的加持，
一波波加持里有一波波能量，
还有师尊的慈悲和智慧，
也像温泉泡化了武丁的身心。
这加持和能量卷起了海啸，
在清凉的空境里生起了大力。
让他时不时就想长啸，
在极乐与极柔中酣畅地燃烧。
为了避免师兄们看出异样，
他先背起行囊走向远方。

此时，天空已是霞光万丈晶彩流盈。
胜乐郎于是叫醒了众人。
武甲和武丙揉着惺忪的睡眼，
各自收拾着行囊准备上路。
他们没有想起值夜的武丁，

也没有问起武丁的行踪。
在他们的心里，武丁是可有可无的人，
况且他们早习惯了武丁的神出鬼没。
这个团队里最勤劳的就是武丁，
每次出行，他不是打探消息就是在前方化缘。
却因为他的勤劳被人视而不见。
只有胜乐郎才看出其心性，
如璀璨的宝石般稀世难寻。

走了一会儿众人看到了武丁，
他拿了个包袱正迎面走来。
包袱里装了好几支火把，
他递给了武甲武丙每人几支。

身后的野兽虽然还远远跟随，
但因为武丁所威慑已不足为患。
他们只管举了驱兽的火把，
一路上风餐露宿奋勇前行。
经过那连续几日的奔波跋涉，
他们终于找到巫师藏匿的青山。

一进入那青山，他们便如临大敌，
只因眼前的景象过于恐怖。
野兽的尸体七零八落，
赶路的行人也倒毙路旁。
显然被那巫师榨取了精气，
变成了干尸散落在四方。
他们在恐怖的干尸群中穿行，

就像越过一条条沟壑。

青山上看不到任何活物，
四周空旷如同坟墓，
阴风浩荡着平地而起，
干尸们瞪着空洞的眼眶，
无数的怨气充斥在山谷，
等待那风吹草动的触发机缘。

胜乐郎看着那些干尸紧皱眉头，
他怜悯这些被害的众生，
又想巫师已吸取这么多精气，
怕早已恢复了功力逃之夭夭。
这次的行动很可能会扑空，
他一脸凝重长叹一声。

越往里走干尸越多，
连苍蝇蟑螂也四脚朝天。
巫师的榨取毫无遗漏，
所到之处不见生灵。
胜乐郎感觉到阴风阵阵，
无数的冤魂正盯紧了五人。
他们发出凄厉的惨叫，
宣泄着一种复仇的冲动。
胜乐郎本想观出金刚火帐，
又怕火焰伤害了厉鬼冤魂。
他于是观出了奶格玛净土，
心轮放出光明普照虚空。

那心光发出慈悲清凉，
冤魂连连礼拜叩谢大恩。
他们在加持下融入净土，
仿佛滴水融入了大海。
也有的冤魂依旧心怀怨恨，
因死得凄惨发誓要报仇。
还因嫉妒胜乐郎们健壮的肉身，
时时张牙舞爪意欲加害。
对这些众生胜乐郎只好随缘，
单方面地救度没任何作用。
无论那智慧的光明多么殊胜，
也无法改变仇恨的心灵。
就像奔腾的江水无论如何啸卷，
也无法彻底冲净河底的泥沙。
既然泥沙执着那河底，
就不要把它带入大海；
既然母鸡喜欢院落，
就不要强迫它向往天空；
既然井里的蛤蟆说井里好，
就不要强拉它去人间逍遥。

终于他们来到了一处山洞，
只见倒了一地的欢喜国士兵。
那些尸体也已成了干尸，
像脱水菜那般干瘪了一地。
在山洞里还发现了生活痕迹，
很明显巫师曾在这里藏身。

胜乐郎看到这悲惨的一幕，
为欢喜兵的悲剧痛彻心扉。
他们也有妻儿老小，他们
可曾知道至亲已丧身？
虽然他们是士兵，
这几乎是他们必然的归宿，
但百姓们生逢乱世没法选择，
只能被那暴政强行掠掳。
他们像一群绵羊生于狼群之中，
在命运和战乱中随波逐流。

胜乐郎于是发下一个大愿——
定要诛灭战乱还世界清明，
让百姓都能安居乐业，
再也不遭受这战乱之苦。

只是那巫师吸了精气必然逃离，
自己晚了一步功亏一篑。
胜乐郎再一次感到失望，
想再看看周围有没有线索。